KB053180

우아한 유령

유춘강 소설

숨쉬는
책공장

우아한 유령

ⓒ 유춘강, 2024

발행일 초판 1쇄 2024년 6월 5일

지은이 유춘강

편집 김유민

디자인 이진미

펴낸이 김경미

펴낸곳 숨쉬는책공장

등록번호 제2018-000085호

주소 서울시 은평구 갈현로25길 5-10 A동 201호(03324)

전화 070-8833-3170 **팩스** 02-3144-3109

전자우편 sumbook2014@gmail.com

홈페이지 https://soombook.modoo.at

페이스북 /soombook2014 **트위터** @soombook

값 17,000원 | ISBN 979-11-86452-99-8

잘못된 책은 구입한 서점에서 바꿔 드립니다.

우아한 유령

유춘강 소설

숨쉬는
책공장

차례

프롤로그

'그날, 바람에 날리던 매화 꽃잎이 눈가로 뛰어들지 않았다면 우리의 인생은 달라졌을까요?'

그는 달빛을 맞으며 어디쯤 오고 있을까?

눈물처럼 아라시야마(嵐山)의 가쓰라강이 흐르고 있다.

나는, 자꾸만 침몰하려는 마음을 애써 건져 올리며 가쓰라강을 가로지르는 도게츠 다리(渡月橋)에 서서 달이 떠오르기를 기다리고 있다.

"언젠가 아라시야마에 가 보지 않으시렵니까?"

9월 어느 날, 바람이 부는 토성의 언덕을 걷던 그가 밤하늘에 걸린 달을 보며 물었다. 나는 그저 웃기만 했다. 마치 그와 함께 있는 것이 꿈인 것 같았기 때문이다. 그날 달빛이 얼마나 아름다웠는지 똑똑히 기억한다. 그는 눈을 감고 꿈꾸듯 말했다. 가쓰라강은 조용히 흘러내리는 눈물을 닮았다고.

그는 가쓰라강과 도게츠 다리, 그리고 달빛에 얽힌 마법 같은 이야기를 들려주었다. 붉은 노을을 품은 낮과 별이 빛나는 푸른 밤이 겹쳐지는 경계의 시간, 가쓰라강을 가로지르는 도게츠 다리 위로 달이 뜨면 그 마법 같은 일이 벌어진다고. 다리를 건너는 달빛이 사무치게 그리운 이를 잠깐 볼 수 있게 해 준다는 것이다.

그는 종종 그렇게 나를 봤다고 말하며 웃었다. 그가 보았다는 것이 그리움이 만들어 낸 환영일지도 모르나 이 순간만은 어느 때보다도 절실히 믿고 싶다. 이제 나에게 더는 마음을 물러나게 할 곳도, 방법도 없기 때문이다.

저 멀리 겹쳐진 아라시야마의 작은 봉우리들이 외로운 음영을 숨긴 채 석양 아래서 황홀한 황금색으로 빛나고 있다. 갑자기 산이 부러워진다. 그와 함께한 긴 시간을 기억하고 있을 터이니.

얼마쯤 시간이 흘렀을까? 가쓰라강 한가운데 떠오른 달이 물결에 따라 흔들린다. 그러나 아무리 기다려도 그는 오지 않고 있다. 더는 모습을 보여 주지 않으려 작정하고, 치쿠린의 대나무 숲 어딘가를 그 우아한 발걸음으로 헤매고 있는 걸까?

구름 속에 가려졌다 다시 나타난 달빛이 물결에 반사되어 주변에 아름다운 결계가 쳐진 듯 신비롭게 일렁인다. 고요히 흐르는 강물이 밤의 정적 속으로 사라지는 동안 강 건너편 숲속 깊은 곳에서 바람이 불어왔고, 강가를 따라 안개가 마법처럼 피어오른다.

저 멀리 안개를 옷자락에 걸친 그가 우아한 달빛 유령처럼 강가를 거닐고 있다. 저절로 입가에 미소가 떠오른다. 나는 행여 불온한 나의 파장이 그에게 닿아 사라질까 두려워 숨을 죽인 채 지켜보며 눈빛으로 물었다.

'한 번만 더 저에게로 와 줄 수는 없으십니까?'

그러나 내 간절한 바람은 안개 속으로 사라지고 그도 함께 사라졌다. 들리는 것은 오직 흐르는 강물 소리뿐이다. 나는 슬픔이 가쓰라강 속으로 사라져 가는 모습을 보며 하염없이 눈물을 흘렸다.

아, 나는 영원히 '그'라는 '감옥'에 갇혀 버렸다.

1.

어여쁜
너를

잃고
울다

지난밤에 오랫동안 구상해 온 소설을 드디어 끝냈다.

구 편집장에게 메일로 보낸 후 흰 벽에 붓으로 아무렇게나 휘갈겨 쓴《시경》의 시 한 구절을 보며 천천히 담배를 피웠다. 피어오르는 연기 사이로 글자가 춤추듯 일렁인다. 순간 글자들이 바람에 흔들리는 꽃처럼 보였다면 나의 환상일까?

앵두나무꽃이여 바람에 흔들리는구나. 어찌 그대가 그립지 않으랴만 집이, 멀어서 갈 수가 없네.

"……아, 나도 멀어서 갈 수가 없네."

나의 탄식과 함께 글자들이 흔들리더니 허공으로 흩어진다.

'팅' 하고 문자 수신 알람이 울린다. 구 편집장이었다.

메일 확인했음. 16세기로 가고 싶어지는 건 나만의 생각? 그런데 남편 김성립은 재능이 눈부셨던 시인 허난설헌을 사랑했을까? 나는 '죽도록 사랑했다'에 한 표 던진다. 당신은?

또 시작이군. 대체 그것이 왜 궁금할까? 하긴 그가 허난설헌에게 빠져 산 세월이 만만치 않으니 궁금한 것도 많겠다. 요즘 드는 생각인데 그의 집착은 거의 마지못해서 이혼 도장을 찍은 전남편 수준이다.

1년 전 유난히 허난설헌에 관심이 많은 구 편집장이 제안했다. 허난설헌이 아들 희윤을 잃고 쓴 시 〈곡자〉를 소재로 한 단편이 마음에 든다며 시리즈로 가 보자고. 가끔 나는 그가 왜 16세기에 요절한 조선의 여류시인 허난설헌에 그토록 관심을 보이는지 이유가 궁금하다. 당당하게 오만 원권 지폐의 주인공이 된 신사임당도 아니고 왜 하필 허난설헌일까? 그녀와 무슨 전생의 인연이 닿았기에 그토록 진심인지 물어보면 언제나 돌아오는 대답은 '시절인연'이다.

구 편집장과 인연이 시작된 것은 5년 전쯤 '초월리'에 있는 허난설헌의 무덤 앞이다. 그날은 한바탕 여름비가 숲을 훑고 지나간 후라 햇살이 눈부셨고, 바람에는 약간의 차가운 기운이 남아 있어 마치 허공에 탄산수를 분사한 듯 짜릿하고 청량했다. 멀리 보이는 강은 푸른 옥처럼 반짝이고 있었다. 나는 이 세상 것 같지 않은 날씨에 취해서 그녀의 무덤 주변을 어슬렁거렸다.

무덤가에는 누군가가 먼저 다녀갔는지 그녀가 생전에 좋아했다는 분홍빛 작약이 한 다발 놓여 있었다. 해마다 그녀의 기일이면 놓고 가는 듯했지만 한 번도 마주친 적이 없었다. 대체 누가 오백 년 전에 죽은, 재주는 많았으나 16세기 조선의 시스템 부적응 장애로 불행했던 여인에게 이다지도 관심이 많은지 만나 보고 싶었다.

그녀의 무덤 앞 상석 위에 커피와 캔맥주 그리고 불을 붙인 담배를 놓았다. 나는 멀리 보이는 강을 바라보며 천천히 담배를 피웠다. 무심한 바람과 만난 푸른 연기가 그녀의 무덤 곁을 지키고 있는 꽃등 주위를 맴돌다 일렁이는 오후의 햇살과 뒤엉켜 사라진다.

시간과 공간이 뒤섞이는 것 같은 신비로운 분위기 탓일까? 알 수 없는 슬픔 때문에 울컥하고 눈물이 핑 돈다. 차오르는 눈물 때문에 마음이 넘칠까 싶어 잠시 허공을 헤매던 나의 시선을 꽃등에 둔다. 언제부터인가 자꾸만 꽃등이 눈에 들어온다. 오랜 세월 허공을 떠돌던 그녀의 슬픔과 체념이 돌이끼로 내려앉은 것 같은 저 꽃등은 대체 언제부터 무덤가를 지키고 있는 것일까?

"와우, 드디어 만났네요."

갑자기 웃음기가 실린 남자의 목소리가 바람결에 들렸다. 나는 소리가 나는 쪽을 향해 돌아섰다. 저 멀리서 한 남자가 긴 다리로 계단을 성큼성큼 내려오고 있었다. 나는 마치 인간 꽃다발이 달려

오는 것 같다고 그를 보며 생각했다. 꼬락서니가 영락없이 미친놈
이다.

나는 알록달록한 셔츠를 입은 그를 일말의 경계심도 없이 물끄
러미 바라봤다. 바람으로 부풀려진 셔츠 때문에 풍선인형처럼 보이
는 그는 금방이라도 강 쪽으로 날아갈 것 같았다. 문득 한없이 경쾌
하고 가벼운 사람이라는 생각이 들었다. 딸기 맛 팝콘 같은 남자라
고나 할까.

그는 허난설헌의 기일에 맥주와 커피를 놓고 가는 사람이 대체
누군지 궁금해 제일 높은 언덕에 올라가서 기다리고 있었다며 활짝
웃었다.

"저 같은 사람이 또 있구나 싶어 새벽부터 작정하고 기다렸습
니다."

"왜요?"

나는 담배 연기 너머로 그를 보며 말했다.

"글쎄 왜일까요?"

그가 웃으며 농담처럼 말했다.

"……무섭지 않습니까?"

"21세기에는 귀신보다 사람이 더 무섭죠. 하하하."

나는 어이가 없어서 픽 웃으며 그를 살폈다.

왠지 아주 오래전부터 알고 있는 것 같은 기분이 들었다. 핑크
꽃무늬 셔츠를 입은 남자를 본 것은 세상에 태어나서 그날이 처음

이었다. 딸기우유 빛깔 바지는 각설이에게 던져 주어도 입지 않을 만큼 너덜너덜했고, 머리카락은 칼만 들려 주면 망나니였다. 좋게 말하면 아방가르드고.

"구자균, 입니다."

"구가, 자균이라, 하여 새벽 댓바람부터 나를 기다린 연유는?"

갑자기 그가 손을 내밀었다.

"아무나 손잡지 않습니다."

그러자 그가 손을 재빨리 거두고 무안해진 손을 심란한 핑크 걸레 바지에 찔러 넣는다.

어떤 생각을 하고 살면 조금의 망설임도 없이 저런 색깔의 바지와 옷을 입을 수 있는 걸까? 저 꼬락서니를 하고 문밖으로 나올 생각을 했다는 것이 기이했다.

그날 나는 온통 핑크빛일 것 같은 그의 세계가 궁금해졌다.

"포기가 빠르시군요."

"여자 앞에선 포기가 상당히 빠르죠. 이미 두 명 포기했습니다. 하하."

"허난설헌에 관심이 많으신가 보네요? 그녀가 작약을 좋아했다는 것은 어찌 알고 해마다 가져다 놓는 겁니까?"

"그냥 일방적으로 반한 거죠."

"아, 그런데 왜 하필 그녀일까요?"

"……어느 날 갑자기 그녀가 찾아온 거죠. 정확히 말하면 정중한 부탁을 받았다고나 할까. 뭐 인생을 살다 보면 무언가에 홀리는 일이 종종 생기거든요. 그러니까…….”

서둘러 담배를 꺼내 피우려던 그가 멈칫하며 나와 눈이 마주치자 씩 웃는다. 나는 주머니에서 라이터를 꺼낸 후 그의 담배에 불을 붙여 주었다. 그가 고개를 숙여 담배를 라이터 쪽으로 기울였다. 남자치고는 속눈썹이 홀쭉하게 패인 광대 언저리에 그림자를 드리울 정도로 길고 풍성했고, 가늘고 긴 손가락은 섬세했다.

나는, 그처럼 손가락이 길어서 주체 못해 잔을 종종 떨어뜨리고 매듭을 묶지 못하는 남자를 알고 있다. 노동은 해 본 적도 없는, 아주 섹시하고 오묘한 손가락의 주인은 바람처럼 달려가도 닿을 수 없는 곳에 있다.

“멋있으십니다!”

그가 담배 연기를 훅 하고 날리더니 바보처럼 웃으며 말했다. 뜬금없는 그의 말에 나도 그만 웃고 말았다. 참으로 오랜만이었다. 나는 그에게 손을 내밀었다.

“버지니아 우입니다.”

“Right time, Right place, 시절인연이 바로 이런 것이군요!”

마치 그럴 줄 알았다는 듯이 그가 해바라기처럼 환하게 웃으며 손을 덥석 잡더니 흔들며 말했다.

그날 그렇게 바람 속의 기괴한 첫 만남으로 시작된 구 편집장과 나의 인연은 지금까지도 이어지고 있다. 그의 말처럼 특정한 시간과 특별한 공간에서 마치 계획된 것처럼 만난 인연이었는지는 모르겠지만 그와의 만남이 나에게 특별한 시간을 선물한 것은 맞다.

"있지, 만약에 허난설헌이 죽지 않고 살아 있다면 어땠을까?"

그는 입버릇처럼 종종 말하곤 한다. 그럴 때마다 나는 그저 말없이 웃으며 말한다.

"……아주 멀리 도망치지 않았을까?"

스물일곱 살에 홀연히 죽을 날을 암시하는 시를 쓴 후 정확히 그날에 죽은 그녀를 기리는 구 편집장의 마음만 본다면 전생에 그녀의 남편이었음이 분명하다고 생각해도 무리가 아니다. 그 열정에 조금만 더 부추기면 제사까지 지내겠다고 설칠 판이다.

오백 년 전에 잠시 살았던 여인에 심취한 그는 말하자면 '허난설헌 덕후'다. 덕후답게 '허초희'라는 이름 외에 '자'인 경번, 옥혜라는 알려지지 않은 이름까지 알고 있다. 조상의 성묘는 못 가도 초월리에 있는 허난설헌의 무덤은 스타벅스까지 들려서 아메리카노를 테이크아웃 해 수시로 간다. 그곳에 가면 줄을 서서 말라 가는 꽃다발이 있는데 아마도 열의 일곱은 그가 가져다 놓은 것이 분명하다. 대체 그는 허난설헌이 사랑하던 꽃이 '작약'이란 사실을 어떻게 알았을까?

한번은 궁금해서 그에게 물었다. 대체 그토록 그녀에게 몰입하는 이유가 뭐냐고. 그랬더니 그가 알 듯 모를 듯한 미소를 지으며 말했다.

우아한 유령

"책에서 봤나? 암튼 16세기 여인이 쓴 책에 나왔던 것 같기도 하고……."

조선 최초로 '자' 와 '호' 그리고 자신의 이름을 남긴 유일한 여성인 허난설헌에 대한 구 편집장의 관심은 누가 봐도 유난했다. 고문서 중에서 그녀와 관계된 것들을 수집하거나 그녀가 살았던 16세기의 서적들을 사들였다. 물론 주식을 팔아서 사들였다는 그 귀한 책들을 본 바는 없으나 그의 허난설헌을 향한 팬심에 허씨 집안을 대신해서 감사패를 주고 싶을 정도다.

어진 아내의 본보기인 중국 초나라 장왕의 아내 번희를 사모해서 자를 '경번'이라 했지만 정작 본인은 어진 아내와는 거리가 멀었으며 열두 살이나 연상인 오빠 허봉도 동생의 재주를 높이 사서 언제나 '경번'이라고 불렀을 정도로 재능이 남달랐던 허난설헌. 그리고 그녀의 벗인 옥봉 이원과 잊을 수 없는 계향까지. 그야말로 조선의 3대 '걸 크러시'인 그녀의 삶은 강렬하고 아름다웠지만 슬펐다. 단지 '아녀자'라고 불리었기에. 눈을 감으면 담담한 목소리로 그녀들이 나에게 말을 걸어온다. 높지도 낮지도 않은, 가을바람처럼 쓸쓸하지만 다정한 목소리로. 때론 한여름 들판을 달려온 열정적인 바람처럼 내 귓가에 그녀들의 이야기를 속삭인다.

나는 〈유선사〉 속의 세상을 꿈꾸다 그토록 사랑하던 스물일곱 송이의 연꽃으로 진 허난설헌의 인생을 생각하면 슬프다. 옥봉 이원은 또 어떤가. 목숨처럼 여기던 시를 다시는 쓰지 않겠다며 생전에 썼던 시를 허리춤에 단단히 묶고 바다에 뛰어들었다. 그녀는 시신이 되어 중국의 해안까지 떠돌다 결국 시와 함께 조선으로 돌아와 조씨 일가의 무덤 한자리를 겨우 차지했을 뿐이다.

창문에 달 비치니 그리움이 사무칩니다. 임 계신 곳 다니는 꿈길이 자취를 남긴다면 그곳으로 난 돌길은 거지반 모래가 되었을 것을.

남편 조원을 향한 이별의 그리움을 '시'로 남긴 채 세상을 등진 그녀를 생각하면 화가 난다. 조원은 그녀만큼 절절하지 않았을 터이니.

구 편집장에게서 다시 문자가 왔다. 혹시 전생에 허난설헌이 아니었느냐고. 글이 거의 빙의 수준이라며 조선 16세기 한양 거리와 분위기를 본 것처럼 묘사한 것을 보면 거의 체험적 글쓰기 아니냐며 호들갑을 떨었다.

- 전생에도 현생에도 허난설헌이라고 생각해 주면 나야 영광일세.
- 그럼, 신사임당은 어떻게 생각해?

뜬금없이 새벽에 율곡 이이의 모친 신사임당이 어떠냐고 물으니 달리 할 말이 없다. 그녀는 조선 시대 내내 이미지가 좋았으니까. 현모양처의 전형으로 알려진 그녀가 우암 송시열과 아들인 이이가 아니었다면 그렇게 우아하게 포장될 수 있었을까? 물론 그녀의 재능이 출중했던 것은 사실이지만 자손 대대로 현모양처로 전해지는 것에는 동의하지 않는다.

여성의 지위가 높아진 21세기에 신사임당은 오만 원 고액권을 장식하는 주인공이 됐다. 모자가 동시에 지폐의 등장인물이 되다니 흥미로운 일이다. 그러나 그녀가 허난설헌처럼 시집살이에 적응하지 못하고 요절을 했어도 고액권의 간판 인물이 되었을까? 서른아홉 살까지 친정에서 살다가 마지막 10년만 시집에서 지내는 편안한 시집살이를 한 여인이다. 모진 시집살이로 복장이 터져 죽을 지경이었던 허난설헌에 비하면 그녀의 시집살이는 간헐적 시가 방문인 셈이니 현모였을지는 모르나 양처는 아니다. 물론 현모도 양처도 되어 본 적이 없던 나는 그녀를 평가할 자격이 없다.

　- 현모였을지는 모르나 양처는 아니지. 어떤 의미에서 그녀는 16세기에 21세기를 살았다고 할 수 있지. 친정아버지 덕분에. 딸을 위해 고르고 골라 별 볼 일 없는 만만한 집안의 사위를 골랐잖아.
　- 그럼, 허난설헌이 21세기에 살았다면 어땠을 것 같아?

또 시작이다. 틈만 나면 그는 물어 온다. 그는 왜 항상 21세기의 허난설헌에 집착하는 걸까?

- 행시 패스한 오빠, 고위 공무원인 부친 덕에 학원가를 누비며 자사고 준비해서 대학을 갔겠지. 그러다가 결혼해서 이혼한 후 경단녀가 돼서 아르바이트 인생이 됐을 수도 있겠지. 오빠는 정권이 바뀌어서 좌천됐을 것이고.
- 아, 생각만 해도 참담하네. 역시나 그녀는 조선에서 마무리하고 전설로 남는 게 맞는 건가? 또 모르지 21세기에는 빛나는 재능으로 특별한 삶을 살았을지도. 어떻게 생각해?
- 특별하긴. 그냥 남들처럼 살겠지. 아마 남편 김성립이 특별하게 살았을걸. 워낙 놀기 좋아했던 사람이라.
- 그래? 기록에는 재주 없고 못나고 쪼잔한 남자라고 하던데?
- 아마도 그건 짓궂은 균이 누나의 시댁인 김씨 집안에 한 소심하고 사적인 복수일걸.
- 누나가 시집 잘 못 가서 개고생한다고 생각했구나. ㅋㅋㅋㅋ.

그가 이모티콘과 함께 웃음을 날렸다.

우아한 유령

구 편집장이 문헌 속에서 허난설헌의 흔적 찾기에 몰입하고 있다면 나는 '화우당'에 스스로 유폐한 채 속절없이 지기만을 기다리던 허난설헌의 인생을 '만약'이란 가정하에 되살려 내고자 한다. 왜 그러냐고 묻는다면 전생의 인연이 닿았다고나 할까?

나의 이야기 속에서는 모두가 알고 있는 '허난설헌'이 아닌 '자'인 '경번'으로 부르고자 한다. 그녀 스스로가 정한 '자'이기도 하지만 오빠인 하곡 허봉이 동생을 귀하게 여겨 '경번'이라고 불렀듯이 나도 그녀를 귀하게 여기고 싶기 때문이다.

딸로 양천허씨 집안에서 태어난 것은 행운이었으나 요즘 같으면 공부보다는 연예계에서 대성할 자질이 차고도 넘쳤던 남편, 김성립에게 시집간 것이 가장 큰 불운이었던 경번을 위한 나의 '변'에 어쩌면 그녀도 감사할지 모른다.

그녀, 경번은 16세기에 이미 일본과 중국에서 출간된 시집으로 국제적인 베스트셀러 작가로 명성을 떨쳤다. 오로지 자신의 타고난 재능 하나로만 추앙받으며 중국과 일본에 그녀만의 팬덤을 형성했다. 그 모든 것이 비록 그녀의 사후에 일어난 일이지만 조선의 선비 그 누구도 해내지 못한 일을 경번은 해낸 것이다. 21세기에 최적화된 재능을 가졌기에 조선에서 여인으로는 불행했던 허난설헌, 경번이며 초희이며 옥혜였던 삶. 나는 구 편집장의 제안으로 그 삶을 전지적 관찰자 시점에서 기록하기로 했다.

아마 그녀도 이런 내 생각에 동의하리라 생각한다.

나는 벗꽃이 분분히 날리고 햇살에 부푼 공기가 라일락 향기를 가득 품은 어느 봄날, 이곳으로 왔다. 바람이 이곳에서 저곳으로 옮겨 가듯 조선에서 머물지 못했던 그녀도 어쩌면 그때 함께 왔는지도 모른다.

풍납토성. 바람을 받아들이는 곳, 옛 왕조의 모습은 오래전에 사라져 흔적조차 찾을 수는 없지만 나는 이 아름다운 동네가 좋다. 발음할 때마다 낭만적인 여운이 혀끝에 남는 '백제'의 우아함을 닮은 바람이 불어오는 이곳에서 지나간 시절을 '플레시백' 할 수 있으니까.

봄이면 초록으로 뒤덮인 토성을 넘어서 불어오는 바람이 마법 같아서 종종 놀라운 일들이 눈앞에서 펼쳐진다. 그러나 이곳에의 삶 자체가 나에겐 마법이라고 밖엔 달리 표현할 길이 없으니 놀랄 일이 아닐지도 모른다.

이사를 오자마자 동생인 홍연과 함께 제일 먼저 근처 대형 마트에서 슬리퍼와 초록색 트레이닝복을 샀다. 그리고 부동산과 떡집 사이에 소심하게 버티고 있는 작은 미용실에서 긴 생머리를 자르고 파마를 했다. 최신 유행이라는 일명 '히피펌'이었다. 바람에 흩날리는 것처럼 부스스한 머리가 마음에 들었기에 헤어디자이너가 보여 주는 샘플북에서 콕 집어 '이것으로 해 주시오.' 했다.

눈이 마주친 순간 당황하는 헤어디자이너의 얼굴은 잠시 후 있을 참사를 알려 주는 전조였음을 나중에야 알게 됐다. 머리카락과

우아한 유령

의 사투를 벌이던 그녀의 얼굴은 마치 인생 역작을 위해 온 힘을 기울이다 세상의 마지막을 본 것 같은 장인의 얼굴과 흡사해 애처롭기까지 했다. 세 시간 후에 거울 속에 비친 나의 모습은 샘플북 속 모델의 모습과 너무나 달랐다. 산들바람에 날리는 것 같던 모델의 머리는 간데없고 그저 자다가 벌떡 일어난 여자 머리, 그 이상도 이하도 아니었다.

거울 속의 얼굴을 보며 '처음 뵙겠습니다만 뉘신지?' 하는 표정인 나에게 홍연은 머리 스타일과 옷맵시의 완성은 얼굴이라며 위로를 했다. 그러나 표정은 말과 달리 웃음 폭발 직전이었다. 과거의 나를 아는 홍연이라면 그럴 만도 했다. 난감 지경이라 덩달아 한참을 웃다가 가만히 보니 이상하게도 거울 속의 내 모습이 영 싫지만은 않았다. 세상의 바람을 온몸으로 맞은 것 같은 산발 머리가 어쩐지 맘에 들었다. 산들바람에 날리는 '히피펌'은 아니지만 분방해도 너무나 분방해 갈 길을 잃은 것 같은 머리가 나의 지나간 삶을 한 방에 날려 주는 것 같아 통쾌했다.

"어쩜 이럴 수가 있죠?"

"맘에 안 드시죠? 환불해 드릴게요."

머리카락을 오렌지빛으로 염색한 헤어디자이너가 심각한 얼굴로 말했다.

"아뇨. 심히 맘에 듭니다."

나는 감사의 표시로 굳이 사양하는 그녀에게 은비녀를 건넸다.

그날 이후 은비녀는 미용실의 상징이 되어 지금까지 벽에 걸려 있다. 그리고 주인은 가게의 이름을 '주리의 오렌지 살롱'에서 '주리의 은비녀 살롱'으로 간판을 바꿔 달았다. 그렇게 또 나는 하나의 인연을 만들었고 지금까지 이어지고 있다.

이곳은 바람이 많은 동네라 일상이 바람이다. 나는 내일이 오지 않기를 바라는 삶을 살아 본 사람만이 알 수 있는, 아무것도 일어나지 않는 고요함을 즐기며 매일 아침에 일어나면 습관처럼 창문을 열고 커피를 내린다. 그러면 마치 밤새 창가에서 기다리고 있었다는 듯 바람이 집 안으로 들어와 나의 부스스한 머리카락을 연인처럼 어루만진다. 오로지 바람만이 나를 흔들 수 있는 지금이 너무나 좋다.

'아, 이 바람은 시장통을 지나 동네 입구의 은행나무를 흔들고 앞집의 매화나무에 살짝 머물다 나에게로 왔구나. 어서 와, 너는 워커힐 쪽 아카시아 숲을 지나 강을 건너왔구나.'

그렇게 말을 걸다 보면 세상을 떠돌다 마침내 나에게로 온 바람인 양 마음이 애틋해진다. 어쩌면 그의 영혼이 같이 실려 와 나의 곁에 머물 수도 있을지 몰라 친절하게 말을 건넨다. 이것이 매일 바람을 맞이하는 나만의 방식이다.

'어서 와, 기다리고 있었어.'

어느새 나는 소란스럽다 못해 종종 정신이 없는 골목의 구성원이 되어 버렸다. 어쩌다 골목 산책이라도 나가면 골목 어귀의 부동산 사장님인 은심 씨가 지나가는 나를 불러 요구르트를 건네고, 오픈한 이래 가장 난이도 있는 파마를 해 준 '주리의 은비녀 살롱'의 주인 주리 씨는 미스트 통을 들고 뛰어나오며 라면을 먹고 가라고 부른다. 그러면 나는 마지못해 그녀의 손에 이끌려 미용실 안으로 들어가 라면을 한 젓가락 먹고, 주리 씨는 그사이에 프로정신을 발휘해 내 머리카락에 스프레이를 뿌리고 본인처럼 오렌지색으로 염색하지 않겠냐고 유혹한다. 그러면 나는 웃음을 터트리며 절대 안 된다고 거절한다.

살롱 거울 속의 나는 웃고 있고, 주리 씨는 과장된 몸짓을 하며 집요하게 나를 설득한다. 나는 단순한 행복이 주는 경이로운 장면에 잠시 웃음을 멈추고 거울을 본다. 눈가에 눈물이 그렁그렁한 내가 나를 보고 있다. 그리고 조용히 묻는다.

'서른다섯의 너는, 잘 살고 있는 거지?'

순간 추억이 그리움과 블렌딩 되면서 가라앉아 있던 내 안의 모든 기억이 떠오른다. 바람, 향기, 햇살 같은 사소한 것들에 의해 소환된 기억들 때문에 가끔은 이사 오기 전 살던 곳의 풍경이 사무치게 그립다. 바람이 불거나 눈이 오거나 혹은 꽃이 필 때 찾아오는 정서적인 환절기에 잠시 넋을 놓기도 하지만 여전히 극복하는 중이다. 그러함에도 불구하고 풍경 속에서 간헐적으로 찾아오는 그만은 잊을 수가 없다.

'나의 인생은 당신 하나로 충분했습니다. 그립고 그리우며 그리우니 어디에 있든 바람이 되어서라도 찾아갈 것입니다.'

그의 웃는 모습이 환영처럼 어른거린다. 첫눈처럼 맑은 표정, 어쩌다 보이는 오만한 눈빛, 푸른 초원을 넘어오는 바람처럼 공기가 절반은 섞인 부드러운 목소리가 어제 보고 들은 듯 생생하다. 전해 듣기로 그는 어디선가 쓸쓸히 눈을 감았다고 한다. 발길이 멈추는 곳에서 숨을 거두고 싶다던 그의 소원을 이룬 셈인가? 얼마나 쓸쓸했을까. 사무친 그리움이 서리처럼 그의 감은 눈 위로 내렸을까?

그는 늘 닫힌 나의 방문 앞에 앉아서 '담담히 추운 겨울이 지나가길 기다렸다가 그대와 함께 꽃피는 달밤에 봄이 오는 강으로 가겠습니다.'라고 속삭였다. 지금 생각하면 그와 나의 사랑은 너무나 적요했다. 하여 그를 위해 해마다 배롱나무가 눈처럼 흰 꽃을 피울 즈음이면 향을 피운다. 나를 만나서 슬펐던 기억이 많은 사람이기에 그렇게라도 뒤늦은 위로를 전하는 것이다.

여러 날 청순한 꽃망울을 달고 있더니, 드디어 몇 날을 기다린 끝에 배롱나무꽃이 활짝 핀 모습을 보았다. 새벽에 내린 비가 무슨 조화를 부렸는지 아침 햇살 아래서 눈꽃처럼 하얗게 빛나고 있다.

순간 그리움이 눈물과 함께 차오른다. 역시나 그리움이란 단어는 수분이 90%임이 분명하다. 안 그래도 그리움이 절반인 인생인데 그 그리움은 항상 눈물을 동반하니 이런 것을 우중인생(雨中人生)

우아한 유령

이라 해야 하나 보다. 슬픔을 동반한 내 안의 그리움은 지는 낙엽처럼, 바람에 떨어지는 꽃처럼 나의 마음에 쌓여만 간다. 그리고 심연에 퇴적되어 나의 깊은 슬픔과 만나 회한으로 발효한다.

지난밤, 꿈속에서 고향집이 나왔다. 하늘의 별빛이 무심히 쏟아지는 마당이 보였다. 바람이 녹나무 사이로 왔다 대나무 숲 사이로 사라지는 정원, 8월의 배롱나무꽃을 닮은 진분홍빛 내 마음이 떠돌았던 그곳에 홀로 서 있었다. 꿈인 것을 알기에 그 모습을 보며 나는 하염없이 눈물을 흘렸다.

오늘은 나의 서른다섯 번째 생일이었다. 그러나 그 숫자가 더는 의미가 없기에 그저 향을 한 대 피우고 투 샷의 에스프레소 한 잔을 내려 마시는 것이 전부다. 생일 아침에 늘 그랬듯이 마음을 다독이며 커피를 갈았다. 커피 알갱이 속에 갇혀 있던 향기가 산산이 부서지며 허공으로 퍼진다. 나의 그리움도 부서져 향기와 함께 기억 저편으로 사라진다. 이곳으로 이사 오면서 습관도 바뀌었다. 예전엔 차를 즐겨 마셨지만 이젠 에스프레소를 즐긴다. 한 잔의 차가 늘 겨울 같았던 마음을 어루만져 주었다면 에스프레소는 무디어진 나의 마음을 강하게 찌른다. 나는 아직도 처음 에스프레소를 마셨을 때의 강한 떨림을 잊을 수가 없다. 그 떨림이 없었다면 아마도 지금의 나는 없었을 것이니 생각해 보면 모든 것은 운명이며 순환이라는 생각이 든다.

나로 말하자면 결혼은 한 번 했으나 처참히 실패하고 동생과 단

둘이 살고 있다. 남편과의 사이에 아이는 없다. 신은 나에게 어머니가 될 기회를 두 번이나 주고도 매정하게 거두어 버렸다. 놓친 아이들을 생각하면 마음이 무너지지만, 그것 또한 운명이라 생각한다. 모든 것을 놓쳤을 때 비로소 내가 누구인지를 알게 됐다. 내가 얼마나 결혼에 적합하지 않은 사람이며 사랑할 줄 모르는 사람이었는지를 깨닫게 한 잔혹한 시간이었다. 그와의 이별은 둘 다 살기 위한 선택이었지만 그 결과는 너무나 슬프고 참담했기에 수많은 불면의 밤을 보냈다.

비록 참담하게 끝났지만 나는 아직도 그를 생각한다. 이곳에서라면 그와 함께 행복했을까? 그가 사랑했던 매화가 활짝 피는 이른 봄이면 그를 향한 그리움을 주체할 수 없어 하염없이 토성을 따라 걷고 걷는다. 마치 그가 내 뒤를 따라오는 것 같아 몇 번이나 뒤를 돌아보지만 따라오는 것은 그를 닮은 다정한 바람뿐이다.

모든 것을 다 잃고 난 후 막막했던 나의 삶은 기적처럼 종종 자서전을 대필해 주는 덕에 조금씩 나아지고 있다. 남의 인생을 대충 듣고 우아한 거짓말을 덧씌우는 일쯤은 아무렇지도 않게 한다. 이렇게나마 얄팍한 나의 재주가 쓰일 곳이 있다니 놀라울 뿐이다. 가장 최근에 대필한 자서전은 구청장에 재선되고 싶어서 안달이 난 여성 정치지망생의 자서전이었다. 정확히 천만 원을 받았고 나는 딱 그만큼의 자서전을 대필했다. 자서전 덕분이었는지 아니면 우연이었는지 결국 그녀는 구청장에 재선되었고, 놀랍게도 백제 시대

왕비 복장을 하고 몇 년째 구민 축제에서 <열애>를 목이 터져라 부른다. 삼선을 기약하며. 그녀가 꿈꾸는 모두가 잘사는 구민 세상이 올지 알 수는 없으나 대필해 준 자서전 덕에 흙수저 출신에서 전도유망한 정치인으로 거듭난 입지전적인 인물로 한동안은 화제였다. 그 덕에 나도 몇 개의 자서전을 더 대필할 수 있었다. 그 또한 놀라운 일이다. 잔재주로 돈을 벌 수 있다니 말이다. 그러나 양심의 가책 같은 것은 없다. 생업이라고 생각하니까.

동생 홍연을 위한 아침을 간단히 차려 놓은 후 커피를 마시며 창으로 들어오는 여름을 지켜봤다. 강렬한 초록색의 나뭇잎이 햇살을 받아 반짝이고 있다. 너무 자란 나무들 탓에 실내에 빛이 잘 들지는 않지만, 오히려 나는 빛이 들지 않는 녹색 그림자의 서늘함을 즐기며 나무들 사이로 언뜻 보이는 풍경에 무심한 눈빛을 던진다.

야쿠르트 배달원이 지나가고 유치원 버스가 달려와 멈추면 기다리고 있던 아이들이 공기 방울 같은 웃음을 허공에 날리며 버스에 오른다. 한 아이가 쥐고 있던 풍선을 놓치자 별 같은 작은 손을 벌리며 울음을 터뜨린다. 지켜보던 나는 입술을 지그시 깨물며 서글픔을 삼킨다. 담을 넘어온 서늘한 바람이 내 안의 슬픔을 어루만진다.

햇빛에 반사된 계수나무의 잎이 찰랑거리며 바람에 흔들리고 있다. 그 모습이 여름이면 그늘이 짙던, 아버지의 고택을 생각나게 한다. 울타리처럼 심어진 계수나무가 봄이면 연둣빛이었다가 가을이면 황금빛으로 물들던 그곳. 음력 구월이면 열어 놓은 문으로 설탕을 태우는 것 같은 계수나무의 달콤한 향이 바람에 실려 오는 아버지 서재에서 책을 읽었다. 바람결에 실려 온 향기가 책으로 얼굴을 덮은 채 선잠이 든 나의 주변을 맴돌았다. 비록 그 시절과 같지는 않지만, 여전히 나에게 계수나무의 향기는 돌아갈 수 없는 아련한 시절을 떠올리게 하는 그리움의 냄새다. 그래서인가 요즘은 아버지가 사무치게 그립다. 아버지는 나에게 《시경》을 가르쳐 주셨다. 나는 아직도 표지가 떨어져 나간 《시경》을 간직하고 있다.

이젠 기억 속에만 남아 있는 시간을 생각하며 눈을 감고 상상의 나래를 편다. 마치 그날로 돌아간 것처럼. 오랜 시간이 지났음에도 여전히 빛도 바래지 않은 풍경이 어제인 듯 눈앞에 펼쳐진다. 마치 꽃은 시들었지만, 그 빛은 더 짙어지듯 나의 기억도 날마다 짙어지고 있다. 아마도 변함없이 잘 있을 것이다. 다만 집이 너무 멀어 나의 안녕을 전할 길이 없으니 안타까울 뿐이다.

"무슨 생각해요. 언니?"

아르바이트를 가려고 방에서 나오던 홍연이 나를 빤히 보며 묻는다.

"바람 생각……."

"바람이 왜요?"

홍연은 금방이라도 울 것 같은 얼굴이다. 바람 이야기를 하면 내가 무슨 생각을 하고 있는지 직감적으로 아는 것이다. 그런 날에는 습관처럼 하루에도 몇 번씩 나의 안색을 살핀다.

"바람이 참 요망해서 잠시 내가 넋이 나갔나 보다. 아침은?"

"언니가 바람 생각하는 동안 먹었어요."

홍연이 조용히 한숨을 쉰다. 나는 그런 홍연을 애써 모른 척하고 식탁을 봤다. 정말 깨끗이 먹어 치운 후 설거지까지 해 놓았다. 아무래도 내가 바람 생각을 너무 많이 했나 보다.

"지금 가니?"

나는 애써 웃음 지으며 홍연을 봤다.

"오늘은 편의점 아르바이트하러 나가요."

짧은 치마에 흰 티셔츠를 입은 홍연이 현관 앞 거울 앞에 서서 머리를 질끈 묶으며 말했다.

21세기를 맹렬히 달리는 소녀 홍연은 벌써 각종 아르바이트를 줄줄이 꿰차고 제 밥벌이는 똑소리 나게 하고 있다. 얼마 전에는 시급이 올랐다며 좋아했다. 다행이다. 나보다 더 잘살고 있는 것 같아서. 글을 쓰는 시간을 제외하면 일주일에 두 번 문화센터와 주민센터에서 중국 〈당시〉를 강의하는 것이 정규적인 내 수입의 전부인 것에 비하면 홍연의 수입은 꽤 짭짤하다.

"저녁에 들어오는 거니?"

"저녁엔 시장통에 있는 전집 아르바이트 있어요. 그 주인어른이 그러는데 제가 부치는 전이 인기가 그렇게 좋대요."

"제대로 배우긴 했지."

나는 홍연의 혹독한 스승을 떠올리며 웃었다.

"그럼요, 어디 하루 이틀에 배운 솜씨인가요? 전집 할머니가 말씀하시기로는 제가 지지는 전은 기본에 충실하대요. 하긴 기본에는 진짜 충실하죠. 좀 많이 지졌어야지요. 게다가 아주 혹독한 선생한테 배웠잖아요. 세상에 벌 대신 실패한 전을 죄다 먹어서 없애라고 불호령을 내리는 사람은 그분뿐일걸요. 배 터져 죽는 줄 알았잖아요."

홍연은 아무리 생각해 봐도 어이가 없는지 깔깔대며 웃는다.

"우리 홍연이, 장하다."

"이참에 전집을 차릴까도 생각해 봤는데. 안 되겠죠, 언니?"

"왜, 나까지 전을 부치게 하려고?"

나는 빙그레 웃으며 홍연을 봤다. 아마도 그동안 갈고닦은 재주라면 홍연은 분명 좋은 결과를 낼 수 있을 것이다. 홍연에게 음식을 가르친 이가 얼마나 까다로운 선생이었는지 알기에 장담한다. 최악의 스승 아래서 갈고닦은 솜씨는 어디 가지 않는다.

"설마요, 제가?"

농처럼 건넨 말인데 홍연이 정색한다.

"농이다. 이치로 따지자면 내가 너를 먹여 살려야지."

홍연과 나는 서로 이심전심이다. 나보다 한참 어리면서 늘 어미닭 노릇을 자청하는 홍연을 보고 있노라면 절로 입가에 미소가 맴

우아한 유령

돈다. 나의 잔재주보다 홍연의 실사구시용 재주가 더 쓸모 있다는 사실이 그저 신기하고 고마울 뿐이다.

"편의점 주인장이 유통기한 얼마 남지 않은 거 주면 냉큼 받아 와도 되죠? 전집 할매가 음식 싸 주면 그것도 가지고 올게요."

"그렇게 하렴. 또 누가 아니? 아낀 덕에 훗날 우리가 전집을 하나 차리게 될지."

그 말에 홍연의 얼굴에 화색이 돌더니 조금 전의 의젓함은 사라지고 해맑은 소녀의 얼굴이 비친다. 그 모습이 너무 고와서 한동안 홍연을 지그시 바라봤다. 무릎 위로 훌쩍 올라간 치마 아래로 보이는 홍연의 다리가 애처로울 정도로 가늘다. 저 다리로 종일 종종거리고 다닐 터이니 얼마나 힘이 들까. 그래도 홍연은 군소리 하나 없이 항상 나비처럼 나풀나풀 뛰어다닌다.

"그렇게 좋으니?"

"그럼요. 우선 이 옷을 보세요. 이렇게 더운 날 이런 것을 입을 수 있다는 게 얼마나 좋아요. 그리고 여기서는 박색마귀 할망구 잔소리 들을 일도 없잖아요. 저는 지금이, 이곳이 너무 좋아요!"

"그렇구나. 그런데 그이는 왜 그곳으로 갔을까?"

"다 사랑 때문 아니겠어요? 죽을 만큼 그리우면 가야지 어쩌겠어요."

홍연이 한숨을 내쉬며 연애의 고수처럼 말한다.

"사랑이라, 하긴 내가 봐도 상대가 잘나긴 했지. 그런데 홍이 너는 어찌 그리 잘 아누?"

나는 종종 홍연을 놀려 먹을 때 '홍이'라고 부른다. 홍연의 눈동자가 잠시 허공을 맴돌더니 대뜸 말한다.

"책과 드라마로 배웠다고나 할까. 무모하지 않으면 사랑할 수 없다고 하던데요."

간접 경험으로 사랑을 배운 탓에 '무모한 사랑'을 결코 알 리가 없는 홍연의 비장한 대답에 나는 피식 웃고 말았다. 이미 사랑이 얼마나 무모한 감정인지 너무나 잘 알기 때문이다.

나는 사랑을 위해 전부를 던질 수 있는 용기가 없다. 예전이나 지금이나 유감스럽게도 그렇다. 단 한 번도 그의 사랑에 응답하지 못했다. 그의 눈빛을 외면했고 항상 문밖에 쓸쓸하게 세워 두기만 했을 뿐이다. 나만의 연민에 갇혀 그때는 그런 행동들이 그에게 얼마나 잔인한 짓이었는지 알지 못했다. 그는 종종 내게 해당화의 안부를 묻는 짧은 편지를 보내곤 했다.

창가의 해당화는 잘 있나요?
꽃잎은 시들었겠지만, 색은 더 짙어졌을 겁니다.
바람이 심합니다. 꽃잎이 떨어졌을까 봐 밤새 지새웠습니다.

그러나 사실은 해당화의 안부를 묻는 것이 아니라 나의 안부를 묻는 편지이었음을 너무 늦게 알아 버렸다.

홍연은 여전히 거울 앞에 서서 운동화를 신은 채 이리저리 둘러보다가 마음에 들지 않는지 샌들로 갈아 신은 후 늦었다며 헐레벌떡 뛰어나갔다. 존재 자체가 비타민인 홍연이 나간 후 집 안은 정적 속으로 가라앉는다. 열린 현관으로 재빨리 들어온 바람과 만난 풍경소리만이 정적을 흔든다. 창문 가득 채운 나무들이 초록의 여름이 짙어가고 있음을 알려 준다. 그 초록에 반해서 1인용 초록색 벨벳 의자로 가서 앉았다. 이사를 올 때부터 있었던 의자인데 쓸만해서 그대로 쓰고 있다. 위치도 그대로다. 여러 번 자리를 바꿔 봤지만 이사 온 후 첫여름을 날 때 우연히 의자에 앉았다가 배롱나무에 핀 꽃과 눈 맞춤을 한 후 깨달았다. 이전 주인이 왜 그곳에 의자를 놓아두었는지.

초록의 틈새에 낀 진분홍 꽃이 바람에 이리저리 흔들리고 있다. 그 모양이 마치 레이스를 감아 매달아 놓은 것처럼 고와서 한동안 넋을 놓고 바라보았다. 매끈하고 절도 있는 군자의 모습을 닮은 가지에 어찌 저런 섬세한 모양의 꽃이 필까? 꽃이 피었으니 이젠 경번을 소환할 시간이다. 조급한 마음에 커피를 단숨에 들이켠 후 창가의 책상으로 가서 앉았다. 그녀를 마중하기 위해 향초에 불을 붙였다. 집 안 가득 은은한 '미드나잇 재스민' 향기가 퍼진다. 환영처럼 눈앞에 머리에 화관을 쓰고 향을 켠 채 서안 앞에 앉아 글을 짓고 있는 경번의 모습이 홀로그램처럼 나타났다 타오르던 향초가 바람에 스르르 꺼지자 그녀의 환영도 사라진다. 그 모습이 너무 아름답고 애잔해서 다시 향초를 켜 보지만 부질없는 일이다. 오직 공간을 채우는 것은 연기와 함께 남은 미드나잇 재스민 향기뿐이다.

문을 열기 위해 눈을 감았다. 내 머릿속에는 그녀만을 위한 방이 있다. 그곳에서 그녀는 16세기를 살기도 하고 21세기를 살기도 한다. 그러나 요즘은 좀처럼 그녀만의 방에서 나오지 않으려고 해 불러내는 일이 점점 어려워진다. 한동안 나는 눈을 감고 어떤 이에게는 '한밤중 재스민'으로 불렸던 향을 음미하며 그녀가 돌아오기를 기다렸다. 그러나 매정한 그녀는 다시 그 모습을 보여 주지 않는다. 나는 방으로 거실로 오가며 재스민 향초를 켜 보지만 부질없다. 숨어 버린 것이다.

그녀를 찾는 일에 지쳐 갈 즈음 일상의 BGM처럼 틀어 놓은 라디오의 클래식 방송에서 윌리엄 볼컴의 <우아한 유령>이 흘러나왔다. 순간 나는 '아' 하고 탄식했다.

오래전 들었던 바로 그 <우아한 유령>이었기 때문이다. 안개 속을 맴도는 것 같은 바이올린과 비올라의 선율이 마치 마법처럼 기억 속에 봉인된 시간 속으로 이끌더니 이어서 홀로그램처럼 경번이 아니라 다른 이의 얼굴을 허공에 띄운다. 바로 계향이다. 안개비 내리는 숲을 우아한 유령처럼 걷고 있는 그녀의 모습이 보인다.

계향은 이 음악을 들을 때면 항상 슬픈 눈이 됐다. 비를 담고 있는 구름처럼 어둡고 쓸쓸한 얼굴이 아직도 잊히지 않는다. 이슬비라도 내리는 날이면 그녀는 가장 좋아한 <우아한 유령>을 거느리고 비가 내리는 후원의 대나무 숲으로 홀로 들어가 한참을 머물렀다. 사랑만 담고 모든 것을 비워 낸 그녀의 가슴엔 종종 어쩔 수 없이 쓸쓸한 바람이 불었다. 어둠의 신비와 우아함을 담고 있는 그 곡을 들을 때마다 나는 그녀를 종종 떠올린다. 이런 나의 그리움과 애틋함을 그녀에게 전할 수만 있다면 얼마나 좋을까?

먼 곳에서 연인을 찾아 홀연히 도착한 계향은 당나라 여류시인 설도의 〈춘망사〉를 읊으며 '꽃이 피어도 함께 바라볼 수 없고 꽃이 져도 함께 슬퍼할 수 없는 시간'이 싫어서 찾아왔다고 담담하게 말했다. 그런 그녀를 불러내 달밤에 맥주 한 잔을 마실 수 있다면 얼마나 좋을까?

그녀들의 시간, 계향과 경번의 시간을 이야기하는 나 역시 그 두 사람을 생각하면 봄날 지는 꽃을 보는 것처럼 허망하다. 아름답지만 슬프고 외로운 시간 속으로 각자 당당히 걸어간 그녀들을 생각하며 냉장고에서 맥주를 꺼내 투명한 유리잔에 가득 따른다. 무수한 별빛이 떠오르다가 거품이 되는, 맥주 한잔을 마시며 그녀들이 사랑한 시간과 내가 세상과 불화했던 시간에 건배하고 위로한다.

다시 경번의 모습과 그녀가 슬픔을 끌어안은 채 은거했던 '화우당'이 꿈에 본 것처럼 떠오른다. 뒷동산 대나무 숲 사이를 지나온 짓궂은 바람 탓에 일순간 꽃비가 내리더니 녹나무 가지 사이로 흔적도 없이 사라진다. 그 바람은 다시 그녀의 이야기를 싣고 되돌아와 경번의 말을 나에게 전한다.

내 모든 것을 던져서 자유를 얻을 겁니다. 사랑은 더는 제 것이 아닙니다. 이곳에서 나의 생은 앞으로 나아가지 않을 것입니다. 꽃들이 떨어져 무덤이 된 화우당에 사랑을 묻고, 나는 갑니다.

우아한 유령

2.

꽃등
켠 밤,

홀로
울다

봄의 어느 날.

지난밤, 꽃비가 내렸다.

경번은 비가 온 직후의 청려한 대숲을 거닐다 초저녁이 다 되어서 화우당으로 돌아오자마자 후원의 꽃등에 불을 밝혔다. 순간 어둠이 베일처럼 드리운 후원이 밝아진다. 마음도 그러면 좋으련만 이미 오래전부터 그녀의 마음속에 서서히 어둠이 내려앉더니 요즘은 온통 암흑천지와 같은 나날이다. 남편 김성립과의 사이는 점점 살얼음판을 걷는 듯 위태로웠지만 견딜 수는 있었다. 그러나 아이들은 달랐다. 아이의 죽음은 마음 한구석에 남아 있던 빛마저 송두리째 사라지게 했다. 절망이 채찍처럼 온몸을 휘감았다.

지난해 사랑하는 딸을 잃고 올해 아들 희윤을 잃었다. 그리고 복중의 아이마저 잃었다. 무서리를 맞기 직전의 연꽃 같은 경번은 망연자실한 눈빛으로 주위를 둘러보지만 고립무원이다. 세상 전부를 잃은 셈이다. 한겨울의 북풍한설보다도 매서운 인생이 이제 경번을 기다리고 있다. 그녀는 닥쳐올 추위에 진저리치며 몸을 잔뜩 웅크리더니 가슴에 물 한 동이를 품고 있는 사람처럼 서럽게 운다. 얼굴을 감싼 그녀의 손가락이 먹물로 인해 검게 물들었다. 먹물은 깊숙이 파고들어 그녀의 손톱까지 물들였다. 섬세한 손가락 끝이 온통 먹색이다.

마음이 먹빛으로 물든 지는 이미 오래다. 경번은 먹빛 불행이 다가와 자신을 집어삼키리라는 것을 오래전부터 예감하고 있었다. 불행이 서서히 그녀의 주변을 맴돌며 사랑하는 이들을 하나, 둘 데려가고 있다.

며칠 동안 물 한 모금 넘기지 못했다. 갑자기 맑은 서풍이 불더니 연못에 그토록 기다리던 연꽃이 스물일곱 송이나 피었다. 바람에 실린 연꽃 향이 경번의 방으로 들어와 위로하듯 잠시 머물더니 다시 바람과 함께 어디론가 사라졌다. 그러나 그것도 잠시였다. 화사하게 꽃을 피운 연꽃이 하룻밤 사이에 서리를 맞았다. 경번은 드디어 때가 되었음을 직감했다. 연못 위로 안개가 엷게 핀 탓에 애잔한 밤은 눈물겨웠고 풀벌레는 그녀의 마음을 알기라도 하듯 쓸쓸하게 울었다.

그녀는 방에 홀로 앉아 흔들리는 불빛을 바라보고 있다. 시중드는 아이 홍이 외에는 며칠째 별당 근처를 얼씬거리는 사람이 없다. 시어머니 은진송씨는 작정하고 집안사람들의 별당 출입을 금했다. 오직 경번이 시집올 때 데려온 홍이만 제 주인을 이 집안에서 어떻게든 보호하려고 안간힘을 쓰는데 그 모습이 애처롭다.

시어머니가 온종일 향을 피우고 머리에 화관을 쓴 채 글 나부랭이를 짓고 있다고 소문을 낸 탓에 집안사람들이 경번을 이상한 눈으로 보는 것이 어제오늘의 일은 아니다. 아이 둘을 잃고 드디어 미쳐 간다는 소문도 돌았다. 어쩌면 그녀는 용의주도한 시어머니의 바람대로 미쳐 가고 있는지도 모른다.

여자가 글로 사랑의 시를 지어서 꽃담 밖으로 이름이 알려지는 것은 창기와 다를 바가 없다고 노발대발하는 시어머니 은진송씨는 경학으로 이름 높던 이조판서 송기수의 따님답게 만만치 않은 성격이다. 그런 그녀에게 치명적인 약점이 있다면 까막눈이라는 것이다. 그러니 문장에 능하고 재주가 담을 넘어가 장안에 소문이 자자한 며느리를 곱게 볼 리 없다. 배워서 된 것이 아니라 타고났다는 경번의 재주가 아들의 앞길을 막을까 전전긍긍하며 그 잘난 재주가 김씨 집안의 재앙이 될 거라고 공공연하게 떠들었다.

시아버지를 닮아 외모가 출중한 남편, 김성립은 강가에 집을 짓고 벗들과 과거 준비를 한다고 하더니 산으로 들어갔다. 경번은 놀기 좋아하고 감수성이 풍부한 그를 탓하지 않는다. 이 모든 것의 시작은 다 그날 바람에 날리던 매화 꽃잎이 자신의 눈으로 들어온 탓이니까.

후원에 유폐되다시피 갇혀 지내는 경번에게 소실이지만 당찬 기개를 가진 오랜 벗 옥봉이 그녀가 머무는 '화우당'으로 찾아오곤 했다. 그녀는 종친의 서녀로 이름은 이원이다. 시어머니 은진송씨는 옥봉의 방문마저도 신분과 도덕을 운운하며 못마땅해했다. 어디 소실 나부랭이가 정실을 격 없이 대하며 사대부 집안의 문턱을 넘느냐는 것이다. 그러나 경번은 신분을 귀천으로 따지지 않고 사람의 품격으로 따진다면 시어머니보다 옥봉이 한참 위라고 생각했다.

경번은 화우당에 갇힌 채 지내는 날이 길어질수록 벗인 옥봉이 그리웠다. 그녀를 본 지도 꽤 오래됐다. 옥봉이 남편 조원의 부임지를 따라간 이후로는 좀처럼 얼굴을 볼 수가 없다. 서신을 보내 보지만 그것도 여러 날이 걸리는 탓에 그리움만 쌓이던 차였는데 옥봉이 인편에 기다리던 소식을 보냈다. 머지않아 한양에 올라가니 한번 보러 오겠노라고.

'옥봉, 생전에 볼 수는 있을까요?'

경번은 옥봉이 보내온 서신을 곱게 접어 서랍에 넣고 열린 창문 사이로 보이는 밤하늘을 보며 탄식하듯 말했다. 밤하늘에 사금을 뿌려 놓은 것 같은 별빛이 잠시 그녀의 눈에 머물다 깊은 어둠 속으로 이내 사라져 버린다. 그녀의 마음은 모든 빛을 삼켜 버리고 있다.

우아한 유령

자시가 훨씬 지나서 화우당에 손님이 찾아왔다. 홍이가 문 앞에 서서 여러 번 경번을 불렀다. 그러나 그녀는 선뜻 문을 열어 맞을 용기가 없었다. 한동안 망설이던 경번이 조금만 문을 열어 보라고 나지막한 목소리로 말하자 홍이가 조심스레 문을 열었다.

　　살짝 열린 문틈 사이로 동생 균과 그가 귀하게 여긴다는 여인의 모습이 보였다. 둘은 꽃이 활짝 펴서 가지마다 분홍빛 술을 매단 것 같은 자귀나무 아래 서 있었다. 그들의 머리 위로 떨어지는 달빛이 너무나 다정했다. 키가 훤칠했던 경번의 오빠나 동생 균에 견주어도 전혀 작지 않은 여인은 동생을 바라보며 활짝 웃고 있었다. 너무나 자연스럽게 그녀는 동생의 뺨을 살짝 건드린다. 반가의 아녀자라면 결코 할 수 없는 행동이지만 경번의 눈에는 그저 좋아 보였다.

　　'웃음이 어찌 저리도 대담하고 시원스러울꼬?'

　　경번은 동생을 보고 웃는 여인의 모습이 마치 박하 잎을 입에 문 것처럼 시원해서 한동안 물끄러미 바라봤다.

　　언제 웃었는지 기억조차 나지 않는 세월을 살았기에 경번은 그녀의 웃음이 부러웠다. 때마침 불어온 바람이 희롱하듯 꽃을 여인의 어깨 위로 날리자 동생이 살며시 꽃을 집어 머리에 올리며 꽃장난을 한다. 여름비처럼 시원한 여인의 웃음소리가 정원을 맴돈다. 그러나 화우당의 문이 활짝 열리자 언제 그랬냐는 듯 미소를 지운다.

　　"왔느냐?"

다정한 목소리로 동생을 부른 경번은 달빛 아래 서 있는 두 연인을 보며 미소를 지었다. 잠시나마 그녀의 얼굴에서 슬픔이 사라지고 기쁨이 스친다.

역시나 균의 낭만 선비의 자질은 숨기질 못한다. 눈빛만 스쳐도 반하게 만드는 재주가 있다고 하더니 바로 저런 것이었다. 어느 여자가 반하지 않을 수가 있을까? 경번은 흐뭇한 눈빛으로 둘의 아름다운 모습을 지그시 바라봤다. 그런 누나의 시선과 마주치자 균이 씩 웃는다.

비범한 생각으로 여러 사람의 목덜미를 잡게 만드는 재주를 가진 동생 균은 여자 보는 안목도 유별났다. 그동안 궁금했는데 막상 보니 장안의 기생들이 죽자 살자 해도 눈 하나 깜짝하지 않은 이유가 있었구나 싶었다.

경번은 세상의 시선에서 벗어나 자유로운 삶을 살아가는 탓에 문밖만 나가면 적들이 수두룩하다는 말을 듣는 균이 항상 걱정됐다. 작은오빠 하곡 허봉도 세상을 떠나 더는 균의 방패막이가 되어줄 사람이 없으니 안타까울 뿐이다.

동생 균은 문장 하나로 명나라 사신도 감탄하게 하는 천재라지만 타인에게 이해를 구하지 않고 행동을 절제하지 않는 탓에 안하무인 소리를 듣는다. 그런 균도 유독 누나인 경번의 말만은 귀담아들었다. 오늘만 해도 그는 누나를 위해 한밤중임에도 불구하고 사랑하는 여인 계향을 데리고 한걸음에 달려왔다.

우아한 유령

오빠 생전에 금강산 유람하러 갔다가 만났다는 균의 여인을 친정집 뒤에 있는 대나무 숲에서 처음 만난 이후 한동안 보지 못했다. 바람을 등지고 서 있던 그녀 뒤로 꽃잎이 날리고 있었다. 경번은 그 모습이 그림처럼 아름다워 바람에 날리는 것이 꽃인지 그녀의 옷자락인지 구분할 수 없는 정도로 몽환적인 봄날을 오래도록 기억했다.

　　전해 듣기로 오빠의 다친 다리를 눈 하나 깜빡하지 않고 치료했다는 그녀는 유난히 영민하고, 눈빛이 예리한 것이 세상 그 어느 곳에서도 본 적이 없는 독특한 분위기를 간직한 남장여자였다. 세상을 보는 눈이 남달랐던 오빠는 단번에 그녀의 비범함을 알아봤다. 그리고 그녀가 조선 출신이 아니라 먼 곳에서 도착한 여인이라는 것도. 오빠 하곡은 계향이 오백 년 후 미래에서 왔다고 했다. 그녀가 조선으로 올 수 있었다면 조선의 누군가도 그곳으로 갈 수 있는 거라며 의미심장한 눈으로 경번을 봤다. 그녀는 슬픈 눈으로 자신을 바라보던 오빠의 눈빛을 잊을 수가 없다.

　　늦은 밤 동생 균과 함께 찾아온 그녀는 전과 달리 여염집 여인의 모습을 하고 있었다. 다만 조선의 여인이라면 누구도 선택하지 않을 먹색 치마에 비취색 저고리를 입고 있었다. 경번은 그때 그 여인이 맞나 싶을 정도로 눈을 의심했지만, 이상하게도 지금의 차림새도 여인에게 잘 어울렸다. 특히 비취색 저고리가 예리한 눈빛의 그녀를 더욱 신비롭게 만들었다. 조선의 미적인 기준에서는 한참을 벗어난 탓에 또 한 번 사대부들의 입에 오르내릴 동생의 여인을 생각하니 왠지 즐거웠다. 심지어 여인이 사대부나 귀족들은 안중에도 없고 심지어 왕조차도 우습게 아는 듯 보여 통쾌했다. 짙은 쌍꺼풀이 진 깊은 눈은 상대를 쏘아보는 듯했고, 날이 선 콧대에서 시원스러운 입매를 거쳐 턱으로 이어진 선이 단정하고 우아한 것이 조선 여인 얼굴과 사뭇 달랐다.

경번은 조선의 것이 아닌 듯한 비범함과 틀에 끼워지지 않는 분방함이 느껴지는 그녀를 한동안 지켜보다 홍이에게 눈짓한 후 모란 병풍 쪽으로 가서 앉았다. 홍이의 안내를 받은 균이 여인을 데리고 들어섰다. 그녀가 움직일 때마다 스치는 치맛자락에서 가을 아침 이슬을 품은 청아한 국화 향이 났다.

"누님, 계향입니다."

균이 다정한 눈빛으로 여인을 보며 말했다. 꿀이 뚝뚝 떨어지는 눈빛이다.

"오랜만에 뵙습니다."

총명함이 전해지는 저음의 목소리가 듣기 좋았다. 다소곳함과는 먼 배짱과 기개가 느껴졌다.

경번은 지그시 미소를 지었다. 계향의 명민해 보이는 눈빛이 마음에 들었기 때문이다.

그러나 예리한 계향은 경번의 고요한 눈빛 속에서 하얗게 사위어 가는 마음을 감지했다. 그녀는 비범한 두 남매와의 만남을 오랫동안 기다려 왔다. 남동생은 총명함으로 경계가 없는 자유로움을 추구하고, 누나는 그 총명함이 독이 되어 꽃으로 둘러싸인 화우당에서 박제가 되어 가고 있으니 안타까울 뿐이다. 앞으로 자신의 시가 동양 삼국을 휘어잡을 거라는 사실을 알게 된다면 그녀가 어떤 얼굴을 할지 궁금했다.

"균으로부터 이야기는 들었습니다. 그 잘난 이수광을 종종 놀려 먹는다고요. 같이 글공부한 동문이기는 하지만 그자가 제 미모를 믿고 여인에게 오만하게 굴기는 합니다."

듣고 있던 계향이 싱긋 웃는다. 경번이 이수광을 '그자'라고 가볍게 말했기 때문이다. 천하의 이수광을 말이다. 사실 그녀는 이수광이 어린 시절 동문수학한 경번을 사실은 남몰래 좋아한다는 것을 알고 있다. 그 오만한 남자가 은애한다고 해서 궁금했는데 역시나 명불허전이었다. 계향은 경번의 책상에 펼쳐진 책, 버지니아 울프의 《자기만의 방》을 물끄러미 봤다. 자신이 직접 번역해서 하곡 허봉에게 건넨 책을 바라보는 계향의 눈빛이 잠시 흔들렸다. 경번의 영혼을 꽃피웠던 시가 독이 되어 그녀를 침몰시키고 있는 것이 보였기 때문이다.

'아, 이 여인은 자기만의 방을 가졌으나 그것이 오히려 감옥이구나.'

계향의 눈에는 조선에서는 견디기 힘든 비범한 재능을 가진 탓에 죽어 가고 있는 경번의 모습이 보였다. 어찌하여 허씨 집안의 사람들은 그 비범한 재능을 가졌음에도 하나같이 시대와 불화하고 사라져 가는 것일까? 계향은 슬픈 눈빛으로 오백 년 후쯤에나 태어나야 했을 두 사람을 바라본다. 왜 하곡이 마지막 순간까지도 그토록 여동생을 염려하고 부탁했는지 알 것 같았다.

"준비는 되셨습니까?"

계향이 담담한 얼굴로 경번에게 물었다.

경번은 아직은 마음이 '와우당' 깊숙한 곳에 머물러 있기에 쉽게 답을 줄 수가 없었다. 그녀의 눈가가 파르르 떨린다. 그런 누나를 동생 균이 안타까운 눈빛으로 바라본다. 선택의 시간이 다가오고 있다. 균은 오랫동안 누나의 선택을 애타게 기다려 왔다.

"일간 홍이 편에 서신을 보내겠습니다."

경번은 입술을 지그시 깨물며 쓸쓸한 눈빛으로 균과 계향을 바라봤다. 계향이 말없이 고개를 끄덕였다. 그녀는 확실히 눈으로 말하고 있었다. 다른 선택지는 없다고. 그런 그녀의 시선과 마주친 순간 경번은 가슴이 철렁 내려앉는다.

경번은 여러 해 전에 친정 집안의 어른이 상을 당해 초당을 방문했다. 오랜만에 오빠를 보자마자 왈칵 울음부터 나왔다. 기세등등한 명문 사대부가 출신이지만 글을 모르는 시어머니의 질시와 결혼으로 인해 무너져 버린 시에 대한 열망과 책 읽기에 대한 갈망으로 타들어 가던 그녀는 오빠에게 눈물로 호소했다. 차라리 시를 아니, 글을 몰랐다면, 오빠가 가르쳐 주지 않았다면 이렇게 죽을 만큼 고통스럽지도 않을 것이라고.

측은한 눈빛으로 한참을 바라보던 오빠 허봉은 막 스물이 된 경번에게 《자기만의 방》을 건넸다.

오래전 하곡은 어쩌면 동생을 닮았을 것 같은 여인이 썼다는 그 책을 경번을 위해 직접 한글본과 한문본 두 가지로 만들어 두었다. 언젠가는 사랑하는 여동생에게 전해 주기 위해. 책을 만들 때 도와준 이가 바로 계향이었다.

그는 한 번도 본 적이 없는 낯선 글자의 책과 함께 번역본을 동생 경번의 손에 쥐여 주었다.

"먼 이역에 살던 버지니아라는 여인이 꿈꿨던 세상이 네가 꿈꾸는 세상과 같을 것이다. 꼭 읽어 보아라. 그리고 네가 조선에서 벗어날 길이 있다면 그리하거라."

그리고 훗날 혹시 견디기 어려울 정도로 힘이 들 때 막내 균을 찾으면 비책을 알려 줄 것이라고 덧붙였다. 아직도 경번은 기억한다. 그날 자신을 바라보던 오빠의 눈빛을. 다정함과 염려와 아쉬움이 담긴 슬픈 눈을. 생이 얼마 남지 않았음을 예감한 오빠 하곡은 늘 동생을 염려했다. 어쩌면 그는 훗날 계향이 경번을 도와줄 수 있는 귀인이 될 것을 예감했는지도 모른다. 그가 예측한 동생의 삶은 조선에서는 죽음이었다. 그러나 그는 사랑하는 동생을 붉은 연꽃이 한순간 지듯이 사라지게 할 수는 없었다.

　오랜만에 만난 오누이는 모처럼 뒤뜰에 심은 대나무가 바람에 스치며 내는 청아한 소리를 들으며 시를 짓고, 이야기를 나누었다. 여자가 글을 읽고 쓰며 더 나아가 중국의 '여사(女士)' 제도처럼 관직을 가지고 능력만으로 남자와 같이 일하는, 신선이 다스리는 것 같은, 부당하지 않은 세상을 이야기했다. 하곡은 경번에게 아주 오랜 시간이 흘러야 네가 꿈꾸는 세상이 올 거라고 했다.

　그날 이후 경번은 믿을 수 없지만 여러 해 동안 중국보다 먼 곳에서 다른 시간을 살았을 여인 버지니아울프의 책을 품고 살았다. 같은 해에 태어났고 같이 공부했지만, 남자라는 이유로 마음껏 재주와 이상을 펼치는 이수광을 생각하면 부러움을 감출 수가 없었다. 그럴 때마다 종종 녹나무 그늘을 서성이며 낯선 여인이 왔다는 오백 년 후의 세상을 꿈꾸었다.

　시어머니는 작정하고 경번을 정신 나간 여인으로 취급하고 남편 김성립은 이제 화우당으로 와 그녀를 잘 만나지 않았다. 그는 늘 밖으로 돌았다. 그의 마음이 변한 건지 아니면 자신의 마음이 변해 남편의 마음이 변한 건지 경번은 도무지 알 수가 없었다. 경번은 점점 화우당 구석에 틀어박힌 채 책만 읽었다. 눈에 박히고 머리에 새겨질 정도로 버지니아 울프의 《자기만의 방》을 읽고 또 읽었다. 여성이 글을 쓰기 위해서는 '돈'과 '자기만의 방'이 필요하다고 했던

1929년의 버지니아 울프를 생각했다. 경번은 버지니아가 자신과 같은 생각을 가졌음을 감탄하며 조금씩 그녀도 버지니아처럼 꿈을 꾸었다. 그리고 매일 밤 오빠가 말한 오백 년 후쯤의 세상을 그리워했다. 사랑은 흔들리지만, 그녀가 알고 있는 시와 문장 그리고 그림은 절대 흔들리지 않음을 알기에 더욱 시와 책과 그림에 집착했다.

경번은 버지니아 울프의 말처럼 '남성이 쓰는 방식대로가 아니라 여성이 쓰는 방식대로 표현하고 쓴다'라는 것이 얼마나 어려운지 너무나 잘 알았다. 가진 것은 홀리는 글재주뿐이고 복과 덕은 턱없이 얇아서 바람이 조금만 불어도 쫙 찢어질 것이라는 시어머니의 폭언을 견디는 시간이 많아질수록 향에 취해서 신선이 산다는 곳을 갈망했다.

종종 이번 생으로부터 풀려나고 싶다고 생각하기도 했다. 그렇다고 다음 생을 기대하는 것도 아니었다. 다음 생도 조선에서라면 결국 같을 터이니. 수많은 날을 번뇌하며 꿈꾸던 세상을 그리다 〈유선사〉를 지었지만 잠 못 이루는 밤이 많아져 갈수록 그녀의 영혼은 말라서 산산이 흩어지기 일보 직전이었다. 텅 비어 버린 매미의 허물처럼 변해 버릴 자신의 모습이 보여 좀처럼 잠을 이루지 못했고 떠나보낸 아이들이 눈앞에 어른거릴 때마다 점점 화우당 깊은 곳으로 숨어들었다.

남편 김성립은 그녀의 슬픔과 외로움 같은 것은 잊었는지 늘 출타 중이었다. 그러나 경번은 그를 탓하고 싶은 마음은 없다. 그의 마음을 알고 있으니. 그는 지난밤에도 화우당 창가에 핀 해당화 한 송이를 꺾어 문 앞에 놓고 갔다. 그의 마음은 밤새도록 그녀의 방문 밖에서 서성인 것이다. 그를 생각하면 가슴이 아렸다. 해당화처럼 남아 있는 쓸쓸한 그의 사랑이 전해져서.

경번은 동생 균의 서신을 통해 남편의 소식을 간간이 들었다. 주로 장안에 떠도는 김성립에 관한 소문들이었다. 서신에서 균은 잘난 아내를 둔 탓에 과거에 실패하고 기방이나 들락거리는 한량이라고 장안에 소문이 자자한데도 변명도 부인도 하지 않는 매형은 대체 어찌 된 인사냐고 울분을 토했다. 오직 귀향 간 작은 오빠 하곡만이 지아비의 마음을 이해해 주라고 서신을 보냈다.

'어찌 우리 집안사람들은 홀로 죽을 운명을 타고난 것인가?'

경번은 타지에서 죽는 것이 집안의 운명이 아닌가 하는 생각이 들어 착잡해졌다. 아버지도 부임지에서 쓸쓸하게 돌아가셨다. 그녀를 그리 아껴 주던 오빠 하곡도 왕에게 버림받은 후 정적들에 의해 한양에는 들어올 수 없게 되자 타지를 떠돌다가 지난해 금강산 금화현 생창역 어느 이름 모를 객주에서 세상을 등진 것을 봐도 그렇고.

경번에게 오빠가 세상을 등진 1588년은 잊을 수 없는 해였다. 오빠가 죽어 가면서 곁에 있던 여인에게 동생 경번과 균을 부탁했다는 말을 듣는 순간 그녀는 눈물을 쏟았다. 그나마 배다른 큰오빠 허성이 조정에 나아가 위태롭게 버티며 가문을 짊어지고 있다. 경번 가문의 위기는 시댁에서 그녀의 입지를 더욱 어렵게 만들었다. 시어머니는 그녀를 재앙 덩어리로 취급하고 집안에서 일하는 이들 조차도 그녀의 존재를 잊은 듯 보였다.

홍이는 불안한 눈빛으로 경번의 안색을 살피느라 여념이 없다. 혹시나 제 주인아씨가 잘못된 마음이라도 먹을까 봐 노심초사였다. 거침없이 시 한 수를 적어 내려간 경번이 서신을 접은 후 봉투 안에 넣어서 홍이에게 건넸다. 경번의 서신을 받아 든 홍이는 무언가 예감이라도 한 듯 입을 삐죽이다 넙죽 엎드리며 흐느꼈다. 혹시라도 누군가 들을까 숨죽인 채 한참을 울던 홍이는 울음을 삼킨 후 조용히 화우당을 나갔다.

한걸음에 달려가 서신을 전한 홍이는 누나의 서신을 읽던 균이 대성통곡을 하는 모습을 지켜보며 굵은 눈물방울을 떨어뜨렸다. 어린 마음에도 이제부터 큰일이 일어나리라는 것을 직감한 것이다.

복받치는 감정을 한참을 억누르던 균은 누나의 서신을 계향에 건넸다. 그녀는 입술을 지그시 깨물며 서신을 받아 들더니 펼쳤다. 하나는 자신의 운명을 빗댄 시였고 다른 하나는 동생에게 보내는 편지였다.

푸른 바닷물이 구슬 바다에 스며들고, 파란 난새가 채색 난새와 어울렸구나. 연꽃 스물일곱 송이 붉게 떨어지니 달빛 서리 위에 차갑기만 하여라.

균아, 세상을 바꿔라. 세상을 너의 것으로 해라. 세상을 억압받는 자의 것으로 해라.

균은 일찍이 알고 있었다. 누님이 화우당 깊숙한 곳에서 열흘 지난 꽃처럼 말라 가고 있다는 것을. 시는 누나를 괴롭히고 매형 김성립을 절망하게 했다. 장안에는 하늘이 내린 재주를 가진 아름답고 총명한 허씨 집안의 딸이 옹졸하고 못난 김성립을 만나 미쳐 가고 있다는 소문이 파다했다. 머릿속은 안개뿐이고 하루에도 몇 번씩이나 연못으로 뛰어들려고 하고 버선발로 정원을 돌아다녀 흙투성이가 된 버선을 홍이가 몰래 빤 것도 여러 번이었다고 했다. 그럴 때마다 홍이는 제 주인을 위해 균에게 달려가 울며 소식을 전했다.

누나의 모진 시집살이를 홍이에게 들은 균은 분노했다. 더구나 종이도 마음대로 쓰지 못하고 심지어 방문을 잠가서 나올 수 없게 한 적도 있다는 소리를 듣고 노발대발했다. 매형은 대체 어떻게 되어 먹은 인사이기에 그렇게 마음이 변할 수 있는지 울분이 치밀었다. 아버지와 형이 살았더라도 김씨 집안 사람들이 이랬을까 싶어 괘씸했다.

홍이의 기별을 받고 한걸음에 달려와 본 누나의 몰골이 말이 아니었다. 붓을 주지 않아서 손가락에 먹을 묻혀서 글을 쓴 탓에 열

손가락이 다 검게 물들어 있었다. 게다가 치마폭에도 글씨가 적혀 있었다. 그는 누이의 손을 잡고 통곡을 했다. 봉숭아 꽃물을 들이던 고운 손에 먹물이라니. 그는 마침내 둘째 형인 하곡의 당부를 떠올렸다. 드디어 때가 된 것이라고.

모든 것은 균의 계획이었다. 경번은 동생의 비상한 머리는 이미 알고도 남았기에 더는 말하지는 않았다. 잠시 돌아왔던 남편은 과거 시험을 본다고 다시 산사로 갔고 시어머니는 친정의 일로 집을 비웠다. 때마침 연못에 붉은 연꽃이 피었다. 경번은 배 속의 아이를 잃고 피를 토했는데 그 피와 닮은 색의 연꽃을 보니 눈물이 왈칵 쏟아졌다.

모든 것은 예정되어 있던 것처럼 다 맞춰지고 있었다. 경번은 두렵고 미안했지만 어쩔 수가 없었다. 왜냐하면 남편의 인생은 이제 자신에게서 벗어나야 하기 때문이었다. 복중의 아이를 유산한 후 그 사실을 깨달았다. 다시는 그가 슬퍼하거나 괴로워하거나 방황하는 모습은 보고 싶지 않았다.

손바닥에 별의 문신을 가지고 태어난 사람을 위한 별 하나가 신호탄처럼 재빠르게 밤하늘을 가로질렀다. 이어서 기다리고 있었다는 듯 그날따라 초저녁부터 유난히 밝은 빛을 발하던 사자자리에서 유성우가 쏟아져 내리기 시작했다. 밤하늘을 수놓은 눈부신 별비가 지상으로 쏟아지던 밤, 슬픔과 두려움을 감춘 경번은 시간의 틈이 열리자 주저 없이 뛰어들었다. 혹여 시간의 틈에 끼어 영원히 소멸한다고 해도 두렵지 않았다. 그렇게 경번은 아버지가 딸을 위해 선물해 줬던 《시경》과 오빠가 오래전에 전해 준 책을 지니고, 남편이 결혼할 때 선물로 준 비취반지를 손에 낀 채 밤을 건너고 시간을 뛰어넘어 21세기로 왔다. 시공간이 겹쳐지고 길이 열렸을 때 버지니아 울프가 말하고, 계향이 알려 준 세상으로 말이다.

떠나기 전 동생 균이 갑자기 경번의 손을 잡고 눈물이 가득한 눈으로 누나를 봤다.

"누님 그곳에서는 별이 이어 준 인연을 만나요. 그리고 후회 없는 세상을 사세요. 먼 훗날 혹여 내가 보내는 기별을 받게 된다면 내가 누님을 얼마나 사랑하고 아꼈는지 아시게 될 겁니다. 비 갠 후 혹시 무지개라도 하늘에 걸리면 내가 보내는 소식인 줄 알고."

잠시 망설이던 균은 누나의 금방이라도 무너질 것처럼 야윈 어깨를 끌어안으며 귓가에 속삭였다. 경번은 지그시 눈을 감으며 입술을 깨물었다. 그녀 역시 억장이 무너지는 듯한 마음을 가눌 길이 없었다.

균은 장안에서 내로라하는 화가의 그림과 집안 대대로 내려오던 강희안의 화첩, 글씨 등 훗날 돈이 될 만한 것들과 자신의 문집과 시들을 챙겨서 홍이 편에 들려 보냈다. 앞을 내다볼 줄 아는 혜안을 가진 균이 누나를 위해 빈틈없이 준비한 것이었다. 그야말로 시간의 품격을 갖춘 예술품의 가치를 알고 이용할 줄 아는 균만이

가능한 행동이었다.

다시는 봄이면 담장을 넘어간 매화 가지에 달린 꽃이 세상 구경을 위해 바람에 하염없이 날리고, 여름이면 회나무 그림자가 짙어질수록 빛바래져 가는 꽃들도 못 볼 것이며, 남편 김성립이 준 비단 부채로 꽃향기 실린 밤공기도 가를 수 없을 것이며, 빨간 석류가 알알이 산호처럼 맺히는 화우당의 그림 같은 풍경도 못 볼 것이다. 그러나 시를 지으며 이상향 '유선사'를 꿈꾸었기에 버지니아 울프가 윗옷 주머니에 돌을 잔뜩 넣고 템스강으로 걸어 들어간 것처럼 그녀는 모든 것을 버리고 오래전 오빠가 필사해서 선물한 두목의 책을 품에 안고 21세기로 건너왔다.

하여 정치가이며 문장가인 오빠 하곡 허봉에겐 경번으로 불렸으며 아버지에겐 옥혜였고, 초희로 불렸던 허난설헌은 기적처럼 21세기에 도착해 계향이 살던, 바람이 드나드는 골목의 막다른 집에서 살고 있다.

'내가 책 상자에 보물처럼 간직한 지 몇 해가 지났다. 경번 너에게 주니 한번 읽어 보렴. 이제 두보의 소리가 누이의 손에서 다시 나오게 할 수 있기를 바랄 뿐이다.'

오빠 하곡의 목소리가 곁에서 들리는 듯 생생하다.

그녀의 재주가 비범하다는 것을 누구보다 잘 알았던 오빠, 하곡은 늘 시집간 동생에게 책과 최상급의 종이와 먹을 보내 주었다. 시집갈 때는 그가 아끼던 벼루와 붓을 싸 보낼 정도였다. 중국에 다녀오는 사신에게 부탁해 구한 책도 언제나 제일 먼저 경번에게 보내 읽게 했다. 경번은 동생의 재주를 귀하게 여겨 어린 누이를 꼭 '경번'이라 불렀던 오빠가 시간이 흐를수록 더욱더 그립다.

"저는 잘 있습니다. 이제는 걱정 거두시고 편히 쉬세요."

경번은 가만히 눈을 감고 오빠 하곡이 선물한 책을 어루만졌다.

중국 사신으로 다녀오면서 구한 《두율》을 주며 시를 배우게 하던 오빠 하곡이 그녀의 손끝에서 나오길 바랐던 것은 무엇이었을까? 어쩌면 하곡은 세상의 편견이라는 서리를 맞아서 무참히 시들어 가는 동생을 '유선사' 같은 세상으로 보내 제 이름을 가지고 재주를 꽃피우며 자유롭게 살아가길 바랐던 것은 아닐까?

경번은 가만히 눈을 감고 남편, 김성립을 떠올렸다. 술에 취하면 그는 '강변하인 초견월, 강월하인 초조인' 하며 당나라 시인 장약허의 시 한 구절을 읊조리곤 했다. 해석하자면 '강가에서 처음 누가 달을 보았을까? 강가의 달은 언제 처음 사람을 비추었을까?' 정도인데 어느 날은 붉은 비단에 장약허의 시를 적어서 보낼 정도로 달빛을 좋아했다. 경번이 기억하는 김성립은 그저 달빛을 사랑하느라 다른 것에는 관심 없는 지아비였다. '걸어 다니는 달빛', 경번은 남편 김성립을 그렇게 불렀다. 그녀가 얼마나 그 달빛을 사랑했는지 '걸어 다니는 달빛'은 아마도 모를 것이다. 그러니 지금에 와서 새삼 누가 누구를 얼마만큼 사랑했는지는 중요하지 않다. 그 연인들은 이미 존재하지 않기 때문에…….

경번은 조선 제일의 명문가 출신 금수저로 태어났지만, 자신의 남편이었다는 이유 하나로 김성립이 머리 나쁘고 놀기 좋아하는 천하의 한량, 게다가 인물은 더없이 볼품없는 남자로 오해를 받는 것이 가슴 아팠다. 사실 16세기를 살던 선비들의 시선으로 보면 김성립은 임금에게 충성하고 조정에 나아가 가문의 영달을 위해 사는 것이 일생일대의 목표인 사대부의 길에서 벗어나도 한참 벗어났다. 유난히 흰 피부에 다정하고 웃음이 많아서 기방의 여인들이 그만 나타나면 365일 피곤해 보이는 '병약미'에 홀려서 애지중지 대했다.

그는 180센티미터가 넘는 키 때문에 대나무처럼 휘청이고 두상은 작아서 '학'이라는 별칭이 붙었다. 틈만 나면 거문고를 끼고 앉아서 먼 산을 보고 있으니 풍채가 좋은 호방한 사내와는 거리가 먼 제구실도 못 하는 변변찮은 선비로 소문이 날 수도 있었을 것이다. 경번도 시집올 때 친정에서 데리고 온 홍이를 통해 들었지만 웃어넘겼다. 달빛에 담긴 마음을 알기 때문이었다.

후대에까지 그가 그런 오해를 받게 된 근거는 허균의 기록과 허난설헌의 시를 소개하는 책에서 명나라의 시인이 풍문으로 들은 김성립에 관한 외모와 재주를 언급한 짧은 문장 때문이다.

동생 균은 '세상의 문리는 부족한데 글을 잘 짓는 사람이 있다. 나의 매부 김성립은 경사를 읽도록 하면 입도 떼지 못하지만 과문은 요점을 맞춰서 논책이 여러 번 높은 등수에 올랐다'라고 〈성옹지록〉에 적었다. 그러나 누나의 모진 시집살이를 지켜본 동생이 그런 식으로 기록을 남겨 김씨 일가에 소심한 복수를 한 것으로 추측할 수도 있다. 조선의 천재적인 여류시인 경번의 재주를 추앙하던 명나라의 시인도 하늘이 내린 재주를 지닌 그녀의 서사를 극적으로 보이게 하려고 일부러 그랬을 수도 있다. 죽은 김성립이 살아 돌아와 해명을 하지 않는 이상 확인할 길이 없다. 그러나 기록으로 남은 소녀 시절의 경번이 했던 행동을 보면 그 김성립에 관한 기록이 틀린 것을 예측할 수 있다.

　　당돌한 소녀 경번은 김성립과 약혼할 때 직접 보지 않고는 시집가지 않겠다고 아버지 허엽에게 선언했다. 이후 그녀는 실제로 사내아이로 변장하고 아버지의 뒤를 따라가서 먼저 김성립을 만났다. 그리고 결혼하기로 결정했다는 것이 기록에 남은 것을 보면 김성립이 형편없는 사내가 아니었다는 것을 추측하게 한다. 단지 부정확한 소문과 짓궂은 그녀의 동생 균이 누나의 시댁 안동김씨 가문에 소심한 복수 하려고 적어 놓은 글이 남아 '부인보다 재주와 외모가 뛰어나지 못한 사내'로 기록된 것으로 추측된다.

　　경번은 떠나오기 며칠 전에 벗인 옥봉을 만났다. 옥봉은 남편과 함께 부임지를 떠돌다가 모처럼 한양에 들른 김에 약속대로 그녀를 찾았다. 들를 때마다 저잣거리에 떠도는 소문들을 전해 주곤 했는데 그날따라 몹시 흥분해 있었다.

"듣기로는 어느 명문가의 며느리가 죽었다고 하는데, 사실은 죽은 걸로 했다는 이야기가 있습니다. 어느 날 종적을 감춰 버렸다고 하더군요. 시어머니가 얼굴에 창호지를 겹겹이 붙여서 쥐도 새도 모르게 죽였다는 이야기도 있고. 남녀상열지사가 대갓집이라고 해서 없을 리도 없는데 손으로 하늘을 가리는 것이지. 칠거지악은 대체 누가 만든 건지……."

"그렇게 따지면 시어머니가 볼 때 나만 한 칠거지악이 없지요. 첫째, 시부모 잘 못 모시지, 대를 이을 아들은 먼저 보냈고 두목을 연모한다는 소문이 장안에 소문이 파다한 음란한 여자지. 질투가 심해 첩을 두는 꼴을 못 보지, 정신을 놓았다고 소문까지 났으니 이 정도면 도둑질만 빼고 다 해당하는 게 이 사람입니다, 옥봉."

경번은 쓸쓸하게 웃으며 말했다.

"그 조건은 부처님도 맞추지 못합니다. 빌어먹을. 그런데 생각을 해 보니, 경번은 도둑질도 한 거 같습니다. 시어머니의 금지옥엽 아들의 마음을 훔쳤잖습니까. 아마도 그게 제일 큰 죄일 것입니다. 더구나 죽어도 내치지 않겠다고 김성립이 어머니에게 대들었다면서요. 그 질투는 죽어야 끝날 것입니다. 노인네는 존재 자체가 그냥 인간 먹구름입니다. 참으로 열 달 품은 유세 지독하게도 합니다."

옥봉이 씩 웃으며 말했다. 그녀의 혀는 산초가루를 바른 듯 톡

쏜다.

"죽어야 끝난다. 그럼, 그 죽음 뒤엔 뭐가 있을까요, 옥봉?"

경번이 서글프게 웃으며 물었다.

"글쎄요. 아무것도 없길 바랍니다. 다시 태어나고 싶지 않아서. 기껏 다시 태어났는데 또 양반의 서출이면 오죽이나 곤혹스럽겠습니까? 이번 생은 사양하겠습니다, 하고 무를 수도 없는 노릇이니. 아니 그렇습니까, 경번?"

"조선에서 여자로 태어나는 것은 대단한 각오가 필요하지요. 남자도 여자도 평등하고 여인이 자기만의 재능으로 시를 짓고 글을 쓰며 자랑스럽게 이름을 말할 수 있는 세상이 언제 오려는지."

경번은 담담하게 말했지만, 얼굴엔 슬픔의 비를 품은 구름이 한가득하다.

"경번이 쓴 〈유선사〉 때문에 장안의 선비들 꼴이 우습게 되었습니다. 〈유선사〉를 읽은 후 앞다투며 칭찬하다가 그것이 경번이 지은 글이라고 하자 속 좁은 사대부들이 입을 꼭 다무는 꼴이라니, 아주 후련했습니다. 덕분에 5대에 걸쳐 문과에 급제한 문벌 집안의 아들인 김성립만 얼굴을 못 들고 다닙니다. 유경 이수광도 하늘이 내린 재주라고 했다는데, 그 쪼잔한 미남자가 그렇게 말했다면 진심일 겁니다."

옥봉이 통쾌하다는 듯 소리 내어 웃었다. 그러나 경번은 그저 말없이 열어 놓은 창 사이로 보이는 연꽃을 바라보고 있다.

　　　　　　　　　　　　　　　　　　　　우아한 유령

"옥봉, 저 연못에 스물일곱 송이의 연꽃이 지면 이곳에 나도 없을 것입니다. 내가 혹여 없더라도 기억은 해 주렵니까?"

경번은 창밖 연못을 바라보며 나지막한 목소리 말했다. 이상하게도 연못의 연꽃은 해마다 스물일곱 송이를 피워 내고 졌다.

옥봉 이원은 아름다운 벗의 슬픈 얼굴을 바라보며 안쓰러운 마음을 어쩌지 못해 가만히 입술을 깨문다. 그녀는 말없이 먹물이 물들어 멍처럼 얼룩진 경번의 가늘고 긴 손가락을 본다.

'이 일을 어찌하면 좋습니까. 봉숭아 꽃물이나 들이고 살아야만 편한 세상에서 손끝에 먹물을 들이고 사니 사달이 날 수밖에요.'

가슴이 시리고 먹먹해진 옥봉은 바람 앞에 흔들리는 꽃처럼 위태로워 보이는 벗의 얼굴을 보며 슬프게 웃었다.

훗날 옥봉은 벗인 경번이 시 한 수를 남긴 채 스물일곱 송이 연꽃과 함께 세상에서 사라지자 마지막으로 만났던 날을 떠올리며 목놓아 울었다. 남편 조원이 말렸지만, 머리를 풀고 문을 걸어 잠근 채 식음을 전폐했다. 어쩐지 다음 순서는 자신인 것 같아 몇 날을 우두커니 벽만 보고 있었다. 조원이 강제로 문을 뜯고 들어갔을 때 그녀는 남편에게 말했다.

"다음엔 내 차례일까요?"

산사의 녹음이 짙어지고 매미의 울음소리가 지쳐 가는 늦여름, 김성립은 처남 균으로부터 서신을 받았다. 게다가 울며불며 홍이까지 찾아왔다. 제 아씨가 다 죽어 간다고 흙바닥에 머리를 조아리는 어린것을 보는 순간 조금의 망설임도 없이 하던 공부는 집어치우고 서둘러 집으로 돌아왔다. 대문을 박차고 들어선 그의 얼굴은 몹시 어두웠다. 이미 소식을 듣고 노발대발하며 달려 나온 어머니와 마주쳤으나 외면하고 경번이 거처하는 화우당으로 달렸다. 어머니가 던진 신발에 등짝을 맞아 얼얼했지만 아랑곳하지 않았다.

김성립은 다급한 마음에 신발도 제대로 벗지 못한 채 방 안으로 들어갔으나 경번이 없자 심장이 덜컥 내려앉는 것 같았다. 어지럽게 널려진 종이, 붓, 먹, 책들만이 주인 없는 방 안을 차지하고 있었다. 한동안 머뭇거리던 그는 생각이 난 듯 서둘러 후원으로 뛰어갔다.

다행히도 경번은 화우당 근처의 정자에 앉아 있었다. 안도의 한숨을 내쉰 그는 아내의 모습이 너무 아름다워 녹나무 아래 숨어서 한동안 지켜봤다. 그의 눈에 아내 경번의 눈빛은 머물지 않는 바람처럼 보였다. 말없이 경번을 지켜보던 그의 눈에 물기가 어린다. 이제는 그 바람을 잡고 있을 수 없기 때문이다.

아름다운 화우당을 떠도는 우아한 유령 같은 아내의 모습을 먼발치에서 바라보기만 하는 그의 눈가에 눈물이 고인다. 그는 아내가 꽃처럼 저버릴까 봐 두려웠다.

야월 대로 야위어서 금방이라도 바람에 날려 갈 것 같은 경번이 연못가로 다가가더니 한동안 연꽃들을 하염없이 바라본다. 지켜보던 김성립은 아내 경번이 들을까 조용히 한숨을 삼킨다. 지금까지 그의 마음을 삼켜 왔던 것처럼 말이다.

얼마나 아팠을까? 그는 생각만으로도 가슴이 무너진다. 당장이라도 달려가 아내를 안아 주고 볼을 맞댄 채 슬픔을 나누고 싶었다. 그러나 어느 날인가부터 그럴 수가 없었다. 시간이 흐를수록 아내는 화우당 깊숙한 곳으로 숨으려고만 했고 그는 늘 밖으로 돌았다.

결심한 듯 김성립은 경번이 앉아 있는 정자 쪽으로 천천히 발걸음을 옮겼다. 기품 있게 잘생긴 그의 얼굴에 수심이 가득하다. 기척을 느낀 경번은 아무 말 없이 옆자리를 내어 준다. 먹물 든 손가락이 제일 먼저 눈에 들어오자 김성립은 입술을 지그시 깨물었다. 도대체 왜 종이와 붓을 못 쓰게 하느냐고 쏘아붙이던 처남 균의 목소리가 들리는 듯했다.

그는 치마를 감싸 쥔 경번의 손을 잡았다. 한동안 애처로운 눈빛으로 먹물이 든 경번의 손톱을 보다가 한숨을 쉬며 어루만진다. 생각 같아서는 아내의 손을 잡고 몇 날이고 위로하고 싶지만 미안한 마음에 차마 그러질 못한다. 김성립은 대체 어머니가 왜 경번을 그토록 싫어하는지 이해할 수가 없었다.

"조원의 소실 옥봉이 다녀갔습니까?"

"그렇습니다."

경번이 담담히 말한 후 돌담 옆에 핀 붉은 해당화를 물끄러미 바라본다. 그녀의 시선은 나비처럼 꽃 주위를 맴돌다 한참 만에 남편 김성립의 얼굴에 멈춘다. 과연 장안의 기생들이 흠모할 만한 얼굴이었다. 코에서 우아한 입매로 이어지는 선이 수려하다.

'이 사람, 감수성이 이토록 풍부하니 이리와 늙은 너구리들 우글거리는 벼슬길은 힘이 들겠구나.'

경번은 그런 생각을 하며 빤히 남편을 바라봤다. 그러다 눈이 마주치자 남편 김성립이 수줍은 듯 웃으며 시선을 먼 곳으로 돌린다. 유난히 긴 그의 속눈썹 끝에 실비가 걸려 있다. 오래전 그의 긴 속눈썹 위에 향을 올려놓던 때를 떠올린 경번의 입가에 잠시 행복한 미소가 머문다.

경번은 항상 남편이 시어머니를 닮지 않고 시아버지를 닮은 것이 다행이면서 불행이라고 생각했다. 매혹이 너무 강해 학문에 집중할 수 없는 인물이다. 여름의 뜨거운 열정과 매혹, 그리고 이어지는 세찬 소나기 같아 사람을 홀리는 얼굴. 그녀는 이미 매혹과 미혹을 오가는 그의 얼굴을 너무나 잘 알고 있다.

아직도 꽃처럼 아름다운 경번이 계속 빤히 바라보자 김성립은 잠시 아내에게 향했던 눈빛을 다시 거두며 어쩔 줄 몰라 한다. 경번은 자신의 시선에 수줍은 듯 눈을 내리깔며 빙그레 웃는 그의 모습을 물기 어린 눈빛으로 바라본다.

김성립은 언제인가부터 아내가 자신을 빤히 바라볼 때마다 눈을 마주칠 수가 없었다. 10년이 지난 지금까지도 자신이 왜 그러는지 이유를 찾지 못했다.

"지금 막 부인의 눈빛이 이 사람 얼굴 어디선가 길을 잃으셨습니다."

김성립은 턱을 당기더니 괜한 헛기침을 하며 말했다. 그 허세에 경번이 또 웃는다. 그러자 김성립은 잡고 있던 아내 경번의 손가락에 입맞춤한다. 먹물이 물든 경번의 손가락에 슬프고 곤혹스럽고 주체할 수 없는 그의 사랑이 스며든다.

유경 이수광이 말한 것처럼 부덕이 재주를 한참 못 따라오는 여자라 기가 너무 세서 그런 건지도 모른다는 생각을 수없이 했다. 그렇다고 어머니 말대로 친정으로 보내 버리기는 싫었다. 아내가 없으면 살 수 없을 것 같아서. 차라리 아내가 기방의 여인이었다면 좋았을 거라는 생각을 한 적도 있다. 그랬더라도 별로 달라지는 것은 없겠지만 적어도 눈만 마주치기만 해도 기가 죽는 일은 없을 터이니.

"친정에라도 한번 다녀오세요. 어머니에게는 잘 말씀드려 놓겠습니다."

"아이를 잃자마자 집을 비운다고 역정을 내실 것입니다."

경번은 시어머니의 이야기가 나오자 정색을 하며 말했다. 그녀의 얼굴은 몹시 지쳐 보였다. 늦여름 강한 햇빛 아래서 시들어 가는 배롱나무꽃처럼 생기를 잃어 가고 있다.

"어머니도 경번을 싫어하시는 건 아닙니다. 단지 그분 생각이 고루하고, 이 조선에 당신처럼 남자를 뛰어넘는 재주가 있는 여인의 존재를 인정하기 싫으신 겁니다. 아니, 정확히 말하면 아들보다 더 잘난 며느리가 있다는 것을 인정하고 싶지 않으신 것입니다."

"저를 싫어하시는 것이 맞습니다."

경번이 쌀쌀하게 말하자 김성립은 조용히 하늘을 올려다본다. 그도 할 말이 없기 때문이다. 도대체 어머니는 아내에게 왜 그렇게 적대적인지 도무지 알 수가 없었다. 김성립은 답답한 마음에 그저 한숨을 내쉴 뿐이다.

사실 김성립은 처가의 허씨 형제들은 출중하다고 소문이 자자한데 자신은 결혼한 지 10년이 넘도록 급제도 하지 못해 체면이 말이 아니다. 어머니가 그래서 아내를 더 싫어하는 것인지도 모른다고 생각했다. 게다가 한술 더 떠서 장안에서 아내의 글재주는 말하기 좋아하는 사대부들의 입에 오르내릴 정도로 유명하고, 심지어 어릴 적 아내와 동문수학했다는 그 잘난 이수광마저 중국에도 그녀의 글을 따라올 자가 없을 것이라고 하니 날로 신세가 처량해질 뿐이다.

그러한 와중에 아이 둘을 잃고 이번엔 태중의 아이마저 유산을 하고 말았다. 그 또한 아내 탓이라 생각하니 어머니의 원망이 클 수밖에 없다. 김성립은 대체 그놈의 글이 뭐 그리 중하기에 지아비도 눈에 보이지 않는지 따져 묻고 싶은 적도 있었다. 두 아이를 잃고 난 후 경번이 시를 짓고 그림을 그리는 것보다는 태중의 아이를 더 염려하길 바랐다. 행여 태중의 아이까지 잘못되면 그나마 아내와 이어지는 끈이 영영 끊어질까 두려웠기 때문이다. 그런데 그 두려움이 현실이 되어 버렸다. 태중의 아이가 죽었다는 전갈을 받고 한걸음에 달려왔건만 집안 공기는 싸늘했다. 강골인 어머니는 머리를 싸매고 누웠으나 아들에게 신발을 던지는 기세를 보니 곧 일어나실 것 같았다. 김성립은 오로지 아내가 걱정이었다. 망연자실한 채 식음을 전폐하고 있다는 소리를 전해 들었기에 혹여 나쁜 마음을 먹을까 한가로이 과거 시험 준비를 하고 있을 수 없었다. 대문 앞에 당도하자마자 당장 돌아가라는 어머니의 불호령이 떨어졌지만, 그는 아랑곳하지 않고 화우당으로 내달렸다. 미쳐도 단단히 미쳤다고 내가 저런 반편을 낳고 미역국을 먹었다고 노발대발하는 어머니는 이미 안중에도 없었다.

"정이나 어머니 말처럼 제향을 꼭 곁에 두어야 하겠다면 그리해도 좋습니다."

한동안 침묵을 지키던 경번이 무심한 목소리로 말했다. 그녀의 목소리에 서늘한 바람이 담긴 듯해서 하늘로 날아오르는 반딧불을 보고 있던 김성립이 깜짝 놀라 아내를 본다. 항상 소실을 들이겠다는 어머니에게 당당히 따지던 아내가 아이를 잃고 마음이 변했는지 알아서 하라고 하자 김성립은 가슴이 철렁 내려앉았다.

그가 뭐라고 말하기도 전에 경번은 조용히 일어나 바람에 가벼운 마찰음을 일으키는 것 같은 치마 소리를 내며 와우당 쪽으로 걸어갔다. 취할 것 같은 아내의 향기에 김성립은 눈을 감았다. 꽃향기인 듯, 묵향인 듯 아니면 둘이 섞여서 만들어 낸 것 같은 아련한 향이었다.

그는 어떻게 해도 도저히 접을 수 없는 마음을 주체할 수 없어 한숨을 쉬며 초저녁 하늘에 뜬 별을 바라보았다.

"이렇게 놓아 버리는 것입니까? 사람을 꼼짝도 못 하게 가둬 놓고는. 당신이 나의 일생인 것을 대체 알기나 하고 그런 말씀을 하시는 겁니까?"

김성립은 허망하다는 듯 쓸쓸히 웃으며 그녀가 사라진 쪽을 바라봤다.

오직 바람만이 그의 곁에 머물며 오래전 아내와 초례청에서 마주한 그때를 속삭이는 듯해 김성립은 어둠 속에서 가만히 눈을 감고 한참 동안을 후원에 머물러 있었다. 아내를 처음 품에 안았던 그날이 몹시도 그리웠다. 잠시 그때로 돌아간 듯 그는 어둠 속에서 조용히 미소 지었다.

세상에 경번처럼 그에게 슬픔과 기쁨을 동시에 주는 사람은 없었다. 그는 오직 아내와 함께 있을 때만 기쁘고 행복했다. 그녀가 없는 공간은 불안하고 공허하며 슬펐다. 김성립에게 가장 행복했던 시간은 신혼 초 경번은 시를 짓고, 그는 그런 아내 옆에서 먹을 갈아 주던 때였다. 그러나 그는 그런 시절은 이제 다시 오지 않으리란 것을 알고 있다.

김성립은 달빛이 번지는 하늘을 올려다보다가 아내의 거처인 화우당을 지나 제향이 기다리고 있는 기방으로 발길을 돌렸다. 재주는 없으나 다정함이 넘치는 그녀가 오늘 밤 그의 위로가 되어 줄 터이니. 그러나 그는 알고 있다. 여전히 꿈속에서는 경번을 부를 것이라는 사실을. 그는 제향의 봉숭아 꽃물 들인 손보다 먹물이 물든 아내의 손을 더 사랑했다.

김성립은 아내의 손끝이 자신에게 머물던 그 어떤 날을 생각하며 하늘을 봤다. 이제는 다시 올 일 없는 그날을 기억하는 셀 수 없는 밤들만이 그를 지켜볼 것이다. 그는 두려웠다. 경번과 자신의 사랑이 부서지고 있는 것 같아서.

그는 가던 길을 멈추고 아내가 있는 화우당 쪽을 물끄러미 바라봤다. 바람이 불고 꽃이 진 화우당이 어둠 속에 외롭게 서 있다.

"경번, 얼마나 추우십니까? 우리가 봄날 매화처럼 연모하면 다 될 줄 알았습니다만, 너무 짧습니다."

그는 어둠 속에 숨죽이고 있는 화우당을 향해 말했다.

김성립이 떠난 후 한참 후에야 화우당에 불이 켜졌다.

어린 홍이가 그녀의 곁을 지키며 먹을 갈고 있다. 은은한 묵향이 방 안에 맴돈다. 바람 탓인지 이리저리 흔들리는 촛불을 보고 있던 경번이 나지막하게 중얼거렸다.

"꽃은 떨어지고 바람은 머물지 않듯 나의 인생도 더는 여기에 머물지 않겠구나. 두고 갈 미련도 들고 갈 미련도 없으니. 그러나 저

촛불은 내 마음처럼 흔들리니 어찌할꼬?"

한동안 그가 다녀간 창가를 멍하니 바라보던 경번은 향을 피우고 천천히 붓을 들었다. 동생 균이 몰래 보내 준 종이에 쓰인 글자 위로 그녀의 마음처럼 스산하고 무심한 달빛만이 쏟아져 내린다.

경번은 남편을 원망하며 평생을 살기는 싫었다. 그의 탓만은 아니었다. 그러니 시대 부적응자 취급을 받으며, 신경증 환자처럼 살다가 서서히 미쳐 가는 모습을 남편 김성립에게 보여 줄 수는 없다.

아내를 사랑하는 것밖에 달리 하고 싶은 일이 없다는 그에게 기회를 주고 싶었다. 그도 이제는 다른 누군가를 사랑하고, 아버지가 되고 벼슬길에 나아가길 바랐다. 그것이 명문 사대부 가문의 장자인 김성립답게 사는 길이라는 걸 경번은 누구보다 잘 알았다. 경번은 김성립이 걸림돌인 아내를 가슴에 묻고 앞으로 나아가길 바랐다. 더는 허난설헌의 재주로 빈약한 남편으로 살게 둘 수는 없었다.

회한의 눈물이 시가 쓰인 종이 위로 떨어진다. 경번은 하얀 종이 위로 검은 눈물 꽃이 피어나는 모습을 보며 소리 없이 흐느꼈다. 지금은 울어야 할 때가 아니라 독하게 마음을 다잡을 때라고 균의 여인이 말했지만, 그것은 21세기 여인의 생각일 뿐이었다. 경번의 세상은 아직 16세기였기에.

곁눈질하며 경번을 지켜보던 홍이도 먹을 갈며 눈물을 뚝뚝 흘리고 있다. 화우당 주변으로 바람이 세게 불더니 열어 놓은 창문이 꽝 소리를 내며 닫혔다. 경번은 화우당에 부는 세찬 바람 소리를 들으며 흔들리는 마음을 다잡으려고 조용히 시를 써 내려갔다.

거센 바람이 비를 몰고 왔는지 이어 세찬 늦여름 비가 쏟아지기 시작했다.

구 편집장과 대형 쇼핑몰 지하에 있는 '빌라 드 샬롯'에서 만나기로 했다. 비취색 실내장식이 아름다운 카페 안으로 들어서자 문 쪽을 지켜보고 있던 편집장이 손짓했다.

맙소사. 그의 모습을 보는 순간 그만 웃음이 터지고 말았다. 그는 눈에 확 띄는 형광 빛이 도는 산호색 셔츠를 입고 있었다. 어찌 저럴 수 있을까? 한동안 나는 말문이 막혀서 바라보고만 있었다. 그가 손을 흔들었다. 카페 안에서 민망할 정도로 눈에 띄는 옷을 입은 사람은 그가 유일했기에 요란스럽게 손을 흔들지 않았더라도 단박에 알아봤을 것이다.

자타공인 자유로운 영혼인 그는 머리카락까지도 그를 닮아서 인지 곱슬머리인데 정수리부터 부풀어 물결치는 모습이 꼭 머리 위에 구름 한 점을 이고 있는 듯하다. 그야말로 도시에 거주하는 낭만 도사의 모습인 그를 그냥 지나친다는 것은 거의 불가능한 일이다.

"멀리서 봐도 눈에 확 들어오는데 아름다운 배진 작가!"

사람을 기분 좋게 하는 감언이설에 능한 그가 활짝 웃으며 반긴다. 하지만 멀리서도 눈에 확 들어오는 사람은 내가 아니라 그라는 사실을 그만 모른다. 덕분에 주변 사람들의 시선이 나에게로 향했다. 블랙과 형광 산호색의 만남이라니 너무 쇼킹한 조합이라 잠시 사라지고 싶다고 생각했다.

"부끄러움은 오로지 나의 몫이네."

나는 주변의 시선을 무시하고 의자에 앉으며 포기한 듯 말했다.

오욕칠정은 휴식기에 들어간 탓에 스스로가 무성욕자라고 입이 닳도록 말하고 다니는 그의 요즘 관심사는 허난설헌 즉, 경번이라고 불렸던 여자뿐이다. 살아 있는 여자보다 오백 년 전의 여자에게 관심을 보이다니 놀라울 뿐이다.

그가 나를 한 번 보고 씩 웃더니 차를 따라 주고 쿠키 트레이를 내가 있는 쪽으로 민다. 나는 분홍색 마카롱을 집어 장미가 화려하게 그려진 접시에 놓았다.

"배진, 애두목지(愛杜牧之)라고 들어 봤어?"

"인간 세상에서 김성립과 이별하고 '지하에서 두목지(杜牧之)를 따르고 싶다.'라는 그녀의 시는 조선 시대에 파란을 일으켰지. 그녀가 말한 '목지'는 두목의 '자'인데 그녀가 태어나기 7세기 전 두목지가 남긴 시에 마음을 두는 것조차 용납하지 못하고 이번 생에서 남편 만나 살아 봤으니 저승에서는 두목을 따르겠다는 것이 대단한 불륜인 양 떠들던 사대부들이라니. 대놓고 남녀상열지사를 하겠다는 것도 아닌데 음탕한 여자 취급을 하며 비난을 했었지."

나는 마카롱을 한입 베어 물며 말했다. 입안 가득 21세기의 짙은 단맛이 퍼진다.

우아한 유령

"그래서 내가 허난설헌 입장에서 한번 생각해 봤어."

"아니, 그러지 마!"

나는 당황해서 손을 내저었다. 또 장황한 허난설헌 탐구가 시작될 터이니. 그러나 그는 아랑곳하지 않고 이미 사설을 풀기 시작했다.

"허난설헌이 사실은 병사가 아니라 자살이라는 말이 있어. 집안 연못에 빠져 죽었다는."

그가 놀라운 비밀을 알고 있다는 듯 말하자 '풋' 하고 나도 모르게 웃음이 터져 나왔다.

"당신도 그렇게 생각해?"

"그럴 수도 있지 않을까? 여덟 살에 <광한전 백옥루 상량문>을 쓴 허난설헌이 일자무식 시어머니와 바람둥이 남편을 참다가 견디지 못해서 어느 날 연꽃을 보고 있다가 이 거지 같은 세상에서 사느니 죽자, 뭐 그런 거 아닐까?"

그가 갑자기 심각한 표정으로 나를 본다. 동의를 구하는 눈빛이다. 갑자기 그가 귀여웠다. 지랄 맞은 산호색 셔츠와 흰 바지까지 다 포용할 수 있을 것 같은 기분이다.

"현생이 거지 같으니 죽어서 '두목지'나 만나자고 달밤에 연못의 연꽃을 바라보다가 무협 소설처럼 시 한 편 남기고 풍덩 했다?"

조선 시대에 태어났다면 문턱이 닳도록 기방에 도장 찍고 다니며 풍류남아쯤으로 살았을 것 같은 21세기의 남자가 해 보는 16세기 여자 허난설헌에 대한 상상이 과연 어디까지일지 궁금해진다.

'이 남자는 어쩐지 특별한 안테나를 가지고 있을 것 같다.'

나는 생전 빗질이라고는 하지 않은 것 같은 구불구불한 그의 머리를 보며 지그시 웃었다. 머리카락만큼 자유로운 영혼이다.

편집장이 녹차색 마카롱을 집어 들더니 입속에 넣고 우물거리며 핸드폰을 들고 검색을 한다. 그러곤 잠시 후 고개를 들고 나를 봤다.

"배진, 여기 있네. 구수훈의 〈이순록〉을 보면, 스물일곱 살에 꿈에 월궁에 갔다 온 후 '몽유기'를 지었다는 천재성을 가진 분이시거든. 그런데 그런 재능 충만한 분이, 더욱이 예쁘기까지 한 여인이 홀연히 나이 스물일곱에 아무런 지병도 없는데 몸을 정갈히 하고 '금년이 바로 삼구 수에 해당되니 오늘 연꽃이 서리를 맞아 붉게 되었다.' 하고 눈을 감았다 하는데 나는 이게 미심쩍다는 이야기지. 아홉 구가 세 번 있어서 스물일곱, 자신이 죽은 나이도 스물일곱 살이야. 게다가 저승에서는 두목를 따르겠다는 것이 대단한 불륜인 양 떠들던 사대부들이 음탕한 여인 취급을 하며 비난을 했으니 오죽이나 살기 싫었겠어. 자아가 강하신 허난설헌께서. 그런데 말이지 허균이 누구야, 매월당 김시습, 율곡 이이와 더불어 조선의 삼대 천재인 허균은 《홍길동》을 쓴 상상력 풍부한 남자잖아. 거기다 누나에 대한 팬심이 쩔어. 그럼 어떤 일이 벌어질까?"

"그래서 자살이다?"

나는 그의 기발하다 못해 발랄하기까지 한 상상력에 감탄하며 웃었다.

"허균은 누나를 그 시대에 국제적인 베스트셀러 작가로 만든 사람이야. 그녀는 최초의 한류라고 할 수 있지. 아무런 병도 없는 사람이 자기 죽음을, 무슨 무협지도 아닌데 예언을 하고 정갈하게 단장한 후 잠들듯이 죽느냐고. 추측하자면 극도의 스트레스로 인한 우울증으로 자살했는데 며느리의 자살을 가문의 수치라고 여긴 시어머니가 입막음하고 허균은 스토리에 전설이라는 MSG를 친 거지. 그도 아니면 허난설헌이 집을 나가 종적을 감췄거나. 물론 모종의 딜이 있었을 수도 있지. 예를 들자면 죽은 '척'했지만, 사실은 중국으로 갔다든지. 나는 물론 후자이기를 바라지만."

나는 편집장의 호기심을 만족시켜 줄 수 없음을 아쉬워하며 미소만 지은 채 듣고만 있었다. 그의 상상력은 무한대였다. 그냥 놔두면 어디서인가 환생한 허난설헌을 찾으러 나설지도 모른다.

타임슬립을 한 후 되돌아와서 보고서를 작성하는 사람처럼 그의 이야기는 구체적이었다. 전지적 작가 시점에서 말하는 그 상상력에 감탄할 뿐이다. 그의 허난설헌에 관한 상상력의 영역은 매일매일 확장되고 있다.

누나 경번이 모든 작품을 불태우라고 했음에도 불구하고 후대에 전하고자 동분서주했던 동생 균 덕분에 동서고금을 넘나들며 전설 같은 흔적을 남겼다. 재가 되기 직전의 글들을 불구덩이 속에서 건져 내고 비상한 기억력으로 이미 불태워진 시들을 살려 후대에 전한 것은 누나 경번을 향한 무한한 애정 때문이었다. 균이 명나라 사신을 만나 지니고 있던 누나의 시를 건넨 것도 역사 속에서 사라질 허난설헌을 소생시키기 위한 전략이었을 것이 분명하다.

서애 류성룡에게 누나 문집의 추천서를 부탁할 정도로 열정적이었던 것은 그가 꿈꾸었다는 세상과 누나가 꿈꾸던 세상이 같았기에 누나의 진심을 후대에 전하고 싶었기 때문일 것이다. 아니, 기록으로 남겨서 누나를 영원히 살리고 싶었을지 모른다. 21세기 시점에서 본다면 그 역사를 기억하게 하고 싶었던 그의 계획은 성공했다.

그러나 의문점이 있다. 경번이 동생에게 전하지 않은 시들이 일본에서 먼저 출간된 것은 어떻게 가능했던 것일까? 〈감우(感雨)〉는 동생 균이 절대 알 수 없는 시였다. 그 시는 경번이 남편인 김성립에게만 전했던 시였다. 그 시가 후대에 전해지다니 불가사의한 일이다.

"나는 말이지 허균이 굳이 누나의 시를 명나라 사신 주지번에게 슬쩍 건넨 것도 작전이라고 봐. 명나라를 거쳐 일본에서까지 알려지게 한 것은 조선 시대라는 봉건 사회에서 불행한 삶을 산 누나를 역사 속에서 영원히 살리기 위한 것이라고 할 수 있지. 요즘으로 말하자면 그는 조선 시대 최고의 출판 기획자이며 아주 탁월한 작가이면서 정치가라고 할 수 있지. 그는 누님이 세상에 다녀간 이유를 전해 주고 싶었던 거야."

"허균이 없었으면 허난설헌도 없었다는 이야기네?"

죽은 허난설헌도 살려 낼 듯한 기세와 열의에 감동한 탓인지 나도 모르게 저절로 흐뭇한 미소를 지으며 물었다. 그가 동감이란 듯 엄지를 치켜들었다.

편집장은 언제나 허난설헌, 경번으로 불렀고, 초희와 옥혜라는 또 다른 이름을 가진 그녀를 말할 때면 눈이 빛났다. 마치 놓쳐 버린 첫사랑을 추억하는 것 같은 눈빛이다. 나는 그런 그의 눈빛이 참으로 좋다.

"아이고, 허난설헌이는 참 복도 많지."

나는 능청스럽게 말하며 마카롱을 한입 베어 물고 홍차를 마셨다. 진한 단맛이 혀끝에 달라붙어 몸서리가 쳐진다. 단 것이라면 사족을 못 쓰던 그가 문득 생각났다. 그가 이 맛을 알았다면 아마도 마카롱을 입에 달고 살았을 것이다.

입안 가득 퍼지는 단맛의 여운을 곱씹으며 그를 생각하고 있을 때 갑자기 한 무리의 여자아이들이 환호성을 지르며 어디론가 달려가는 게 보였다. 아, 부럽지 않다고 하면 질투처럼 여겨질 저 무적의 젊음, 누가 감히 당할까? 한때 나에게도 저런 거침없으나 유한한 젊음이 있었다. 다른 점이 있다면 그 시절의 나는 어디로 달려갈지 몰라 길을 잃고 헤매고 있었다는 것이다. 나와 같은 마음으로 달려가는 소녀들을 지켜보던 편집장이 웃으며 한마디 했다.

"하하, 봄바람이 골목을 돌아 나가는 것처럼 순식간이네. 부럽다. 열광할 수 있는 저 젊음이."

"아이돌이 왔나?"

"일본에서 잘나가는 배우가 영화 홍보 때문에 와서 1층에서 인사를 한다고 저 소동이야. 오늘 그 배우가 출연한 영화가 개봉하거든. 가수도 한다는 것 보니 실력이 좀 있기는 한 것 같더라고. 무슨 영화더라, 잠깐만. 아, 주인공이 시간여행을 하는 영화라고 하는데."

갑자기 편집장이 핸드폰을 들고 검색한다. 별로 궁금하지도 않은데 꼭 그것을 찾아서 확인시켜 주려 한다. 하지만 이번엔 왠지 알고 싶지 않았다. 사람은 가끔 본능적으로 알게 되는 것이 있다. 정체를 모르지만, 마음이 경계하는 원초적이고 각인된 기억이 나에게는 있기 때문이다.

"자, 봐. 이 사람이네. 사카구치 켄타로, 일설엔 한국계라는 말이 있는데 확인된 거는 없어."

"관심 없습니다. 잘생긴 남자."

나는 그가 건넨 핸드폰을 일부러 보지 않았다.

"그래? 잘생긴 남자 싫어하는군. 그런데 한 번도 스캔들이 난 적이 없다니 어떻게 그럴 수 있지? 취향이 다른 쪽인가? 그도 아니면 사연이 있나?"

편집장이 핸드폰 속으로 빠져들 듯 바라보며 말했다.

"간혹 결혼과 연애에 부적합한 사람이 있어. 그건 그렇다 치고,

우아한 유령

내가 대필해 줘야 할 자서전 원고는? 우리가 먹고는 살아야 할 거 아냐."

"아, 그거."

그제야 생각났다는 듯이 보고 있던 핸드폰을 옆으로 밀어 놓고 봉투에 담긴 원고를 내민다.

"이거야?"

보통은 파일로 받는 원고를 이번에는 한 뭉치의 원고로 내미는 편집장을 보고 놀라서 물었다.

"이분이 나이가 일흔 살임에도 불구하고 내년 지방선거에 나가시려고 길면 길고 짧으면 짧은 본인의 인생 여정을 풀어내셨다고 하는데 평생을 잘 먹고 잘살아서 영 감동이 없어. 그러니 이제부터 정리와 감동은 배진 작가 당신의 몫일세. 감동이 클수록 인센티브는 올라간다! 하하하! 힘내자고."

갑자기 그가 격하게 손뼉을 쳤다. 난처함을 모면하기 위한 얕은 수임을 단번에 간파한 나는 거의 신화창조 수준으로 각색을 해야 할 생각을 하니 암담해진다. 그러나 그와 내가 함께한 시간을 생각한다면 거절할 수 없는 일이다. 인센티브까지 챙길 수 있다니 안 할이유는 더더욱 없다.

"일흔 살에 갑자기 정치에 관심이 생겼다니 놀랍네. 정치는 정년퇴직이 없나 보지?"

"정년퇴직이 있었으면 정치판이 저렇게 똥개들 판 같겠어?"

정치 이야기만 나오면 거품을 무는 그가 흥분하며 말한다.

"하긴 21세기에도 멸문지화를 당하는 일이 있더라. 조선 시대나 멸문지화 당파싸움이 있는 줄 알았는데. 노욕을 놓지 못하는 사람들도 많고. 대신 시간은 좀 줘."

나는 원고를 집어 들고 일어나며 말했다.

"벌써 일어나려고? 좀 앉아 봐."

그의 눈빛이 애잔하다.

"뭐 달리 할 말이 있나?"

나는 원고를 테이블 위에 놓고 다시 의자에 앉았다.

"미안! 다음부터는 이런 글은 내 선에서 거절할게. 그래도 이 자본주의 사회에서 살려면 세금은 내고 살아야 하니 가끔 싫은 일도 해야지. 당신이 살던 세상엔 이런 일이 없었겠지?"

"실없기는."

"혹시라도 해서 하는 말인데 허난설헌 평전 읽어 본 적 있어?"

"아니. 왜?"

"허난설헌 평전을 한번 다시 써 보면 어떨까 싶어서."

"갑자기 왜? "

"갑자기가 아니고, 죽 생각한 거야. 나는 전생에 허난설헌의 남편이 아니었을까 하는 생각이 들어. 요즘은 꿈에도 나와."

"누가, 김성립이?"

나는 툭 터져 나오려는 웃음을 겨우 참으며 말했다.

"아니, 허난설헌이. 그런데 그 허난설헌이 청바지를 입고 있어."

"이 남자를 어이할꼬. 작작 좀 해. 그러니까 허난설헌 무덤에 가지 말라고 했지. 그러다 신 내리면 작두에 올라가는 수가 있어요."

"그런가? 암튼 그래도 해 보고 싶어. 작두를 타더라도. 그리고 그분이 그렇게 경우가 없으신 분은 아닐 거야. 순수한 나의 팬심을 안다면."

"하, 그렇군. 팬심이라. 그렇다면 도움을 줄 수는 있지. 허씨 집안 여자들은 내가 좀 알거든."

"그래? 어떻게?"

"아는 분이 그걸로 논문 썼거든. 그분도 당신만큼이나 관심이 많아. 근데 하나 물어봐도 돼?"

"뭐든."

"만약에 가정이지만 눈앞에 허난설헌이 딱 나타난다면 뭘 하고 싶어?"

"출판 계약을 할 거야. 그리고 격하게 환영한다고 안아 주고, 나를 비서로 써 달라고 말할 거야."

"하필 비서?"

"마음은 굴뚝같지만, 연애는 좀 버거울 것 같아서. "

"왜?"

"뜻대로 되지 않는 욕망의 세계 체험은 그녀와는 하고 싶지 않아."

이미 두 번 욕망의 세계 체험 코스를 수료한 그가 웃으면서 말했다.

"그렇구나. 플라토닉이네."

"아니 정확히 말하면 아가페가 맞아."

"그렇구나! 거룩하고 조건 없는, 갑자기 무거워지네. 마음이."

"그래? 편하게 마음먹어. 자본주의 사회에서 사회보장제도의 혜택을 받으려면 세금을 연체하지 말아야 하니까. 힘내 보자고!"

"그거 아시나? 조선은 피가 계급을 결정했지만, 작금은 돈이 곧 계급을 결정한다는 거! 돈 많은 중인들의 세상이 된 거지. 하여 귀하의 진심을 받아들여 열일 해야겠네."

"소름! 지금 그 말 하는 순간 당신이 갑자기 16세기 여자처럼 보였어! 게다가 가끔 당신의 영혼이 아주 빈티지하다고 느껴지거든. 뭐랄까 말의 품격 같은 것이, 아주 미묘하게 달라. 귀하, 거참 듣기 좋다. 난 처음에 당신 메일 받고 뒤로 넘어갔잖아. 이메일을 열었는데 '친애하는'으로 시작하더라고. 나, 순간 19세기인 줄 착각을 했잖아. 대체 당신의 그 앤티크한 애티튜드는 어디서 오는 거야?"

"멘탈은 16세기일지도 모르지."

"멘탈이라……. 그런데 이 기시감은 뭐지? 우리가 전생에 만난 적 있나?"

편집장이 능청을 떤다. 덕분에 나는 또 한 번 실없이 웃는다.

"어쩌면 그럴 수도……."

우아한 유령

나는 원고를 주섬주섬 챙기며 무심하게 말했다.

"농담을 진담처럼 하는 신묘한 재주가 있어. 시간 좀 남는데 배우 구경 좀 하고 갈래?"

"인물 뜯어먹고 사는 사람 아냐. 남자 인물이라면 내가, 아주 많이 신물이 나는 사람이라서."

"그래? 그럼, 열심히 벌어서 국민의 의무를 성실히 이행이나 하셔. 역시나 돈 다음에 인물이지?"

"반박은 못 할 것 같네. 내가 프리랜서 일용직이라서."

"그러니 물 들어 올 때 모터의 시동을 잽싸게 걸어야지."

"그러네. 열심히 할게."

틀린 말은 아니기에 두말없이 묵직한 원고를 가방에 넣고 그와 함께 빌라 드 샬롯을 나왔다.

쇼핑몰 지하를 나란히 걷고 있는데 편집장이 갑자기 두 팔을 벌려 꽉 끌어안으려 했다. 나는 '어허' 하며 뒤로 재빨리 물러났다. 갑작스러운 이런 식의 포옹을 한두 번 겪어 본 것이 아닌지라 몸이 먼저 반응한다.

"16세기도 아니고 내외하는 것인가?"

그가 두 팔을 벌린 채로 웃으며 말했다.

"백주대낮에 이러는 거는 아니지……."

"백주대낮이라. 참 그거 고전적인 말이네. 암튼 조만간 좋은 소식이 있을 것 같으니 연락할게."

나는 그에게 손을 내밀었다.

"왜?"

"악수 한번 하자고."

"어인 일로? 어째 내 말투, 빈티지하지 않아?"

그가 손을 뒤로 숨긴 채 싱글싱글한다. 말투는 또 어찌나 능글맞은지.

"싫으면 말고."

내가 손을 빼려고 하자 그가 덥석 잡으며 눈을 끔벅인다. 그 모습이 우스꽝스러워서 그만 웃음을 터트리고 말았다.

"웃으니 더 이쁘네!"

그가 갑자기 나의 손을 잡고 당기더니 와락 끌어안는 바람에 지나던 사람들이 그런 우리를 힐끔 본다.

"어어, 이 사람이. 남녀가 유별한데 무슨 짓거리일까?"

그에게 잡힌 채 올려다본 쇼핑몰의 불빛 탓일까? 아주 잠깐 나의 인생이 반짝거린다. 문득 그런 생각이 들었다. 편집장이 오래전 세상을 떠난 오라비 같다고.

"고마워."

나도 모르게 말해 버렸다. 한 번도 공식적으로 얼굴을 마주 보고 고맙다는 말을 한 적이 없었다. 이심전심이라고 생각했다면 믿어 줄까? 아마도 오라비 같은 그는 그랬을 것이다.

"뭐, 당연하지. 내가 이렇게까지 신경 쓰는 거, 전생의 연 때문

우아한 유령

이라 해 두자고."

역시나 능청스러운 그의 대답이다.

"뭐 그럴지도……."

"참, 나 이번 막바지 여름은 일본에서 보낼 생각이야. 비행기 표도 이미 예약했어."

"어디 갈 건데?"

"음. 원령공주가 사는 곳이라고나 할까? 교토를 들렸다가……."

"좀 현생의 인연을 찾아보시지?"

"현생의 인연은 빛의 속도로 스쳐 지나간 두 여인으로 충분하지. 그런데 말이지 내가 허난설헌하고 전생의 인연은 좀 있나 봐. 내가 주식을 팔아서 산 고서적이 있다고 했잖아? 그 책이 범상치 않아. 마치 21세기를 알고 있는 사람이 지인에게 보내는 편지 같은 내용이 있더라고. 잠깐만, 전화 좀 받고."

그가 고서적에 대해서 말하려는 찰나에 기다리고 있었다는 듯이 핸드폰이 '마리아 아베마리아'라고 비명을 지르며 그를 찾았다. 결국 나는 그가 말하려던 고서적에 관한 이야기는 듣지 못했다.

"아, 그래요? 제가 지금 그리로 가겠습니다. 자기, 연락할게. 장담하건대 기절초풍할 일이 일어날지도 몰라."

흥분한 그가 전화를 끊은 후 나의 팔을 잡고 흔들며 말했다.

"전생의 인연을 찾았나?"

나는 웃으며 농담처럼 말했다.

"빙고! 산더미 같은 숙제를 받아 든 기분이라고나 할까? 어쩌면 우리에게 아주 굉장한 일이 생길지도 몰라. 우주의 기운이 몰려오는 것 같은 기분이라고나 할까?"

"우주의 기운은 이미 경험해 봐서……."

"아냐. 경험은 많을수록 좋아. 그러니 연락할게. 곧 놀라운 소식이 그대를 찾아갈 거야. 장담해!"

그렇게 말한 후 그는 손을 흔들며 인파 속으로 빠르게 사라졌다. 2호선 방향으로 표표히 사라지는 그를 지켜보고 있자니 갑자기 궁금해진다. 산더미 같은 그의 숙제도 그리고 그와 나의 인연도.

홈 인테리어 매장 근처를 지나다 발걸음을 멈췄다. 익숙한 향기가 나의 마음을 잡고 놓아주질 않았기 때문이다. 아, 대책 없는 그리움의 향기. 뒤뜰에서 자라던 생강나무 향이었다. 그 향기가 나의 기억을 잡고 늘어질까 봐서 도망치는 것처럼 걸음을 재촉했다. 그렇게 걷다가 문득 서서 의류 매장의 쇼윈도에 비친 나의 모습을 발견했다.

낯설었다. 낡은 청바지에 검은색 티셔츠 그리고 자주색 백팩을 맨, 방금 전 편집장이 아름답다고 말한 나의 모습이. 어깨에는 내려놓을 수 없는 외로움과 그리움이 매달려 있다. 누군가를 기다리고 있는 것 같은 눈빛의 낯선 여자가 뚫어질 듯이 본다. 생경한 눈빛에 놀란 나는 주위를 돌아보지만, 그저 무심히 스쳐 지나가는 사람들

뿐이다. 내가 속한 세계에서 나는 잘살고 있는 것일까?

그렇게 한참을 뒤로 스쳐 지나가는 사람들을 보며 서 있었다. 나의 발끝으로 흘러내린 외로움, 적막함, 슬픔이 발목을 잡고 있어서 움직일 수가 없었다.

'아직도 잊지 못한 것이 있구나. 너는. 가두어 버린 사랑을 이제는 놓아줄 때도 됐는데…….'

얼마쯤 시간이 흘렀을까? 쓸데없이 밖에서 매장 안을 유심히 보는 척하며 무엇에 홀린 사람처럼 우두커니 서 있다가 에스컬레이터를 타고 1층으로 올라갔다. 의류 브랜드 매장 앞에는 TV에서 본 연예인들처럼 검은 마스크를 한 여학생들이 꽤 많이 앉아 있었다. 검은 정장을 입은 안전 요원들이 만약의 불상사를 대비하려는 듯 주위를 살핀다. 갑자기 여자아이들이 비명을 지른다. 편집장이 말한 배우가 오긴 왔나 보다. 예나 지금이나 여인의 마음을 쥐고 흔드는 재주를 특별하게 타고나는 사람이 있기는 있는가 보다. 도대체 어떤 잘난 인사이기에 저 난리법석일까?

영화가 궁금한 게 아니라 갑자기 '오늘의 주인공'이 궁금해진 나는 한 발짝 물러나 팔짱을 낀 채 멀찌감치 서서 지켜봤다. 영화 〈별의 비가 내리면 갈게요〉는 도대체 무슨 내용일까? 저들은 왜 일본 배우에게 열광하는 걸까? 혹시 '별의 비'라 함은 유성우를 말하는 건가? 등등의 그를 향한 궁금증이 갑자기 증폭되기 시작했다. 누군가에게 관심이 생기는 일은 참으로 오랜만이었다. 어느새 나도 모르게 시선은 소녀들처럼 중앙의 무대로 향하고 있었다.

드디어 진행을 맡은 연예인이 먼저 올라오더니 무대 한쪽에서 미소를 짓고 있는 그의 이름을 부른다. 그녀의 흥분된 목소리가 높은 유리 천장 위로 올라가서 화려한 몰의 허공으로 퍼진다. 그가 출연한 영화의 예매티켓이 판매 시작 1분 만에 매진됐다는 사회자의 소개 탓인지 소녀들의 환호성은 더 커진다.

환호성과 함께 남자가 활짝 웃으며 무대로 뛰어올랐다. 진중하지만 경쾌한 발걸음이 품위가 있다. 베이지색 린넨 슈트를 입은 그의 모습을 보는 순간 나는 눈을 의심했다. 긴장하면 집게손가락으로 엄지손가락 마디를 긁는 습관이 있고, 입이 귀에 걸린 것처럼 얼굴 전체를 움직이며 화사하게 웃는 남자를 이미 알고 있었기 때문이다. 그리고 걸음걸이도.

'아 세상에나. 나는 저렇게 걷는 사람을 이미 알고 있다.'

나는 한 손으로 이마를 짚으며 눈을 감았다. 소녀들을 향해 손을 흔드는 남자를 보는 순간 심장이 멈추는 줄 알았다. 어찌 저리 닮을 수가 있을까? 마치 눈부신 태양을 정면으로 쳐다본 것처럼 아찔했다.

한쪽 눈을 찡그리며 웃는 것도, 깊고 그윽한 눈빛도 닮았다. 한낮에 환영을 본 것일까? 결코 잊을 수 없는 달빛처럼 고즈넉하게 젖어 드는 그 눈빛이었다.

'당신을 볼 때면 내 눈엔 달빛이 일렁입니다.'라고 속삭이던 그의 목소리가 들리는 듯해 고개를 돌려 보지만 부질없는 일이다. 잠시 웃음을 멈추고 사람들을 바라보는 눈빛은 적요한 그의 눈빛과 어찌 그리 닮았을까? 그처럼 웃는 사람은 한 번도 만난 적이 없다. 그런데 오늘 나는 그와 너무나 닮은 사람을 눈앞에서 보고 있다. 오직 그만이 지을 수 있는 눈웃음과 보조개가 어제 본 듯 생생하다. 저 사람도 눈 밑에 눈물점이 있을까?

'오늘은 어떤 일이 있으셨습니까?' 하고 웃으며 묻던 그의 모습이 눈에 선하다. 정말 일정한 주기를 거치며 인간은 종종 같은 형상으로 태어나는 걸까? 그렇지 않고서야. 저리 같을 수가 있을까? 나는 긴 한숨을 쉬며 그를 바라봤다. 인파를 뚫고 달려가 손을 잡아 보고 싶었다. 잠시나마 그런 생각을 했다는 사실이 믿을 수 없어 나도 모르게 손으로 뺨을 때렸다. 이쯤 되면 가히 주책이라고 할 만하니까.

그런데 착각이었을까? 아주 잠깐이지만 그의 눈빛과 나의 눈빛이 겹쳐졌다는 생각이 든 것은. 그것은 찰나의 순간 섬광이 지나가는 것처럼 강렬했다. 나는 입술을 깨물며 한 발 뒤로 물러섰다. 심장에서 전해진 떨림이 온몸으로 퍼져 나갔다. 나는 두 손을 주머니에 넣고 주먹을 쥔 채 그를 응시했다. 그가 나의 주파수를 읽은 걸까? 그의 눈빛과 마주쳤다고 생각하는 순간 왜 가슴이 무너져 내려앉을까?

가슴 한구석에서는 이미 슬픔이 삼월의 안개비처럼 소리 없이 내려 마음을 적신다. 발걸음을 돌릴 수가 없어서 나는 눈물이 가득한 눈으로 멀리서 그의 모습을 지켜봤다. 나는 주르륵 흐르는 눈물을 훔쳤다.

그가 다정한 목소리로 묻는다. 그의 정확한 한국어 발음은 어딘지 기품이 깃들어 있었다.

"그간 잘 지내셨습니까? 이 사람은 오랫동안 다시 만날 날을 기다리고 있었습니다."

그러자 기다리고 있었다는 듯 소녀들이 환호성을 지른다. 그런데 소녀도 아닌 내가 왜 그의 부드럽고 그윽한 목소리에 반응하는 것일까? 마치 오래전부터 들어온 것처럼. 그리고 왜 그가 나에게 묻는 것처럼 들릴까? 잠시 팬들의 모습을 지켜보던 그가 봄빛처럼 잦아드는 것 같은 목소리로 시 한 수를 읊겠다고 했다. 오랫동안 사랑해 온 시인의 시라고 부연 설명을 하고는 빙그레 웃는다. 그의 억양과 목소리가 나의 마음을 흔든다. 슬프게도 말이다. 천 번의 생을 겹쳐도 결코 잊을 수 없는 목소리다.

그의 목소리, 그의 시선에 나의 마음이 갇혀 버렸다.

"하늘거리는 창가의 난초 가지와 잎 그리도 향기롭더니, 가을바람 잎새에 한 번 스치고 가자 슬프게도 찬 서리에 시들었네. 빼어난 그 모습은 어우러져도 맑은 향기만은 끝내 죽지 않아 그 모습 보면서 내 마음이 아파져 눈물이 흘러 옷소매를 적시네."

경번의 시 〈감우(感雨)〉였다. 그의 마음이 나에게 전이된 걸까? 또다시 눈시울이 붉어진다. 그런 나를 누군가 보고 있는 것 같아서 조용히 그 자리를 빠져나왔다. 1층 로비 카페에서 에스프레소를 주문하는 동안에도 나의 시선은 그에게서 떠날 줄 몰랐다. 주문한 에스프레소가 나오자마자 들고 서둘러 밖으로 나왔다. 눈이 부신 햇살 아래서 거리는 빛나고 있었다. 경번의 시 〈감우〉를 듣기에는 너무나도 하늘은 맑은데 나의 마음은 비구름이 가득하다. 앞으로의 인생이 쓸쓸함으로 채워질 것 같은 괜한 예감이 든다.

대체 그는 어떤 연유로 경번의 시, 〈감우〉를 알고 있는 것일까?

3.

매화,
도착하다

창문을 여니 21세기임을 확인하게 해 주는 대형 쇼핑몰이 멀리서 은빛으로 빛나고 있다. 늘 그렇듯이 시간은 바람처럼 지나고 인생은 예고편도 없이 다른 장으로 넘어간다. 그의 소식도 그렇게 왔다. 예고도 없이 징조도 없이 말이다. 그러나 나는 그때까지도 알지 못했다. 얼마나 큰 슬픔이 나를 기다리고 있을지.

일어나자마자 지난밤에 쓴 소설, 〈삼월의 꽃처럼 온 그대, 비와 함께 간 당신〉을 메일로 보냈더니 구 편집장에게서 답장이 왔다. 시간을 보니 새벽 3시에 보낸 것이었다. 독신남의 밤은 역시나 자질구레하다. 홀로 깨어 메일이나 쓰고 있으니 말이다.

일본과 중국에서 출판된 허난설헌의 시집에서 이상한 점을 발견했다는 것이 메일의 내용이었다. 이쯤 되면 그는 재야에 파묻힌

'허난설헌 탐구자'다. 그는 요즘 들어서 허난설헌 집중 탐구에 더 많은 시간을 할애하고 있다. 한번은 대체 왜 그렇게 허난설헌에게 집착하느냐고 물었더니 돌아온 대답이 너무나 간단했다.

"왜냐고? 애처로워서. 그냥 애처롭잖아. 게다가 나는 전해 줄 게 있어."

그는 도무지 알 수 없는 말을 하며 웃었다.

나는 그날 그가 지은 웃음의 의미를 지금도 해석할 수가 없다. 도대체 그는 무엇을 누구에게 전해 준다는 말인지.

그가 찾은 자료에 의하면 경번의 시집은 약 백여 년의 간격을 두고 중국과 일본에서 출간되었다. 조선에서는 여자가 남자보다 뛰어난 재주를 가진 탓에 남편의 위신만 꼴사납게 만드는 자격 미달 아내 취급을 당했던 그녀가 해외에서 인정을 받은 것이다. 그사이에 대체 무슨 일이 있었던 것일까? 어느 날 갑자기 죽고 나니 유명해진 건가?

기록에 의하면 1606년 허균은 명나라 시인 주지번에게 누이의 시를 보여 주었다. 이후 명나라에서 시인 주지번에 의해 허난설헌의 시가 알려졌고 중국에서 출간된 《난설헌집》은 중국 문인들이 곁에 두고 읽는 베스트셀러가 되었다. 그런데 아무런 연유 없이 1711년 일본에서 무역상 분다이야 지로(文台屋次郎)에 의해 출간된 후 선풍적인 인기를 끈 것은 도대체 어떤 이유에서일까? 거의 백여 년 이상의 시간 차이를 두고 출간된 시집은 무엇을 의미하는 것일까? 누나 경번을 향한 균의 마음이 시공을 뛰어넘어서 전해진 것일까? 구 편집장도 그 시간 차이가 이상하다고 했다.

아무래도 그는 궁금증을 못 참고 허난설헌이 잠든 초월리로 행차했는지 평소 같으면 미친 듯 울렸을 핸드폰 메신저가 잠잠하다. 대신에 일요일 아침부터 집 앞 좁은 골목이 평소와 다르게 소란스러웠다. 도시재생사업이니 풍납토성을 문화유산으로 보존하느니 하는 문제로 보상을 받고 많은 사람이 떠나간 골목은 늘 고요한 정적만이 맴돌았다. 그런데 느닷없이 들리는 왁자지껄한 남자들의 목소리가 골목 안 사람들의 아침을 깨웠는지 여기저기서 대문이 열리는 소리가 난다.

아침부터 수상한 바람이 불더니 대체 이 골목에 무슨 일이 일어나고 있는 걸까? 창문을 열고 밖을 내다보니 이삿짐을 내리느라 골목이 소란스러웠다. 아예 골목을 이삿짐을 싣고 온 검은 차량이 막다시피 한 탓인지 열혈 통장 은분 씨가 등장해 매의 눈으로 지켜보고 있다. 풍납동 토박이인 그녀는 시장통 입구에서 부동산을 하며 통장 일도 겸하는 슈퍼우먼이다. 그녀가 나와 눈이 마주치자 주먹 쥔 손을 흔들며 웃는다. 나 역시 그녀에게 미소를 날리며 소란스러운 골목을 2층 베란다에 서서 지켜봤다. 오랫동안 빈집이었던 앞집에 대체 누가 이사를 오는 걸까? 오전 내내 인부들이 짐을 들고 들락거리는데도 불구하고 이삿짐이 상당한지 정오가 넘어가도록 그치지 않았다.

아, 이제 좋은 시절은 다 지나갔다. 해마다 봄이면 매화꽃을 활짝 피우던 정원이 볼 만했는데. 바람에 실려 오는 향은 또 얼마나 고혹적인지. 그러나 내년부터는 봄밤에 홀로 즐기는 노골적인 꽃구경은 포기하고 몰래 훔쳐보는 걸로 만족해야 하나 보다. 갑자기 별것 아닌 매화나무 한 그루 때문에 이사 오는 사람이 부러워진다.

이삿짐을 싣고 온 차가 떠나자 다시 일요일 오후의 골목은 평온한 일상으로 돌아왔다. 인적이 사라진 골목에 들리는 것은 새소리뿐이다. 담을 넘은 앞집의 오래된 매화나무 가지가 바람에 흔들리고 있다. 혹시나 이삿짐을 나르다 가지가 부러질까 봐 노심초사하다가 나와서 확인해 보니 다행히도 매화는 무사했다. 내년에도 매화 구경을 할 수 있게 되었으니 그나마 다행이다.

"눈이 아닌 줄 멀리서 아는 것은 그윽한 향기 덕분이리라."

나는 앞집 담벼락을 보며 왕안석의 시, 〈매화〉의 한 구절을 읊조렸다. 매화를 독차지할 집주인이 부럽기는 하지만 담을 너머 피는 매화는 내 것일 수도 있으니.

지난봄에는 3월에도 눈이 내렸다. 내년에도 눈 속에 핀 매화를, 유혹하듯 담을 넘어와 창문을 열게 만드는 매화의 향기를 만날 수 있으면 좋으련만. 부디 새로 이사 온 정체불명의 사람이 매화에 홀딱 반하기를 바랄 뿐이다. 어느 날 매화 가지가 잘려 나가는 참담한 꼴은 차마 볼 수가 없기 때문이다. 이제부터는 아쉽게도 봄날 눈 내리듯 지는 매화꽃의 향연을 홀로 즐길 수 없다니 섭섭하다. 꽃이 질

때까지 앉아서 구경할 생각으로 가져다 놓은 접이식 플라스틱 의자에 지금처럼 앉아서 앞집만 바라보고 있으면 미친 사람 취급할 것이 분명하다.

오래된 샤시 창문을 억지로 여느라 생긴 날카로운 마찰음이 햇살이 흐려지는 초저녁의 골목으로 퍼진다. 올려다보니 앞집의 2층 이중창문이 아주 잠깐이었지만 살짝 열렸다가 이내 닫힌다. 저 집 안의 누군가도 이 골목을 내려다보고 있었던 것일까?

"거기서 뭐 하셔, 선생님?"

때마침 지나가던 은분 씨가 말을 건넨다. 골목의 사정은 다 아는데 같이 사는 남자의 사정을 당최 모르겠다며 넉살을 떠는 은분 씨는 오지랖이라면 타의 추종을 불허하는지라 결코 그냥 지나치는 법이 없다.

"은분 씨 좋은 오후, 아니 저녁입니다."

나는 활짝 웃으며 말했다. 운동을 갔다 오는지 운동화에 주홍색 트레이닝복까지 갖춰 입었다. 얼핏 보면 체형 때문에 움직이는 당근처럼 보인다.

"소문 못 들었지, 선생님?"

은분 씨가 바로 옆에 앉더니 비닐봉지에 담긴 요구르트를 건넨다. 새콤달콤한 요구르트를 보니 입에 침이 고인다. 예전에는 단 음식은 입에도 대지 않았는데 많은 것이 바뀌었다.

"무슨?"

우아한 유령

나는 그녀가 준 요구르트에 빨대를 꽂고 한 모금 마신 후 물었다. 이미 홍연에게 들은 소식이 있지만 능청스럽게 모른다는 듯 되물었다. 그래야만 은분 씨가 더 신이 나서 수다를 떨 터이니. 그녀의 폭풍 수다를 듣는 것이 좋다. 마치 패인 마음에 스며들어 틈을 메워 주는 것처럼 힐링이 된다고나 할까. 수다를 듣고 있다 보면 나의 일상이 그녀의 일상과 다를 바가 없다는 안도감이 느껴진다.

"저 집 주인이 정우성이 뺨치는 남자야."

아, 그녀에게 정우성은 지상에 존재하는 미남자의 기준이다. 아마도 그 기준에 그가 독신이라는 것도 한몫했을 것이다. 함께 사는 남자는 정우성이 아니라 유감이라는 그녀는 그의 골수팬이다. 그가 홍보대사로 활동하는 유엔기구에 몇 년째 기부도 하고 있다.

"봤어요?"

나는 요구르트를 단숨에 마시는 은분 씨에게 물었다. 그사이 그녀는 이미 요구르트를 세 개나 해치웠다. 왜 그녀가 365일 다이어트를 하는지 알 것 같기도 하다.

"먼발치서 봤는데 내가 오십 평생 살아오면서 그렇게 잘생긴 남자는 처음이야."

그녀는 아직도 실감이 나지 않는다는 듯 고개를 절레절레 저으며 말했다.

"잠깐, 그런데 쉰다섯 살 아니었어요?"

분명 나에게 쉰다섯 살이라고 말했던 것을 기억하기에 물었다.

"나? 어, 그렇지. 영혼은 쉰 살 몸은 쉰다섯 살. 워낙 나를 늦게 봐서 아예 내가 내 나이를 올려서 말했지. 20대 이후 얼굴이 지금까지 쭉 일관성 있게 이 모양이라니까."

그녀가 안타깝고 억울하다는 듯 말했다.

"아 그렇구나. 중력을 거스르는 얼굴이구나. 그런데 그 잘난 남자 때문에 심장이 두근거리셨나 봐요?"

나의 농담에 요구르트를 마시던 은분 씨의 목청이 커졌다.

"말해 뭐 혀. 나이 든 남자도 문지방만 넘을 힘만 있으면 여자한테 눈이 돌아가듯 여자도 마찬가지야. 잘생긴 남자 보고 눈이 커지고 심쿵하며 '어머나, 내 심장은 어디로 간 거지?'라고 하는 거 당연해. 다시 태어나면 잘생긴 놈하고 한번 살아 보고 싶네. 이거는 무슨 무말랭이같이 생겨서는. 남들 자랄 때 뭐 했는지 키도 나보다 작아. 알잖아. 우리 남편 말이야. 그냥 걸어 다니는 빗자루야. 바람 앞에 서면 지푸라기인 줄?"

틈만 나면 남편을 '디스'하는 그녀가 또 열변을 토한다. 그래도 은분 씨 부부는 작년에 은혼식을 했다. 아옹다옹하면서도 끝까지 사는 부부인 셈이다.

"제가 잘생긴 놈하고 살아 봐서 아는데 그거 별로예요."

"아, 바람피워서 이혼했구나. 하긴 인물값은 하지. 그래도 저 앞집 남자 얼굴은 다시 한번 보고 싶다. 담배 피우는 모습이 아주 예술이야. 나도 저 집 안의 매화나무가 되고 싶어."

우아한 유령

은분 씨가 앞집의 매화나무를 보며 요구르트를 한 모금 마신 후 입맛을 다신다.

"잘생긴 남자가 담배를 피우면 예술이고, 남편이 피면 환경 공해인 거죠?"

"그렇지!"

은분 씨가 깔깔 웃으며 손뼉을 친다.

갑자기 '잘난 남자'가 예술적으로 담배를 피운다는 은분 씨의 말 때문에 담배가 피우고 싶어졌다. 해가 질 무렵 분홍빛으로 물드는 햇살로 가득한 골목을 보며 피워 무는 담배 한 대는 무엇과도 바꿀 수 없는 기쁨을 준다. 봄밤이 아니라는 것이 아쉬울 뿐이다. 결국 향에 취해서 살다가 이제는 담배 연기에 취해서 산다. 나는 스웨터 주머니에서 담배를 꺼내서 천천히 피워 물었다. 내가 담배를 피운다는 사실을 아는 은분 씨가 주머니에서 레몬 맛 목캔디를 꺼내서 준다.

"전부터 주고 싶었어. 소싯적 나도 좀 피웠거든. 선생님도 마음속에 소각시킬 게 많은가 봐. 젊었을 적 나는 소각의 여왕이었어."

은분 씨가 나와 눈이 마주치자 다 알고 있다는 듯 씩 웃는다. 갑자기 내 편을 얻은 것 같은 기분이 들어서 나도 그녀를 보며 입을 벌리고 바보처럼 웃었다.

지난 주말 은분 씨 남편이 '묻지 마 등산'을 갔다가 들통이 나는 바람에 골목이 소란스러웠다. 결국은 은분 씨가 날린 운동화 한 짝이 남편 등짝을 때리며 상황은 종료되었다. 오래 같이 산 부부라서 그런지 그들의 싸움과 화해는 속전속결이었다. 나는 그들의 오래된 세월이 정말 부러웠다.

날이 한없이 좋은 여름 초저녁에 2층을 올려다보며 요구르트를 마시는 한 여자와 그 옆에서 담배 피우는 여자가 있는 풍경이 꼴사나운지 지나가던 수선집 노인이 혀를 차더니 한마디 던진다. 노인은 나이가 많이 들었는데 아직도 세탁소와 수선집을 꾸려 가고 있다. 그의 고약한 성미는 시장통에서 유명했다.

"딸년이 담배를 처피면 어미가 말리든지 해야지. 세상이 어떻게 돌아가는 건지 원."

"영감님, 뭐라구요? 시방 뭐라셨어요?"

은분 씨가 분기탱천해서 일어났지만, 노인은 이미 저만치 가 버린 후다.

"저 노인네가 정말……. 하긴, 스무 살 이후로 죽 이 얼굴이었던 얼굴이 죄라면 죄다. 아주 중죄다. 아니 그래도 그렇지. 말 모양새가 영 글러 잡수셨어. 그러니 마나님이 일찍 정신줄을 놓으셨지. 망할 영감탱이."

은분 씨가 허공에 삿대질하며 분노를 토해 낸다. 그 모습이 흡사 포효하는 사자 같아서 웃음이 나왔다.

"마나님이 치매라고 하지 않으셨나?"

"아마도 그럴걸. 저런 노인네랑 살면 스트레스 받아서 없던 치

우아한 유령

매도 생기지. 그런데 예전부터 느낀 건데 말해도 되나, 선생님?"

은분 씨의 얼굴이 오늘은 꼭 말해야겠다는 표정이다.

"편하신 대로……."

나는 담배 연기를 허공에 용가리처럼 뿜어대며 말했다.

"왜 자꾸 선생님을 보면 종갓집 며느리 분위기가 나지? 뭐랄까, 사극에 나올 것 같은. 근데, 종갓집 며느리 출신이기는 한데 잘은 못했을 것 같아. 포스만 종갓집 며느리지."

은분 씨가 짓궂게 웃으며 나를 본다.

"맞아요, 은분 씨. 예전에 제가 마귀할멈 같은 시어머니가 버티고 있는 위세 대단한 집안의 종부였지만 지금은 아니랍니다."

"으에, 정말? 요즘도 위세 대단한 종갓집이 있었나?"

"이혼하고 집을 떠나왔어요. 더 살다가는 그 집 귀신이 돼서 파묻혀 버릴 것 같아서"

"으음, 그렇구나. 요즘 이혼이 뭐 흉인가. 그런데 시어머니가 복장은 좀 터졌겠다."

갑자기 은분 씨가 내 어깨를 토닥이며 말했다. 왠지 그녀의 손짓이 살가운 위로처럼 느껴진다. 은분 씨는 타인에 대한 공감 능력이 뛰어난 사람이다. 그래서인지 이 구역에서 부동산 거래실적이 타의 추종을 불허한다. 성사율 100%라고 항상 자랑하는 그녀가 중매해서 결혼까지 하게 된 커플도 꽤 된다는 소문도 있을 정도다. 아마 그녀가 조선에서 태어났다면 분명 장안 최고의 매파가 돼서 대갓집 안방마님들의 패물을 꽤 챙겼으리라.

"아이는?"

은분 씨가 조심스럽게 물었다.

"없답니다."

"다행이네."

그녀가 한숨을 쉰다.

"웬 한숨을 그렇게 쉬고 그래요? 인 서울 대학 다니는 아들이 있는 분이. 아들이 취직하면 한시름 놓고 여행도 다니고 그래요."

"……계약직이라도 취직하면 다행이지. 그저 소원이라면 내가 우리 딸보다 하루 더 사는 건데, 인생이 내 맘대로 되는 것이 아니라서. 아들 짐 될까 봐서 걱정이야."

딸 이야기를 하자마자 은분 씨 얼굴이 갑자기 어두워진다.

은분 씨에게는 발달장애가 있는 딸이 하나 있다. 어쩌면 그녀가 유난히 씩씩한 것도 그 딸 때문인지도 모른다. 그래서 그녀는 늘 웃고 있지만, 눈은 울고 있다. 물고기만 보면 반응을 보이고 웃는다며 한동안 딸과 함께 아쿠아리움에 거의 매일 출근하다시피 한 적이 있다.

나는 그런 그녀의 마음을 너무나 잘 알고 있다. 다 크기도 전에 놓친 아이들이 있으니까. 가끔 나는 아이들을 꿈에서 본다. 만날 날은 알 수 없으나 그때까지 잘 있기를 늘 바랄 뿐이다. 아이들은 제 아버지를 만나 잘 지내고 있을 테니 아마도 외롭지는 않을 것이다.

우아한 유령

"나는 바란다. 봄이 벚나무와 하는 것을 너와 함께하기를."

파블로 네루다의 시집 《스무 편의 사랑의 시와 한 편의 절망의 노래》를 읽다가 멈췄다. 14번째 사랑의 시에서 나의 마음과 너무나 같은 문장을 발견했기 때문이다. '벚나무'를 '매화'로 바꾼다면 시인의 마음과 나의 마음이 하나로 이어지기에 나는 한동안 할 말을 잊은 채 밤을 서성였다.

요즘은 그날처럼 밤공기 중에 감도는 수상한 기운이 느껴진다. 그런 이유 때문인지 며칠째 잠을 이루지 못하고 있다. 잠깐 잠이 들어도 환청처럼 들리는 거문고 소리에 깼다. 밤새도록 드라마를 몰아서 보고 있는 홍연에게 물어도 듣지 못했다고 했다. 분명 나에게는 들렸던 소리가 홍연에게는 들리지 않는다고 하니 귀신이 곡을 할 노릇이다.

"책에서 읽은 적이 있는데 평행우주론 같은 거 아닐까요? 말하자면 다른 차원이 있는데 그것을 막고 있는 커튼이 살짝 들리면서 전해지는 소리, 아주 틀린 말도 아닌 것 같아요."

홍연이 웃으며 말했다.

"언제 한번 구 편집장과 자리를 마련할 터이니 꼭 만나 봐라. 둘이 깊은 영혼의 교감을 해 봐도 좋을 것 같구나. 어쩌면 하는 소리가 그리 같을꼬?"

그럴 수도 있을 것이다. 내가 들은 것이 환청이 아니라면.

자꾸만 파블로 네루다의 14번째 사랑의 시의 벚나무가 매화나무와 겹쳐지는 것을 나도 어찌할 수가 없었다. 그가 꿈꾸던 것이고 당시 나는 절망에 갇혀 거부했으나 지금은 뒤늦게 꿈꾸게 된 것이기 때문이다. 나는 창문을 열고 불이 꺼진 앞집의 매화나무를 바라보았다. 매화나무가 달빛 아래서 고요하게 빛나고 있다. 마치 내 마음을 다 알고 있다는 듯이.

은분 씨의 말처럼 소문만 무성했던 절세미남을 만나게 된 건 그로부터 며칠 후 새벽이었다. 마치 드라마의 예고편처럼 앞뒤가 생략된, 기승전결 없이 훅 들어오는 것 같은 일이 일어났다.

구 편집장에게 원고를 이메일로 보내고 담배를 피우기 위해 창문을 열었다. 수분 향이 섞인 안개가 정원에 낮게 깔려 있었다. 누군가가 밤새 허공에 고운 쌀가루를 뿌려 놓은 것 같은 정원이 우아한 달빛 아래서 빛나고 있었다. 그 풍경이 너무나 아름다워 창밖으로 몸을 잔뜩 내밀고 안개 마중을 했다.

방 안으로 들어오는 습한 공기에는 달콤한 계수나무 향이 실려 있었다. 게다가 바람이 데리고 온 것은 계수나무 향뿐만이 아니었다. 새벽을 울리는 거문고 소리도 함께 실려 있었다. 환청이 아니었다. 분명 어디선가 거문고 소리가 들렸다. 아니 들리는 것 같았다. 덩달아 나의 마음도 오래전 그날로 돌아간 듯 미세하게 떨리며 기억과 공명한다. 그러나 소리는 이내 어디론가 사라지고 다시 새벽의 침묵이 주변을 맴돈다.

우아한 유령

안개에 홀려서 잘못 들은 걸까? 거문고 소리가 더는 들리지 않았다. 환청처럼 들린 거문고 소리에 홀린 사람처럼 현관문을 열고 정원으로 나왔다. 정원의 공기는 굳이 표현하자면 멜랑콜리였다. 아련했고 나무와 꽃들이 발산하는 향기는 나의 심장을 두근거리게 했다.

나는 알 수 없는 무언가에 이끌려 대문을 열고 골목으로 나왔다. 안개가 낮게 내려앉은 골목은 이상하리만치 조용해 신비스럽기까지 했다. 유령이 나타나도 이상하지 않을 만큼. 한동안 나는 카디건 주머니에 손을 넣은 채 멍하니 서서 골목을 끝을 응시했다.

역시나 잘못 들었나? 달빛과 안개를, 속은 나를 탓하며 담배를 피워 문 후 연기를 허공으로 날렸다. 은분 씨의 말처럼 일종의 내 안에 존재하는 많은 생각들을 소각하기 위한 과정이다. 지난밤에도 나의 머릿속에서 수많은 생각들이 오갔다. 엉켜 버린 기억 탓에 무엇이 현실이고 환상인지 혼란스러웠다.

'번외인생'을 잘살고 있는 것일까? 나를 기다리고 있는 시간의 무게를 감당할 수 있을까? 담배를 검지와 중지 사이에 낀 채 손으로 이마를 감싸고 곰곰이 생각해 봤다. 아마도 감당은 할 수 있을 것이다. 지금까지 그래 왔으니까. 그러나 겪을 만큼 겪었기에 더 이상의 희로애락은 사절이다. 그런 것쯤은 이제 '개나 물어가라.'다. 의리상으로도 더는 누군가를 사랑할 수는 없다.

앞집의 2층에 불이 들어왔다. 저 집주인도 나처럼 잠 못 드는 날인가 보다. 순간 은분 씨 생각이 났다. 그녀는 먼발치에서만 본 절세미남을 언제쯤 만나게 되려나. 은분 씨는 하루에도 몇 번씩 절세미남의 집과 우리 집이 마주한 골목을 왔다 갔다 하지만 아직도 우연을 가장한 그 놀라운 만남을 성공시키지 못했다. 때때로 지루한 일상을 탈피하기 위한 그녀의 빤히 보이는 귀여운 노력이 나를 웃음 짓게 한다.

다시 2층의 불이 꺼졌다. 나는 그 이후로도 한참 동안을 대문 앞에 앉아 있었다. 얼마쯤 시간이 흘렀을까. 철컥 문이 열리는 소리가 나더니 훤칠하게 키가 큰 남자가 나왔다. 바로 대문 앞 맞은편에 앉아서 담배를 피우던 나는 우습게도 멍하니 그 남자를 올려다볼 수밖에 없었다. 일어나서 '처음 뵙겠습니다.' 하고 인사할 처지도 아니고. 더구나 이삿짐을 나르던 검은 정장의 무리로 봐서는 어둠의 그림자가 느껴져서 가능하면 안면을 트고 지내고 싶은 생각이 눈곱만큼도 없다. 그런데 앞집 남자와 어둠 속에서 눈이 마주치는 순간 모든 것이 달라졌다.

남자의 뒤로 깔린 안개가 마치 아우라처럼 보였다. 구름과 함께 주인공이 표표히 나타나는 무협지도 아니고 대체 무슨 조화인가. 내가 드디어 헛것을 보게 되는 건가? 유령이 아니라면 골목에 소문만 무성한 절세미남? 결국 나의 빤한 상상력에 헛웃음이 나왔다. 그럼에도 불구하고 그와 눈이 마주친 순간 무표정인 얼굴과 달리 가슴은 대책 없이 쿵쿵 뛰었다. 이 모든 것은 어둠 탓이라고 뛰는 심

우아한 유령

장을 달랬다. 새벽에 강도를 만난 것과 같은 정도의 심장박동수라고, 진정하라고 나에게 속삭였다. 아, 너무나 오랫동안 느리게 뛰는 심장을 가지고 있었나 보다. 새벽녘에 낯선 남자를 보고 심박수가 급격하게 올라가는 것을 보니.

"좋아하던 안개를 마중 나오셨습니까?"

'좋아하던', 이라니? 순간 잘못 들었나 싶었다. 이자가 나를 알고 있다는 말인가?

귀에 익은 목소리에는 깊은 울림이 있었다. 그 목소리 탓에 한동안 남자를 멍하니 봤다. 익숙한 공기 반 소리 반인 그 목소리. 요사스러운 새벽 공기가 나를 홀리는 건가? 남자의 말씨는 21세기의 것이 아닌 듯 품위 있고 절제된 16세기 반가의 사대부가 사용하던 톤이었다. 감정이 절제되고 고즈넉함이 담긴 그의 목소리 탓에 새삼 망할 심장이 쿵 하고 내려앉는다. 갑자기 주변이 음소거가 된 것처럼 기묘하게 고요하다.

'아 이 사람은 어쩌면 이다지도 그와 닮았을까?'

날이 밝아 오기 전의 짙고 푸른 하늘을 향해 향처럼 피어오르는 담배 연기 사이로 그를 바라보다가 나도 모르게 쿨룩쿨룩 기침을 해 버렸다. 아무래도 큰일이 나 버린 것 같은 기분이다. 다시 그와 눈이 마주쳤다.

환영인가? 환영이 아니라면 그가 이 새벽에 안개 속에서 나타날 리가 없다. 공간 이동이나 흑마술 혹은 주술의 힘을 빌리지 않는다면 있을 수 없는 일이다. 아무리 생각해도 어처구니가 없는 나의 상상력에 그저 웃음만 나왔다.

'도대체 이 남자는, 이 분위기는 뭐지?' 하는 생각에 한동안 나는 발끝만 내려다봤다. 손끝에서 담배가 타들어 가고 있다. 전부 타 버릴 때까지 앉아 있을 작정이었지만 참지 못하고 담배를 다시 피 웠다. 마음속에 안개가 자욱하다. 이제 남녀상열지사는 사양한다. 그런데 심장은 그런 나의 마음과 다른 것 같다.

어둠 속의 남자가 얼빠진 나의 모습을 가만히 지켜보다 웃었다. 고른 하얀 이가 드러나며 시원스러운 웃음이 입가에 걸린다. 똑같 은 웃음이 나의 기억 속에서 살아난다. 마른 연꽃이 물기를 머금으 며 피어나듯 나의 기억도 그렇게 살아난다. 그에 관한 기억이다. 오 랫동안 기억의 저편에 가라앉힌 채 외면한 기억이 떠올라서 당황한 나는 남자에게 물었다.

"우리가 만난 적이 있던가요?"

그야말로 바보 같은 질문이었다. 남자가 달빛처럼 미소를 짓는 다. 마치 미소가 답이라는 듯. 너는 왜 모르는 척하느냐는 얼굴이다.

"어쩌면 지난 생에 만난 적이 있을 수도. 아니 그렇습니까?"

"지난 생은 제가 기억을 못 해서. 혹시, 쇼핑몰에서 보지 않았나 요?"

분명 그랬다. 비록 먼발치에서 봤지만 그였다. 전남편과 너무 닮은 아니, 그 모습 그대로인 그가 바로 눈앞에 서 있다. 이것이 무슨 조화란 말인가.

"그럴 수도."

"그럴 수도는 무슨 개뿔."

분명 주인은 난데 나의 의지와 달리 남의 목소리와 눈빛에 반응하는 심장 탓에 부아가 치민 나는 일부러 퉁명스럽게 말했다.

새벽공기가 요망한 탓인가. 나의 마음에 이제는 쓸데없는 바람이 불기 시작했다.

"그새 입이 왈짜패가 다 되셨습니다."

남자가 수수께끼 같은 미소를 지으며 말했다. 어수선한 내 마음에 그의 미소가 불안한 흔적을 남긴다.

아침에 일어나 미소 지을 때면 나른하게 변하던 다정한 눈길. 그러다가도 종종 열정적으로 변하면 번뜩이던 눈빛. 서안 앞에서 잔뜩 찌푸리고 있다가도 눈만 마주치면 언제 그랬냐는 듯 웃을 때면 환하게 피어나던 미간. 그 미간 사이에 숨어 있는 웃음 하나로 수많은 여자를 반하게 했던 그. 지금은 이 세상에 없는 그와 너무 닮아서 건조하기만 했던 나의 마음이 봄바람에 날리는 꽃처럼 흔들린다. 나는 입술을 일그러뜨리며 기괴한 웃음을 지었다.

나는 한동안 말없이 남자를 바라봤다. 수상한 바람이 골목을 빠져나갔다가 다시 돌아올 정도의 시간이 흘렀다. 지그시 지켜보며 기다리던 남자가 조용히 한숨을 쉰다. 그리고 집요하게 바라보는 나의 눈빛과 마주치자 슬그머니 웃으며 먼 곳으로 시선을 돌린다.

그 모습이 낯설지 않다. 만리화가 피어나던 밤, 그의 잔망스러운 눈빛과 미소가 겹쳐진다. 아, 어쩌자고 이러는지.

"지금 그대가 생각하는 것이 나와 같다면 그 사람이 바로 납니다."

머리 위에서 별이 폭발해도 이리 놀랄까? 그의 말을 듣는 순간, 슬프고 적막해서 아름다운, 안개 자욱한 새벽에 나의 심장이 감당할 수 없을 만큼 뛰었다.

그는 반쯤 넋이 나간 나를 놓아둔 채, 마치 유령이 스르르 사라지듯 집 안으로 들어갔다. 현실이라고 깨닫게 해 준 것은 철문이 닫히는 소리뿐이었다. 시간, 공간, 인물 어느 것 하나 정상적이지 않은 것 같은 새벽의 무대에 홀로 남겨진 나는 그가 사라진 대문을 보며 한동안 멍하니 서 있었다. 알아서 생각하라는 것인가? 잠시 후 이상한 상황을 위한 배경음악처럼 다시 거문고 소리가 귓가를 스친다. 매화 위에 함박눈이 툭 하고 내려앉는 것처럼 아름다운, 결코 잊을 수 없는 거문고 소리다. 그 수상한 새벽, 세상의 빛과 색들이 잠시 어둠에 잠기어 사라지는 시각에 유일한 목격자는 골목을 돌아 나오던 바람과 해마다 봄이면 환장할 만큼 아름다운 꽃을 피우던 매화나무였다.

새벽의 찬 기운을 담은 공기 탓인지 편의점에서 파는 쌍화탕을 마시고 싶었다. 시간이 꽤 흘렀음에도 유모가 생강과 대추 그리고 계피를 넣어서 진하게 끓여 준 그 맛을 아직도 잊지 못하고 있다니.

우아한 유령

피식 웃음이 나온다. 결혼 초에는 종종 남편과 함께 새벽에 진한 쌍화탕을 마시며 정원의 꽃 피는 소리를 듣고 바람이 대나무 숲을 지나며 희롱하는 소리를 들었다. 이젠 부질없는 일이 되어 버렸지만.

골목은 어둠과 빛이 흐릿하게 교차하며 비틀어진 시공간을 만들어 냈다. 묘한 청회색 빛으로 물들어 신비스럽고 몽환적이기까지 했다. 그날 새벽처럼.

나는 대문 앞 벤치에 걸터앉아서 이층집을 올려다봤다. 가로등 불빛을 받은 매화나무가 벽에 기묘한 그림자를 만들어 낸다. 나는 한참을 그렇게 앉아 있다가 천천히 골목 끝에 서 있는 편의점으로 향했다.

편의점 앞에는 손님이 간단하게 맥주를 마실 수 있도록 항상 파라솔과 플라스틱 의자를 놓아둔다. 손님이라고는 골목의 사람들이거나 야밤을 즐기는 십 대들이지만 제법 인기가 좋아 추운 겨울만 빼고 늘 만석인데 새벽이라 그런지 다행히도 자리가 텅 비어 있다. '2+1 프로모션' 중이라 두 개를 사면 하나를 더 주는 쌍화탕을 산 후 밖으로 나와 자리를 잡고 앉았다.

편의점에서 얻은 플라스틱 컵에 세 병의 쌍화탕을 모두 쏟아부었다. 알싸한 생강과 계피 향이 코끝을 스친다. 마음이 으스스해져 어두운 골목의 끝을 바라보며 쌍화탕을 원 샷 했다. 그렇게 하지 않는 것이 오히려 이상할 정도인 새벽이다. 나는 코를 훌쩍이며 허공을 바라보다가 플라스틱 테이블에 머리를 박았다.

'그대는 아시오? 나의 모든 것이 그대를 산산이 조각낼까 두려워 어찌할 바를 모른다는 것을……'

아직도 울먹이던 그의 목소리가 귓가를 스친다. 이 순간에도 그가 달빛이 되어 지켜보고 있는 것 같은 기분에 다시 머리를 들고 괜히 눈을 부릅뜬 채 하늘을 봤다. 역시나 작은 그믐달이 전신주 위에 걸쳐 있었다. 모든 것이 다 기괴한 새벽이다.

아직 어둠이 무겁게 내려앉은 골목은 조용했다. 조금 전에 내가 걸어 나온 골목은 아직도 뿌연 안개가 어둠에 뒤섞인 채 몽환적인 밤 풍경을 연출하고 있다.

다시 마음을 잃어버렸다. 항상 잃어버린 줄 알고, 어디 있는지 알면서도 일부러 찾으러 가지 않는 것처럼 살았다. 오늘은 어디쯤 나의 마음을 떨어뜨리고 왔을까? 마당에 떨어진 계수나무 잎들 속에 두고 왔거나 아니면 필시 지고 말 연꽃 속에 마음을 숨기고 왔을 것이다. 그렇지 않다면 이렇게 쓸쓸할 리가 없다.

남편이 다른 이와 재혼을 해서 잘 살 거라고 생각을 했던 내가 어리석었는지도 모른다. 그의 죽음은 얼마나 애달팠을까? 그가 마지막으로 봤던 하늘은 어떤 모습이었을지 상상만으로도 항상 가슴이 무너졌다. 나 같은 사람을 아내로 둔 탓에 평생 쓸쓸했을 저녁을 생각하면. 사물로도 태어날 수 있다면 다음 생에는 그의 머리맡에 놓이는 침향으로 태어나고 싶다. 그의 외로움이 나를 부를 때 응답하지 않은 죄만으로도 나는 종신형 감이기 때문이다.

우아한 유령

깊은 한숨을 내쉬며 새벽녘 달이 걸린 하늘을 다시 올려다봤다. 이제는 나의 이야기를 할 때가 된 것일까? 어디서부터 어떻게 나와 그녀 그리고 그의 이야기를 시작해야 미안함이 좀 덜어질까?

그는 보름달보다 그믐달을 더 좋아했다. 떨어지는 달빛이 더 아름답고 심지어 먹먹하기조차 하다고. 그런 사람을 내가 야멸차게 외면했다. 그러나 사람들은 그가 나를 버렸다고 생각한다. 그의 깊은 눈에 담겼던 창백하고 부드러운 달빛이 골목에 고즈넉이 내린다. 하필이면 보름달을 놔두고 그믐달에 꽂혀서 쓸쓸한 밤길을 걷는 것처럼 외로운 신세가 됐을까.

"달은 늘 별을 데리고 있는데 저 별은 금성입니다."

그가 눈앞에 서 있었다. 나는 숨을 삼킨 채 한동안 그를 노려봤다. 그가 들고 있던 뜨거운 쌍화탕을 건넸다. 얼른 마시라는 듯 웃으며 고개를 끄덕인다.

'나의 전남편'을 꼭 닮은 그의 모습을 본 순간 잠시나마 그와 내가 사랑했던 그때로 돌아간 듯 착각에 사로잡혔다. 무엇이 착각이고 무엇이 현실일까? 이미 세 병을 마셨으면서도 한마디 대꾸도 못하고 받아 든 나는 기세 좋게 마셨다. 뜨거운 쌍화탕이 맥없이 목으로 넘어가는 바람에 사레가 들린 것을 보니 현실이 틀림없는데, 비몽사몽인 것 같은 이 느낌은 대체 뭘까? 그리고 이 남자 앞에 있기만 하면 왜 영혼까지 젤리처럼 말캉해지는 걸까?

무릎까지 오는 긴 카디건을 입은 앞집의 '그 남자'가 물색없이 웃으며 서 있다. 분홍에 연기가 살짝 머문 것 같은 마른 해당화 색은 '나의 전남편'이 좋아하던 색이었다. 그는 차조기 잎을 우린 맑은 보라색도 참 좋아했다. 아마도 남편은 모친만 아니었다면 화가가 됐을지도 모른다. 조정이 인정하는 공식 화가의 삶을 살 수도 있었는데 때와 사람을 잘못 만나서 그가 가진 재능을 산화시켰다는 것이 아쉬울 뿐이다.

그가 맞은편 하얀 플라스틱 의자를 가볍게 끌어내더니 카디건 자락을 펄럭이며 앉았다. 그저 싸구려 플라스틱 의자에 앉는 것뿐인데 동작조차도 기가 막히게 우아하다. 태생부터 우아를 달고 나온 사람 특유의 여유가 온몸을 스카프처럼 휘감고 있다. 그는 거문고를 탈 때 쓰는 술대를 들고 있었다. 왼손 약지에는 골무를 끼고 있는 걸로 봐서 며칠 동안 들려오던 거문고 소리의 주인공임이 틀림없다.

나의 전남편도 인생 자체가 '우아, 고귀' 두 단어를 제외하면 남는 것이 없는 남자였다. 술 한 잔을 마실 때도 산술적인 각도를 계산하고 달빛의 방향과 바람까지 신경 쓰던 사람이었다. 요즘으로 치자면 그야말로 낭만과 멋으로 16세기를 씹어 먹었던 꽃 선비 중의 꽃 선비였다. 그 누구든지 거문고를 무릎에 누이고 그의 손끝이 불러내는 소리에 반하지 않을 수가 없었다.

남편과 비슷한 아니 똑 닮은 앞집 남자가 생각하기에 따라 무례하게 느껴지는 대단히 솔직한 눈빛으로 나를 쏘아본다. 어이쿠 하

우아한 유령

는 사이에 그의 시선이 가슴에 정통으로 꽂힌다.

"아시다시피 사카구치 켄타로입니다."

그가 안개 낀 밤에 딱 어울리는 목소리로 말한 후 담담한 미소
를 지으며 나를 본다.

"아하! 그 사카구치 켄타로 상, 쇼핑몰에서 본 그 유명한 만인
의 연인이시군요. 하긴 21세기는 저마다 타고난 재주로 먹고사는
시대니까."

나의 예상치 못한 심드렁한 반응에 지금까지 담담했던 그가 흠
칫한다.

이미 나는 부드럽지만 쏘는 듯 바라보는 눈빛과 밤처럼 검은 눈
동자에 홀려 버린 상태지만 아무렇지도 않은 척 그의 시선을 뻔뻔
하게 받았다. 그러나 마음에는 이미 광풍이 불고 있었다.

"왜 자꾸 나타나시는 겁니까? 가시던 길이나 가시지요."

"가던 길 가다가 옆길로 새는 것은 이 사람의 특기지요. 그런데
여전히 기와 혈을 쌍으로 조화롭게 해 준다는 쌍화산을 좋아하십니
다. 예전에도 생각을 많이 해서 정신이 흐려질 때 마시곤 하셨습니
다."

끝을 살짝 올리는 말투. 이어 따라오는 웃음. 너무나 똑같다. 도
대체 이 골목에서 무슨 일이 일어나고 있는 걸까? 나는 골목이 드
라마에서 말하는 평행세계의 접점인가 싶어 주변을 둘러보았으나
여전히 풍납동 토성마을 편의점 앞일 뿐이다.

"사카구치 켄타로 선생, 당신이라는 사람은 누굽니까? 왜, 나를 아는 척하시는 것입니까? 이 정도면 김시습 선생의 《금오신화》 21세기 재현 판이라고 할 수 있습니다. 〈만복사저포기〉나 〈이생규장전〉 정도는 섭렵하신 듯합니다만, 어디 삶은 호박에 이도 들어가지 않을 소리를 남발하시고, 그러십니까?"

"김성립을 아십니까? 설마 벌써 잊으신 것은 아니시지요? 잊어서는 아니 되는 사람입니다. 알고 보면. 한 여인 때문에 독수공방을 오백 년 한 사람입니다."

"……."

할 말이 없다. 갑자기 오백 년 타령하며 자칭 김성립이라 하는 그를 그저 바라볼 뿐이다. 후손이라면 내가 이해를 하겠다. 하지만 김성립이란다. 그것도 오백 년 동안 안 죽고 산. 귀신이라면 모를까.

"죽은 김성립은 이미 우주의 원소가 되었을 터인데 그것을 나보고 믿으라고 하는 말씀이십니까? 경우에 따라서 타임슬립 같은 건 그건 믿을 수 있어요. 허나 오백 년 동안 죽지도 늙지도 않는다는 것은 납득이 되질 않습니다."

어느새 나의 말투도 그와 비슷해졌다.

"그대도 아실 것입니다. 본관은 안동. 김노의 증손이며 조부는 김홍도, 부친은 교리 김첨이시며 어머니는 판서 송기수의 따님이십니다. 경번, 이 사람은 지금 김성립, 그를 기억하느냐고 물었습니다. 처남 균과 나는 화우당에서 당신을 떠나보냈습니다. 당신은 무심하게 시 한 장 달랑 써 놓고 매정하게 갔지요. 아니 그렇습니까?"

회한에 젖은 듯 슬픈 그의 목소리는 너무 단호해서 비장하기까지 했다.

나는 그의 말을 믿을 수가 없다. 일본에서 제법 유명하다는 배우가 나의 남편 김성립을 말한다. 머리 위에 바위가 떨어진다 한들 이보다 놀랍지는 않을 것이다. 게다가 21세기에도 그를 만나야 한단 말인가? 대체 무슨 인연으로? 분명 그는 선정릉 전투에서 죽었다고 기록으로 남았다. 그런 그가 죽지 않고 전쟁 중에 일본으로 흘러가 앞에 있는 남자의 조상님이 되었다면 또 모를까.

"그리 놀랄 것도 없지 않습니까? 별비 내리는 밤의 일을 떠올린다면. 세상엔 말로 다 설명할 수 없는 일이 많습니다. 이 모든 것이 그대의 명민한 동생 허균의 누님을 향한 지극한 사랑이 만들어 낸 결과 아닙니까?"

그가 담담히 지나간 나의 시간을 말한다. 마치 어제 일처럼.

"내가 누구라 여겨지십니까?"

나는 그를 노려보며 물었다.

"허난설헌이며 초희이며 경번이고 그리고 이젠 '버지니아 우'로 살고 있습니다. 아니, 그렇습니까? 그리고 나는 그대를 옥혜라고 종종 부를 때도 있었습니다. 아주 특별한 시간에만. 나는 아직도 그 시간을 기억합니다. 자시가 넘어서 일어났던 일들. 경번이 그놈의 망할 붓과 먹을 집어던지고 나에게 오는 시간 말입니다. 이기적이고 오만하고 한마디로 지랄같이 어여쁜 경번이십니다. 나는 김성립이고."

그의 부드럽고 낮은 음성이 연기처럼 새벽 공기에 스며든다. 이쯤 되면 정말 김시습의 《금오신화》 21세기 버전이다. 갑자기 울고 싶어진다. 구렁이 백 마리쯤 삶아 먹은 언변이다. 도무지 당할 수가 없다. 어느새 내가 그에게 스며들고 있다.

서울 어느 하늘 아래서, 그것도 동이 터올 무렵 동네 편의점에서 자칭 오백 년 전 나의 남편이라는 자를 만날 줄 생각이나 했을까? 더구나 옥혜는 아버지와 그만이 부르던 나의 이름이기도 했다.

나는 그의 눈을 바라봤다. 한없이 부드럽고 고요한데 슬프기까지 한 눈빛이다. 한 번 빠지면 헤어 나올 수 그 눈빛은 그의 것이나 마음은 여전히 그의 것인지 알 수가 없어 혼란스럽다.

물론 그일 수도 있다. 이미 나는 그의 말처럼 세상에는 사람의 생각을 뛰어넘는 일이 있다는 것을 진즉에 알고 있다. 그러나 나는 좀처럼 입을 뗄 수가 없었다. 말문이 막힌 사람처럼. 그저 조용히 한숨만 쉴 뿐이다.

나는 사랑이라는 낭만적이고 자유로운 감정이 결혼이라는 제도권 안으로 들어서는 순간 지옥행 완행티켓을 끊었다는 것을 알게 된 사람이다. 나는 철저히 실패했고 사랑하는 이를 불행하게 했으며 미쳐 가고 있었다.

"그새 꿀 먹은 벙어리라도 되셨습니까? 조선에서는 늘 그립게 하더니 이곳에서는 이 사람을 설레게 하십니다. 사실 이 사람은 오래전에 죽은 그놈의 망할 중국 시인 '두목'은 관심도 없었습니다. 나처럼 달에 미친 이백이라면 모를까. 죽은 두목이 어찌 나와 경쟁을 하겠습니까? 문제는 그놈의 문방사우 놈들이지."

그가 씩 웃으며 말했다. 도무지 호탕하게 웃는 법이 없다. 말은 여전히 청산유수다. 나는 이러지도 저러지도 못하고 '끙' 하고 앓는 소리를 내며 말없이 쌍화탕을 마셨다.

저 놈의 담담한 눈빛과 배시시 웃음엔 어찌할 도리가 없다. 남편의 절친 유경 이수광이 말했다. '여견'의 미소에 매화 꽃잎도 한숨을 쉬며 떨어질 것이라고. 그래서 장안의 기생 중 그를 안 본 사람은 있어도 한 번 보고 반하지 않은 기생은 없다고 했다. 심지어 웃는 모습을 한 번 보자고 지나가던 기생들이 부러 손수건을 던졌다는 소문도 돌았다.

부드러운 밤공기를 가르며 그가 일어났다. 쌍화탕을 마시는 나를 물끄러미 보더니 조용히 한숨을 내쉰다. 반하지 않을 수 없는 아름다운 모습에 홀린 듯 그를 봤다. 그는 이미 배우로 살고 있어서인지 멋짐이 절정에 다다른 듯했다. 그런 나의 마음을 눈치챘는지 그가 씩 웃는다. '또 반하셨소?' 하는 눈빛이다.

그는 소두라 조선 스타일에는 어울리지 않는 사람이었다. 그러나 지금 내가 바라보고 있는 자칭 김성립은 매력 포텐이 무한 터지는 21세기 남자이며 배우였다. 물론 예전에도 잘난 남자이기는 했다. 만약 내 앞에 있는 남자가 전남편 김성립이라면 그는 적성을 잘 살린 셈이다. 이곳은 저마다 타고난 재능을 살려 살아갈 수 있는 곳이니 말이다.

"언제든 궁금하면 저에게 오십시오. 이 사람은 이미 수백 년을 기다린 사람이니 하루 이틀 아니 한두 달 늦어진다고 한들 뭐가 문제이겠습니까? 무정한 부인을 둔 탓에 달랠 길 없는 외로움이 숙명인 사람입니다."

늘 나에게 존댓말을 하던 그였는데 지금도 여전히 그렇다. 별은 대체 그에게 어떤 조화를 부렸기에 믿거나 말거나 영생불사가 된 건가? 《금오신화》속의 양생과 이생이라도 된 건가? 다른 세상에서 환생한 아내를 그리워하며 살아가는 양생이나 최 처녀와 죽음까지 불사하며 사랑한 이생이라도 된 건가? 갑자기 《금오신화》의 〈만복사저포기〉와 〈이생규장전〉을 다시 읽고 싶어지는 밤이다.

"별의 조화라고 하기엔 의심스러운 구석이 있습니다. 이 정도면 김시습 영감의 《금오신화》 21세기판입니다."

나는 미심쩍은 얼굴로 반하지 않을 수 없는 그를 바라보며 말했다. 사랑에도 인생 총량의 법칙이 있다면 이미 나는 몰아서 다 써버렸는데, 이쯤이면 등신이 따로 없다.

"그러면 이건 어떻습니까? 부인이 나에게 주었던 〈채련곡〉입니다. 나는 당돌하고 어여뻤던 허초희에게 반해서 그 이후론 누구에게도 맘을 준 적이 없습니다. 그렇다고 해서 내가 철벽 서생이었다는 것은 아닙니다만."

철벽은 무슨. 요즘으로 치자면 회전문이었을 것이면서. 분 내음이 항상 옥색 도포 자락에 맴돌던 김성립이었다. 어쩌면 거문고도 설정이었을 수도 있다.

나는 그가 건넨 것을 받으며 노려봤다. 손끝이 살짝 스쳤지만, 그는 아랑곳하지 않았고 움찔해서 손을 뺀 것은 오히려 나였다. 나를 빤히 바라보던 그가 이래도 네가 나를 부인할 수 있느냐는 듯 묘하게 웃더니 뒤돌아섰다.

"이것 보시어요!"

다급하게 부르는 나를 뒤로하고 그는 무협지의 검객처럼 표표히 저만치 성큼성큼 걸어갔다. 도포 자락 대신 긴 카디건 자락을 휘날리며. 훤칠한 뒷모습은 영락없는 그였다. 마음 한구석이 등신처럼 또 아련해진다.

그가 흰 봉투를 건넨 후 동이 터오는 새벽길 모퉁이 속으로 바람처럼 홀연히 사라지고 나서 한동안 나는 말없이 그가 걸어간 길을 바라봤다. 그림자까지도 외로운 새벽에 나는 대체 누구를 만난 걸까?

"염병할. 21세기에서 다시 만날 줄 알았다면……."

나는 그가 주고 간 봉투를 플라스틱 테이블 위에 던진 채 담배를 피웠다. 새벽이라선지 하늘로 올라가는 연기의 색이 보랏빛이다. 계향이 즐겨 입던 연보랏빛 치마를 닮은 연기가 허공으로 사라진다. 그녀가 이 상황을 봤다면 뭐라고 할지 궁금하다. 사람의 취향은 변하지 않는다고 할까?

　담배 한 대를 다 피울 동안의 시간이 흐른 후 호흡을 가다듬고 봉투에서 서찰을 꺼내 펴들었다. 서찰을 잡은 손이 가늘게 떨렸다. 유려한 필체로 쓰인 '채련곡' 세 글자가 눈에 들어왔다. 시간의 흔적이 고스란히 남은 글씨는 분명 나의 것이었다. 세월이 곱게 내려앉은 서찰을 조심스럽게 펼치자 그날 그 시간의 기억과 향기가 주변을 맴돌았다. 간직한 이가 얼마나 소중하게 다루었는지 미루어 짐작할 수 있었다. 아버지가 가르쳐 주고 오빠와 완성한 경번체. 나의 것이 확실했다. 아무도 모르는 나만의 경번체, 한눈에 알아봤다. 날아갈 것처럼 경쾌하면서도 우아한 나만의 서체다. 순간 눈물이 핑 돌았다.

> 맑은 가을 긴 호수 푸른 물은 구슬 같고
> 연꽃 깊숙한 곳에 모란배 매어두네.
> 사랑하는 임과 만나 연꽃 따서 던졌는데
> 행여 누가 보았을까 한나절 부끄러웠네.
> 초희

　그를 제외한 누구에게도, 그 어떤 서신에도 '초희'라는 이름으로 흔적을 남긴 적이 없다. 나는 손끝으로 '초희' 두 글자를 어루만졌다. 이제는 불러 줄 사람이 없는 그리운 이름이다. 아버지가 직접 지어 준 이름 '초희' 두 글자 위로 눈물이 뚝 떨어져 번진다.

초희로 살았던 적이 너무 짧아서 기억도 나지 않았는데 과거로부터 21세기의 나에게 전해진 편지를 보는 순간 눈물이 왈칵 쏟아진다. 이제 경번이었으며 초희였던 버지니아 우의 이야기를 해야 할 때가 된 것인가? 사랑하는 이들을 두고 매정하게 떠나온 나를 조금은 이해해 달라고 변명해야 하는 시간이 드디어 온 것인지도 모른다.

나는 흐르는 눈물을 주체할 수 없어서 그만 플라스틱 테이블에 머리를 박았다. 1년 내내 트레이닝복 차림으로 슬리퍼를 끌고 동네를 돌아다니고, 골목 모퉁이의 부동산 사장님과 수다를 떨고, 문화센터와 주민센터에서 노인들을 상대로 당나라 시를 가르치지만 나는 경번이고 초희이며 허난설헌이기 때문이다. 그리고 화우당의 주인이었으며, 김성립의 처였다. 그것은 변하지 않는 진실이다. 세상 사람은 다 몰라도 그가 알고 내가 안다.

나는 아버지와 남편에게는 초희와 옥혜로, 오빠에게는 경번으로 동생에겐 그저 누님으로 불렸다. 그리고 16세기에는 지독히 불행한 삶을 살다 죽은 요절 시인으로 알려진 허난설헌이다. 그리고 21세기에는 대필 작가이며 16세기 허난설헌의 이야기를 글로 팔아먹는 버지니아 우임을 이제야, 아니 드디어 말한다.

수상한 새벽, 바람이 돌아 나가는 신비한 골목으로, 나의 매화가 돌아왔기 때문이다.

21세기의 누군가는 그런다. 대단한 아들의 어머니로, 역사 속에 찬란히 살아남은 것이 아니라 오로지 자신의 재능으로 이름을 알린 조선의 여인은 '허난설헌'뿐이라고. 불행한 삶을 살았지만 특출한 재능으로 명나라와 일본에서 국제적인 베스트셀러 작가가 된, 유일무이한 여인이라고 칭한다. 그러나 사람들은 모른다. 담 안에 갇힌 채 서서히 죽어 가던 허난설헌의 실체를.

나는 별의 조화로 16세기를 살다 말았고 지금은 21세기를 살고 있다. 스물일곱의 연꽃이 필 즈음에 죽을 거라고 예언한 후 병석에 누웠다가 홀연히 죽었다고 기록에 남았지만 사실 나는 죽은 것이 아니라 사라진 것이다. 별은 보고 있었다. 그날 밤의 비밀스러운 움직임을.

그가 떠나던 날 나는 홍이 편에 〈유선사〉와 연보랏빛 꽃이 핀 난초를 그려 전했다. 그토록 원망하면서도 세상에서 가장 사랑한 사람이기에 나는 그를 놓기가 싫었다. 시어머니는 나를 정신이상자 취급을 하며 별당에서 나오지도 못하게 밖에서 문을 닫아걸었다. 해서 나의 수발을 들던 홍이가 몰래 담을 넘어서 그가 지나는 길목에서 기다리고 있다가 전해야만 했다. 그것이 그와 나의 마지막 이별이었다. 똑같이 그린 난초 하나는 아직도 내가 가지고 있다. 그가 종종 입었던 도포 색과 같은 연보랏빛 난초 두 송이가 핀 그림에 시를 썼다.

'그 누가 알리오, 그윽한 난초의 푸르름과 향기 / 세월이 흘러도 은은한 향기 변치 않는다네.'

아마도 그가 이 시를 가지고 있다면, 그는 김성립이 분명하다.

이층집 앞에서 한참을 서성였다.

문을 열고 들어서는 순간 지금까지와는 다른 시간이 시작될 거라는 예감에 쉽사리 벨을 누를 수가 없었다. 나는 한참을 대문 앞 계단에 주저앉아서 생각하고 또 생각했다. 온 우주가 나를 돕는 것도 아닌데 왜 이런 일이 발생했는지 결말은 또 어떻게 될지 두렵기까지 했다.

마지막으로 본 그의 모습과 매우 다르나 그가 김성립이라는 사실을 부인할 수가 없다. 결혼 초에는 홍이 편에 편지와 시를 전했다. 그에게 전해지는 글은 나만의 고유서체인 '경번체'를 사용했다. 그리고 항상 '초희'로 수결했다. 그에게 마지막으로 전했던 편지에는 〈유선사〉를 동봉했다. 만약 그가 87수의 〈유선사〉 가운데 열 번째 시를 기억하고 난초, 그림까지 가지고 있다면 그는 분명 김성립일 것이다. 도저히 믿기지 않는 일이지만 그것만 있다면 다른 이는 몰라도 적어도 나는 믿어 주어야만 한다. 그것이 내가 마주해야 할 사실이다.

여러 번 계단을 오르락내리락하다가 심호흡한 후 벨을 눌렀다. 그러자 기다리고 있었다는 듯 문이 철컥하고 열렸다. 한 발을 들이는 순간 사실에 한 걸음 다가가는 것일까? 잠시 망설이다가 천천히 집 안으로 들어갔다. 생각했던 것보다 아름다운 정원이 눈앞에 모습을 드러냈다. 화분에 심은 제법 큰 재스민나무가 현관과 이어진 야외 베란다 쪽에 놓여 있었는데 막 꽃을 피우는 중인지 흰 쌀알 같은 꽃망울이 달려 있다. 그중 일부는 이미 꽃을 피워서 가까이 다가갈수록 향이 짙어 마음이 아찔해진다. 밤공기와 뒤섞여 마법을 부릴 것만 같은 짙은 향이다.

"아마도 꽃 속에 파묻혀 돌아가실 것입니다."

오래전 초희라고 다정하게 부르던 그가 어느 날부터인가 경번이라 부르며 멀어지고 집 밖으로 돌 때 내가 그에게 매몰차게 했던 말이 생각났다.

매화나무 밑을 지나 현관까지 이어지는 작은 길을 통과하는 동안 진한 재스민 향기 탓인지 가슴이 쿵쿵 뛰었다. 아니 재스민 향기는 핑계고 집주인 때문에 염치없는 심장이 요동을 친다. '제발 심장아, 나대지 마.'라고 셀프 경고를 했음에도 불구하고 미친 듯이 뛴다. 현관문을 덜컹 열고 나온 그의 모습을 보는 순간 뛰기 시작한 나의 심장은 내 것이기를 이미 포기했다. 눈앞에서 조선에서나 21세기에서나 일관성 있는 그의 자태를 확인하는 순간 벌어진 입을 다물 수가 없었다.

그는 가슴이 절반이나 드러난 자줏빛 로브 차림이었다. 바람에 살랑거리는 로브 자락 탓인지 그 염병할 '색정적'이라는 말이 그에게 너무나 잘 어울렸다. 예나 지금이나 무슨 남자가 그리 다채로운 색감을 자랑하는지 놀라울 정도다. 우아함 속에 숨겨진 섹시함은 그의 전매특허였다. 눈빛 하나에도 마음을 흔드는 재주가 있었다. 오죽하면 별명이 색동저고리이었을까. 옥봉 이원도 '어지간한 잘못은 용서가 되는 얼굴'이라며 깔깔 웃으며 말할 정도였다.

나는 고개를 저으며 한숨을 쉬었다. 저놈의 색동저고리는 21세기에도 여전히 빛을 발한다.

"역시 그대답습니다. 망설이는 법이 없습니다."

잠시 나를 지켜보던 그가 살짝 옆으로 비켜서더니 문을 활짝 열었다.

"기다리신 것 아닙니까?"

나는 그에게 한마디 툭 던지고 마치 내 집인 양 앞장을 서 집 안으로 들어갔다.

"겨우 그 말뿐이십니까?"

그가 따라오면서 억울하다는 듯 말은 했지만, 그의 얼굴은 말도 안 되는 이 상황을 즐기고 있는 것처럼 보였다.

"대관절 옷이 그게 뭡니까? 노출도 적당히 하셔야지요."

나는 뒤따라오는 그를 무시한 채 몸을 휙 돌리며 말했다.

"잠시 잠들었는데 꿈에 부인이 나타나셨으니 내 어찌 제정신이겠습니까?"

뒤따르던 그가 능청스럽게 말한다. 뻔뻔함에 그저 기가 막힌다.

"하여 그것이 내 탓이란 말입니까? 누가 맘대로 꿈속으로 나를 부르라고 했습니까? 그리고 꿈속에서 제가 풀어 헤치라고 했습니까?"

나는 하도 어이가 없어 버럭 화를 내며 말했다.

"그것보다 더했지요."

"이것 보시어요, 부끄러움을 좀 아십시오! 오백 년을 참더니 음란 요괴가 다 되셨습니다."

나도 모르게 언성이 더 높아졌다. 얼마나 오랜만인지. 결코 언성을 높일 일은 없을 거라고, 아무 일도 일어나지 않는 것이 행복이라고 생각한 그동안의 시간이 갑자기 흔들린다.

왠지 그의 수에 말린 것 같은 기분이 들어 그를 보니 아니나 다를까 빙그레 웃고 있다.

"역시 이제야 부인답습니다. 하하하."

그가 풀어 헤친 로브의 앞섶을 여미며 넉살 좋게 말했다. 그 여유와 자연스러움에 그만 말을 잊었다.

나른함에 버무려진 섹시함은 익히 알고 있지만 오백 년 동안 대체 무슨 생각을 하며 살았기에 세기말 퇴폐미까지 추가되었는지 생각만 해도 머리가 복잡해진다.

그는 마치 오늘 아침에 외출했다 집에 돌아온 사람처럼 농을 하고, 우수가 담긴 눈빛으로 나의 마음을 흔든다. 그리고 무엇보다 중요한 것은 눈앞에서 오랫동안 잊지 못한 온전한 그의 형상으로 숨을 쉰다는 사실이다.

모든 것이 한여름 밤의 꿈처럼 느껴질 정도로 믿을 수 없는 현실에 놀라 '대체 전생에 내가 무슨 업보를 쌓았기에.'라고 중얼거리며 바닥에 주저앉아 머리를 두 손으로 감쌌다.

"누가 그러하더이다. 간절히 원하면 온 우주가 나서서 도와준다고."

"파울로 코엘료, '자네가 무엇인가를 원할 때 온 우주는 자네의 소망이 실현되도록 도와준다네.'가 정확한 표현입니다."

나는 체면도 잊고 주저앉은 채 그를 올려다보며 말했다.

그가 달빛을 등지고 웃고 있다. 어찌 이다지도 잘 웃는 것인지. 순간 내가 오랫동안 그의 웃음을 그리워했다는 것을 깨달았다.

"뭐 어쨌든 우주가 도와준다는 말은 맞는 것 같습니다. 이렇게 온 우주가 나를 도와 부인을 다시 만나게 해 주었잖습니까? 그리움이 사무치니 일월성신도 알아주고 이 어찌 고마운 일이 아니겠습니까, 부인?"

그가 나의 손을 덥석 잡고 일으켜 세우더니 집 안으로 이끌었다.

36.5도. 잡은 손을 통해 정상적으로 전해지는 그의 체온이 나를 안심하게 한다. 몸이 차서 늘 여름에도 차가운 나의 손이 그의 따뜻한 손안에서 서서히 따뜻해졌다. 나는 그를 보며 생각했다. 환영은 아니어서 다행이라고.

시간이 멈춰진 집이었다.

그의 손에 이끌려 집 안에 들어선 순간 나는 눈을 의심했다. 놀랍게도 화우당처럼 정갈하고 단아하게 꾸며져 있었다. 실제로 살아본 사람만이 기억하는 흔적들이 가득했다. 창문과 작은 서안과 벽지까지 모두 한 치의 틀림도 없이 같았다. 작약이 그려진 병풍도 기억 속의 그것과 같았다. 더 놀라운 것은 나의 시 〈유선사〉 중 열 번째 시가 적힌 족자가 벽에 걸려 있다는 사실이다. 그것도 경번체였다. 나는 멈춰 선 채 족자를 응시했다. 난초 그림은 어디에 있을까?

"어찌?"

뒤돌아보며 그에게 물었다.

"그리움이라고 해 두지요. 차는?"

그가 웃음이 듬뿍 담긴 눈빛으로 그윽하게 바라보며 묻는다.

"태평도 하십니다. 뭔들 이 상황에 넘어가겠습니까?"

나는 쌀쌀맞은 어조로 대답했다.

"여전히 새벽엔 서리꽃이 나리십니까? 물론 그 서리꽃을 녹이는 사람이 따로 있었지요."

그가 씩 웃는다. 그 모습이 어찌나 보기에 좋은지 덩달아 웃음이 나올 것만 같았다. 혹시나 그가 내 마음을 눈치챌까 봐 시선을 돌렸다. 그러나 늦었다. 이미 그는 잠시 흔들렸던 나의 마음을 알아차렸다.

"새벽이슬 맞고만 다니신 분이 뉘신 지……. 게다가 오백 년이 지났는데 아직도 그 웃음 흘리는 버릇은 못 고치셨습니다."

"그래도 화우당엔 눈도장 찍고 잠자리에 들었습니다. 게다가 나는 경번에게만 웃음을 질질 흘리지요. 내가 참고 산 시간으로 따진다면 아마 신선이 되고도 남았을 것입니다."

그가 장난기 가득한 눈에 웃음을 가득 담은 채 농을 했다. 그 웃는 모습에 잠시 넋을 놓을 뻔했다. 잠시 오래전 그날로 돌아간 듯 봄날 꽃이 바람에 분분히 날리는 것처럼 연정이 흩날린다.

새삼 내가 얼마나 그를 사랑했는지 깨달았다. 사랑이 크기에 원망도 크고 미움은 더 했으리라. 그러나 21세기에 김성립의 '그대'로 사는 것은 사절이다. 갑자기 심란해지는 마음을 어쩌지 못해 나는 집 안을 서성였다. 무슨 귀신의 조화인지부터 알아봐야 하는데…….

그가 커피를 내리는 동안 나는 의자에 앉아서 그의 뒷모습을 보며 생각에 잠겼다. 저 남자는 나를 얼마나 원망했을까. 동생이 나에게 한 말을 잊지 않고 있기에 이 순간이 더 애달프고 미안하다.

한동안 장안의 기생들을 몸살 나게 했다는 미모는 여전했다. 그랬으니 21세기에 배우를 하고 있겠지만. 시어머니 은진송씨가 알았다면 어디 남사당패 짓거리를 하느냐며 기절초풍을 해도 12번은 족히 했을 것이 분명한데 그는 배우라는 일이 체질에 맞는가 보다. 어느 사이엔가 나도 모르게 그를 보며 미소 짓고 있는 나를 발견하고는 깜짝 놀라서 천장을 봤다.

그는 살짝 미간을 찌푸리며 커피를 머그잔에 따르는 중이었다. 그래도 밥은 벌어먹고 사니 다행이다. 얼굴 팔아서 돈을 버는 것이 반갑지는 않지만 저마다의 타고난 재능을 살려 돈을 버는 곳이 21세기인지라 흉이 될 것은 없다. 그간 또 얼마나 많은 여인의 가슴을 설레게 했을지는 보지 않아도 능히 알 수 있다.

달빛 아래서 옥색 도포를 입은 그가 정원을 서성이던 모습이 눈에 선하다. 어찌나 눈부셨는지. 그의 주위가 온통 환하게 빛났다.

"무슨 생각을 그리하십니까?"

그가 커피를 건네며 물었다. 눈빛이 마주치자 또다시 나를 보며 씩 웃는다.

"멍 때리고 있었습니다."

커피를 한 모금 마신 후 말했다.

"요즘은 멍도 때리십니까?"

"뭐, 그거야 제 마음이지요. 말씀해 보시지요. 어떤 연유인지?"

"내가 이곳에 온 거? 그도 아니면 시신조차 발견하지 못해 헛무덤을 쓴 내가 살아 있는 것이? 대체 어느 것이 궁금한 것입니까?"

"둘 다입니다."

"어느 날 균이 나에게 찾아왔습니다."

"그래서요? 둘이 그리 친하진 않았던 걸로 아는데."

"균이 좀 거만하기는 하지만 뭐 잘난 놈이니까 그러려니 했지, 특별히 내가 균을 싫어한 것은 아닙니다. 뭐 훗날 기록을 보니 이 사람을 아주 형편없는 인사로 기록해 놓았더이다. 여하튼 대뜸 찾아와 그립디다. 누나가 말라 죽기를 원하느냐고. 그런데 나는 사실 솔직히 말하면 그때 당신과 함께 그냥 말라 죽고 싶었습니다. 부인이 없는 세상은 도무지 생각할 수 없어서."

그가 상념에 잠긴 눈빛으로 나를 바라본다. 그의 눈빛에 반한 적이 있던 나는 애써 외면하며 커피를 마셨다. 다시 반하게 되면 정말 대책이 없으니까.

"나는……."

그가 잠시 말을 멈춘다. 눈에 물기가 어리더니 이내 붉어진다. 할 말은 많으나 어디서부터 시작을 해야 할지 지난날을 곰곰이 되돌아보는 듯한 눈빛으로 나를 본다.

"당신을 단 한 번도 사랑하지 않은 적이 없었습니다. 당신과 동문수학했던 이수광이 당신을 남다르게 생각한다는 것도 알고 있었지요. 그가 우리 집에 번질나게 드나들었던 것은 오직 당신을 보기 위한 우아한 수작이었지요. 그냥 질투가 나더이다. 그가 워낙 한 인물 하지 않았습니까? 물론 나만큼은 아니지만. 그가 그러더군요. 당신은 오백 년 후에나 태어나야 했을 사람이라고. 나는 그것이 무슨 말인지 몰랐습니다. 허나 지금은 이유를 알 것 같습니다. 상상했던 것보다도 아름다우니 말입니다. 보기 좋습니다."

유경 이수광은 나와 김성립이 결혼을 한 이후에도 집 안을 드나들었고, 남편을 따라 화우당에 찾아와서 나의 시를 평하곤 했다.

그가 늘 나의 시에 좋은 평가를 한 것은 아니지만 나는 그의 학문적 견해나 생각들을 존중했다. 그러나 그의 마음은 존중해 주지 않았다.

"출중하지요. 그러나 저의 스타일은 아닙니다. 그 사람은."

"그렇습니까? 그럼 부인은 취향은 어디셨습니까?"

그가 나팔꽃처럼 활짝 웃는다. 옥골선풍, 아치고절이라고밖에 달리 표현할 길이 없다.

"오래 산 사람은 못 당한다더니 오백 년을 살았어도 여전히 짓궂으십니다. 균이 뭐라던가요?"

나는 일부러 말을 돌렸다. 그는 여전히 여자의 마음을 가지고 쥐락펴락하는 남자였다.

"같이 온 여인이 있었습니다. 비범하더군요. 계향이라고 하던데 태어나서 그렇게 말 잘하는 여자는 처음이었습니다. 균이 아낄 만한 사람이었습니다. 책사 같은 느낌이랄까. 나는 그녀의 눈빛을 보는 순간 무언의 동의를 했습니다. 동의하지 않으면 나를 치고도 남을 여인 같았지요. 게다가 달리 내가 해 줄 수 있는 일이 없었으니. 차라리 나 혼자 말라 죽자, 그리 생각했지요. 그녀는 별을 계산하고 시간을 조절하는 법을 알고 있었습니다. 드물게 그런 사람들이 있다고 하더이다."

"알고 있습니다."

"그것뿐입니까?"

그는 슬픈 눈으로 나를 빤히 바라봤다. 그의 시선에 답할 길이 없는 나는 그저 말없이 웃었다. 무슨 말이 필요할까. 너무 늦었지만 이미 나는 그의 눈빛에 숨겨진 수많은 언어를 이해하게 되었는데.

그는 창가로 가서 문을 열었다. 바람과 함께 재스민 향이 집 안으로 들어왔다. 순간 솜사탕이 목구멍을 막고 있는 것처럼 달콤한 호흡 곤란이 느껴졌다. 나른하면서도 달콤한 답답함이 내 온몸을 감싼다. 마음은 대책 없이 여름을 품은 바람에 흔들린다. 내 마음이 떨리는 이유가 바람 때문인지 아니면 창가에 서 있는 그 때문인지 혼란스러워진다. 그런 나의 마음을 눈치챘는지 그가 웃는다. 자연스럽게 익혀 몸에 밴 선비의 우아한 품격에 타고난 대책 없는 낭만이 도화와 만나 16세기에도 통했고 21세기에도 통해 배우라는 직업을 갖게 되었나 보다.

"아이를 잃고 넋이 나가는 모습을 지켜보면서 욕심은 부리지 않기로 했습니다. 연유야 어찌 됐든 간에 난 그대를 살려야 했으니까. 해서 그런 덕에 나는 그 긴 시간 동안 그대를 기다렸습니다. 나에게 오백 년 가까운 세월은 외로움에 사무친 긴 시간이었습니다. 나를 알던 모든 이들이 죽어 가고 나는 늘 혼자였으니까. 처음엔 나를 구해 준 게테이츠 겐쇼 스님이 세상을 떠났습니다. 놀랍게도 나는 죽지도 늙지도 않더군요. 처음엔 소름이 끼쳤고 다음엔 두려웠고, 그다음엔 절망적이었습니다. 그때서야 지옥이 따로 없다는 생각이 들었습니다."

얼마나 외롭고, 얼마나 슬펐을까? 고인 것 같은 그의 시간이 진저리를 칠 정도로 무서웠을 텐데. 그런데도 그는 나를 보며 달빛 아래서 웃는다.

나는 달빛과 저처럼 잘 어울리는 사람을 본 적이 없다. 그래서 그렇게 조선에서는 밤이슬을 맞으며 돌아다녔나 보다. 긴 머리는 아무렇게나 묶어 올렸고, 부드럽게 물결치는 고수머리가 단아한 이마 주변으로 흘러내린다. 입가에 머물던 다정한 미소는 여전했고, 봄밤처럼 달콤한 목소리는 나의 귓가에 맴돈다. 그와 내가 함께했던 봄날은 눈부셨다. 짧았던 그 순간을 어찌 잊을까. 그가 그리움이 가득한 눈빛으로 나를 본다. 그의 마음도 나와 같은 것일까?

"어쩌다 배우 사카구치 켄타로로 살게 되셨습니까?"

나는 그에게 작심하고 물었다.

"……."

한동안 말이 없던 그가 주방으로 들어가더니 와인과 잔 두 개를 가지고 돌아왔다.

"한잔하시겠습니까?"

"뭐, 좋아하지는 않지만 시점이 마셔할 것 같습니다."

그가 그럴 줄 알았다는 듯, 피식 웃더니 각각의 잔에 와인을 따른다. 작은 잔에서 황금빛이 소용돌이친다. 나는 홀린 듯 황금빛을 바라보았다. 정확히 말하면 잔이 아니라 와인을 따르는 손이다. 그의 손가락은 여전히 가늘고 길었다. 나는 아직도 저 손짓을 기억하고 있

우아한 유령

다. 물론 그 모든 것은 혼례를 치른 후 1년도 채 안 되는 동안 이루어진 일이지만. 정말 밀월 같은 아니, 인생이 꽃 같은 시간이었다.

그가 건넨 와인을 한 모금 마셨다. 달콤한 맛과 향이 진하게 입 안에 맴돈다.

인생의 달콤함이 바로 이런 걸까? 햇빛이 오랜 시간 품고 만들어 낸 단맛과 비와 바람이 만들어 낸 신맛이 어우러져 이런 오묘한 향과 맛을 낼 수 있다니 놀랍다.

"어떻습니까? 화우당의 향기가 느껴지지 않습니까?"

"그건 모르겠고, 돈의 맛은 느껴집니다."

"이 사람이 처복은 없어도 돈복은 좀 있지요."

그가 와인을 천천히 음미하듯 마시며 말했다. 뭘 해도 우아한 그의 말을 듣는 순간 갑자기 와인이 씁쓸해진다. 틀린 말은 아니니까. 내가 어지간히 그의 속을 썩인 것은 나도 알고 있다. 오죽하면 '어찌 1년 내내 겨울이십니까?'라고 그가 외쳤을까.

편의점 맛에 익숙한 나는 처음 마셔 보는 맛에 감탄하며 아름다운 유리잔에 담긴 황금빛 액체를 물끄러미 봤다. 별의 파편이 담긴 것처럼 불빛 아래서 찬란히 빛나고 있다.

"처음 이 와인을 마셨을 때 경번을 생각했습니다."

"어찌 그런 생각을 했습니까?"

"차고 달콤하고 눈부시고. 여름밤엔 부인의 차가운 살결이 참 좋았습니다. 아니 그렇습니까?"

그가 물기 어린 눈빛으로 나를 바라보며 말했다. 여전히 그는 눈물을 잘 흘린다. 아이를 잃고 정신을 놓아 버린 나를 부둥켜안고 통곡하던 그가 지금의 김성립과 겹쳐진다.

"……쓸데없으십니다. 나는 뜨거워서 싫었습니다."

나는 샐쭉하니 말을 비틀었다. 그런 나의 모습을 보고 그가 또 웃는다. 웃을 때 파이는 뺨의 보조개는 여전하다. 오백 년 동안 웃지 못한 한풀이를 하려는 듯 눈만 마주치면 웃는 그를 조용히 노려봤다.

"그날도 꼭 이런 밤이었습니다. 나의 기억 중에서 가장 달콤하고 농밀했던 기억은 부인과 복숭아를 나눠 먹던 어느 여름밤입니다."

느닷없이 그가 복숭아를 나눠 먹던 '어느 여름밤' 이야기를 꺼내는 바람에 적잖이 당황했다.

"오백 년도 더 된 여름밤 이야기는 왜 하시는 겁니까?"

그는 나의 눈빛을 슬쩍 피하며 껄껄 웃는다.

"그 여름밤은 기억하시는 겁니까? 나는 아직도 그대의 허리를 끌어안고 자던 밤을 생각합니다. 손가락과 입가에서 복숭아 향이 났지요. 어찌나 달던지."

그가 눈빛으로 나의 마음을 찢을 작정을 한 것처럼 뚫어질 듯 본다. 나는 시선을 어디에 두어야 할지 몰라 헛기침을 하며 멍하니 허공을 바라봤다. 눈빛으로 감옥을 만들 수 있는 유일무이한 사람이 바로 그다.

"……그런데 대관절 어찌 왜국까지 가신 겁니까?"

틈만 나면 엉큼해지려는 옛 버릇이 나오려는 것 같아 말을 재빨리 돌렸다.

"아, 그건 오로지 그대 덕이었습니다."

"대관절 그것이 무슨? 어찌 그것이 저의 덕이라 하십니까?"

"유선사 때문이었습니다. 그게 나를 살렸지요. 그리고 이것도."

그가 붉은 실에 달린 작은 옥구슬과 석영을 내밀었다. 결혼 초 그에게 준 것이었다. 재주라곤 시 짓는 재주뿐이어서 남들은 반나절이면 만든다는 갓끈과 팔지를 몇 날을 걸려 완성했다. 그것이 그에게 준 처음이자 마지막 선물이었다. 그가 어떤 마음으로 그 오랜 시간을 간직했을지 알 것 같다. 내가 그의 낡은 갓끈을 지금도 간직하고 있는 마음과 다르지 않을 것이니…….

그 옛날, 내가 그를 사랑했던 때, 그에게 〈채련곡〉을 전하던 날 창문에 달그림자가 어리자 그는 나를 위해 거문고를 탔다. 그가 연주하는 거문고 소리를 들으며 나는 달빛을 그렸고, 시를 지었다. 어찌 그 세월을 잊을 수 있을까. 벗어 놓은 나의 붉은 치마폭에 손수 매화를 그려 주었다. 허망하게도 지금은 붉은 치마도 그를 향하던 붉은 마음도 간 곳이 없다. 종종 나는 후회했다. 열렬했던 그와 나의 시간을 증명하는 그 붉은 치마를 왜 매정하게 두고 왔을까 하고 말이다.

언젠가 계향이 말했다. 인생이 공평하지 않듯이 사랑도 공평하지 않다고. 사랑은 저마다 어느 한쪽이 조금 기우는 사랑에서부터 시작된다는 그녀의 말을 이제야 실감하니 참으로 우매하다.

그는 항상 나를 귀하게 여겨 주었다. 시어머니 은진송씨는 그런 아들에게 배알도 없는 놈이라고 핀잔을 주곤 했으나 그는 아랑곳하지 않았다. 하지만 내가 당나라의 시인 두목을 연모해서 지었다는 시가 장안에 돌면서 결국 시어머니의 미움을 샀다. 그는 나를 위해 어머니에게 이런저런 변명을 해 주었지만 일은 이미 커질 대로 커져서 독한 시어머니의 귓전에는 닿지도 않았다. 미움과 질투가 시어머니와 나 사이에 거대한 강처럼 흐르고 있어서 어찌해 볼 도리가 없었다.

"……어머니의 재촉에 재혼은 했지만 아이는 없었습니다. 생길 리가 없지. 내가 곁에 가질 않았으니."

"어찌 꽃을 마다하셨습니까?"

"연유는 경번이 더 잘 알잖습니까? 어머니 성화에 뭘 해보려 해도 자꾸 경번의 얼굴이 왔다 갔다 하니 될 리가 있겠습니까? 사실 이 사람이 부인에게만 웃음을 질질 흘리는 헤픈 남자입니다."

"사내는 몸과 맘이 따로라고 하지 않습니까? 후손은 남기셨어야지요."

그가 어이없다는 듯 미소를 거둔 채 나를 빤히 바라보더니 한마디 던진다.

"등신이라서, 나는 어머니 말대로 등신이라서 그렇습니다. 나도 그래 보려고 하지 않은 것은 아닙니다만 부인이 결정적으로 한 방을 날리시는 바람에 '아, 나에겐 죽을 때까지 부인뿐이구나.'라고 생각했지요. 믿지는 않으시겠지만. 물론 다시 태어나면 만나고 싶지 않은 사람이기도 합니다. 평생 제가 힘든 을로 살았으니 다음 생엔 갑으로서 살아 볼까 합니다. 아마 지하에 계신 어머니도 반가워서 벌떡 일어나실 것입니다."

그는 농도 진담처럼 한다.

"그러시는 분이 꽃이나 채집하러 다니셨습니까?"

"오호, 질투도 서정적으로 하십니다?"

그가 웃으며 농을 건다. 풀어지기도 잘 풀어지는 남자다. 참 잘생겼다. 여전히. 죽은 큰아이가 그를 많이 닮았는데 허망하게 잃었다. 그 아이가 살았다면 우리의 시간이 좀 달라졌을까?

"……."

나는 말없이 달콤한 와인을 마셨다. 그런 나를 그가 뚫어질 듯 바라본다. 눈빛이 너무나 열렬한 탓에 시선을 어디에 둘지 몰라 헤매다 에라 모르겠다 하는 심정으로 풍덩 와인 잔 속으로 던졌다.

"신랑을 먼저 보고 혼인을 해도 하겠다며 당돌하게 찾아온 부인을 보는 순간 사랑하지 않을 수 없었습니다. 어머니는 그 당돌함이 싫다 하셨지만 나는 부인이 아니면 장가도 가지 않겠다고 고집을 부렸지요."

옛 기억을 떠올린 남편 김성립의 얼굴에 행복한 미소가 떠오른다. 그러나 나의 얼굴은 슬픔으로 물든다. 그 정원에서 길을 잃은 바람에 이 모든 일이 시작됐으니 말이다.

고집을 부려 오빠의 시동으로 따라서 간 그의 집 후원에서 우연히 남편 김성립을 만났다. 나무가 많은 고향의 후원과는 달리 꽃이 유난히 많았고 철이 봄이라 매화가 활짝 피어 있었다. 그가 바로 그곳에 있었다.

나는 열다섯이고 그는 열여섯이었다. 그를 보는 순간 반했다. 동네 여자아이들보다 머리 하나는 더 컸던 나는 오빠와 동생보다도 키 큰 소년이 꽃이 활짝 핀 매화나무 아래서 이수광과 웃는 모습을 보는 순간 가슴이 뛰었다. 봄바람에 나의 품으로 파고들었다. 오빠들도 잘났고 미남자라면 동생 균도 빠질 것이 없는데 그는 허씨 집안의 남자들과 결이 달랐다. 봄 들녘을 달리는 훈풍 같은 남자였다. 왜 나는 그를 처음 본 순간 바람과 청량한 물을 머금고 사는 난초가 떠올랐을까? 내가 그의 향기에 매료된 순간 이미 불행은 시작되었지만, 그 또한 운명이었다고 생각한다.

남장하고 나타난 나를 기이하다는 듯 한동안 쳐다보며 웃던 소년이 나에게 다가왔다. 이수광이 알려 준 듯 그는 이미 나를 알고 있었다.

"나의 정원에 어찌 꽃이 나비인 척하고 찾아왔습니까?"

소년이 처음 건넨 말을 잊을 수 없다. 목소리, 눈빛, 웃음까지.

우아한 유령

그는 허씨 집안 내력인 반골 기질이라곤 눈을 씻고 찾아봐도 없는 전형적인 조선 사대부 집안에서 잘 자란 소년이고 서인이니, 동인이니 하는 정치적인 것에는 관심도 없고 드센 어머니 밑에서 보살 핌을 받으며 귀하게 자란 아들이었다.

잠시 망설이던 그가 핸드폰을 꺼내 보이며 눈빛으로 '이것을 기억하느냐'고 물었다. 놀랍게도 그것은 계향이 지니고 있던 핸드폰이었다. 물론 당시에는 요상한 물건이라고 생각했지만 이곳에 와서 그것이 유명한 핸드폰 회사 '애플'의 제품이라는 사실을 알게 되었다. 아직도 나는 한입 베어 먹은 사과 그림을 볼 때마다 그녀를 생각한다.

"오랜만에 계향의 것을 봅니다. '한 입 베어 먹은 사과'가 계향의 열정과 미련을 상징하는 것 같다고 생각했습니다."

나는 항상 계향의 핸드폰에는 그리움이 저장되어 있다고 생각했다. 순간 눈물이 핑 돌았다.

"그렇군요. 열정은 그녀를 따라올 수가 없지요. 나는 미련의 남자고."

쓸쓸한 그의 어깨에 먼지처럼 내려앉은 외로움을 털어 주고 싶어진다. 그런 나의 마음을 눈치챈 것일까? 그가 말없이 다정한 눈빛으로 나를 본다. 비로소 이심전심이 된 것인가?

그와 나 사이에 잠시 세상의 모든 것이 멈춘 듯한 정적이 흘렀다. 나는 그의 이야기를 듣기 위해 기다렸다. 믿거나 말거나 죽지 않고 오백 년을 기다렸다고 하니 이젠 그의 이야기를 들어주고 싶다.

열어 놓은 창문을 통해 바람이 불어왔다. 기억과 기억이 마찰하며 나의 마음에도 바람이 불었다. 그와 함께했던 모든 기억. 찬란하거나 눈부시거나 절망적이거나 잔인했던 순간들이 스쳐 지나갔다. 이제서야 염치도 없이 그 시간이 그립다. 그는 한쪽에 세워 둔 거문고를 가지고 소파에 가서 앉더니 거문고를 타기 시작했다. 내 마음을 희롱하는 것 같은 거문고 소리를 핸드폰에 녹음하며 꿈이 아니어서 다행이라는 생각을 했다.

한동안 나는 그가 타는 거문고 소리를 들으며 집 안을 서성이다가 반쯤 열린 그의 침실 쪽으로 다가갔다. 제일 먼저 정갈하게 정리된 침대가 보였다. 자리 정리는 여전히 잘했다. 살짝만 엿보려던 나는 침대 머리맡에 걸린 그림을 보고 멈춰 섰다.

보라색 꽃이 핀 난초 그림이 벽에 걸려 있다. 시간이 흘러 빛은 바랬지만 꽃의 흔적은 남아 있었다. 나는 한동안 말없이 그림을 응시했다. 먹빛으로 물들었던 마음이 눈물로 흐려진다. 어느새 거문고 소리가 그치고 그가 다가오더니 뒤에서 나를 가만히 끌어안았다. 그러곤 턱을 나의 정수리 위에 살며시 대며 말했다.

"경번, 그대의 마음에 갇혀서 산 지 오백 년입니다."

"여견……."

여견은 그의 '자'였다. 오랜만에 그의 '자'를 불러 본다.

"어찌 그러십니까, 경번?"

그의 목소리가 한없이 다정하다.

"정확히 432년입니다. 오백 년이 아니라."

그가 웃었다. 분위기를 깨는 신묘한 재주는 여전하다며 나를 더 꼭 안았다. 그의 간절함과 그리움이 팔을 통해서 전해진다. 그가 나의 귓가에 속삭였다.

"나에겐 경번뿐입니다. 기약 없이 기다리게 하는 그대를 한시도 잊은 적이 없습니다. 이 사람은 16세기의 경번도 지금의 버지니아 우도 연모합니다."

기약 없이 기다리게 했다는 그의 말에 내 마음이 속절없이 무너진다.

모든 것이 그대로였다. 나의 몸이 기억하는 그의 체취와 그의 손길 모두가. 나는 아직도 그의 목소리에 손짓에 눈빛에 흔들린다.

요즘 말로 하자면 타고난 재주와 풍류로 16세기를 말아먹었던 남자 김성립. 사랑했던 원수가 돌아온 것이다. 다른 점이 있다면 거문고를 어루만지던 사대부 출신의 꽃 선비 대신 기타를 든 배우라는 점이다.

나는 '21세기의 당신'이 되어 버린 그의 손을 가만히 잡았다. 시간은 왜 나에게 그동안 그렇게 잔인했던 걸까? 오늘의 이 지경을 만들려고 그랬냐고 묻고 싶다.

또다시 어디선가 바람이 불어왔다. 비의 기운을 잔뜩 담은 바람이다. 또 얼마나 많은 눈물을 함께 가지고 올까?

　햇살이 어루만지고 달래서 피워 낸 봄날 꽃을 몰염치한 바람이 한순간 데려가듯 모든 것이 사라진 듯 보였던 내 인생에 이전과는 다른 바람이 불어오다니 수상하다. 예전에 그랬던 것처럼 그 바람은 또 얼마나 무참히 나의 날들을 거두어 갈지 두려움이 앞선다.

　나는 돌아서서 그를 가만히 끌어안았다. 그가 '후' 하는 숨소리와 함께 참았던 울음을 터뜨린다. 그의 쓸쓸한 등을 말없이 쓰다듬었다. 그는 편집장이 말한 것처럼 '보호관찰미', 상대에게 연민과 보호본능을 불러일으키는 아름다움이 있는 사람인가 보다. 그의 눈물에 또 내가 넘어가려고 하니 말이다.

　"나는 언제나, 이렇게 그대에게 애틋한데……."

　그가 나를 애절하게 끌어안으며 말했다. 손끝에서 다시는 놓치고 싶지 않은 마음이 전해진다.

　나는 그를 이제는 외면할 수 없을 것 같다. 마음이 산산이 조각나 사라진다고 해도.

　"나의 하루는 먼지가 내려앉는 것처럼 더디게 흘러갔습니다."

　그가 말했다. 하루치 분량의 시간은 허공에서 먼지가 떨어져 내려앉는 속도로 흘러갔고, 그런 시간의 분량이 수없이 쌓인 후에야 겨우 만났다고. 나는 그의 울음을 대신 삼켰다. 할 수만 있다면 그의 설움을 삼키고 길었던 그리움까지 삼켜 주고 싶었다. 그렇게 우리는 오랫동안 영혼의 바닥까지 닿을 것처럼 애절하게 키스했다.

아, 어찌할꼬, 이 사람을. 온통 그의 슬픔으로 내가 물들었다.

4.

벚꽃처럼

지다

1589년, 아내를 속절없이 떠나보내야 했던 김성립에게는 많은 일이 있었다. 영혼의 반쪽을 날려 버린 것 같은 허무함이 항상 그의 주변을 맴돌았다. 그런 차에 임진왜란이 터졌다.

눈앞으로 날아오는 왜군의 칼날에 조선의 수많은 목숨이 봄날 바람에 꽃이 떨어지듯 흩날렸다. 그는 죽음의 한가운데 서 있음에도 불구하고 담담했다. 그에게 이제 삶과 죽음의 경계가 사라졌기 때문이다.

사랑하는 경번이 떠난 해에 김성립은 기축증광시 문과에 급제했지만 이후 그의 인생은 하루하루가 대체로 슬펐다. 그런 그에게 의병장으로 전쟁터에 나가는 일은 전혀 두렵지 않았다. 조선의 사대부라면 마땅히 해야 할 일이기도 했지만 경번이 없는 세상은 그에게 의미가 없었기에 주저 없이 의병을 이끌었다.

그의 이십 대는 슬픔과 좌절이 8할이었다면 2할이 기쁨이었다. 그 기쁨은 오로지 경번을 통해서만 느낄 수 있는 것이었다. 그는 경번과 함께한 시간을 바둑 두듯 복기했다. 신혼 초 얼마나 행복했는지, 첫아이 희윤이 태어났을 때 얼마나 기뻤는지도.

허씨 가문은 '허씨 오 문장'이라 불리며 장인인 허엽, 손위 처남인 허성, 허봉, 손아래 처남인 허균, 그리고 아내인 경번까지 문장으로 이름을 날렸다. 사위인 우성전과 김성립도 문장으로 어디 내놓아도 뒤지지 않는 사람들이었지만 처가의 천재적인 재능에 결핍을 느끼지 않는다면 외려 그것이 더 이상한 일이었다. 같은 사위지만 우성전은 활달했고 김성립은 섬세했기에 더욱 그랬다.

경번은 그야말로 천재였다. 밝고 당당하며 뛰어난 재능을 가진 그녀가 사람들의 입에 오르내리고, 심지어 명나라의 시인들까지 감탄하며 그녀의 시를 암송할 정도라는 소문이 돌았다. 그러나 반가의 사람들은 경번이 남편인 김성립을 사랑하기보다는 두목을 더 사랑해서 결혼한 것을 후회하고 다시 태어나면 두목의 연인이 되어 살고 싶다는 시를 썼으니 사대부의 아내로서는 실격이라고 부정한 여인으로 취급했다.

그는 아내가 그런 취급을 당하는 것이 싫어 경번에게 화를 냈다. 어쩌면 거듭된 과거의 실패로 인해 아내의 재능을 질투했는지도 모른다. 첫아이를 잃고 자신을 피하는 경번을 볼 때마다 정말 부족한 남편 탓에 두목을 그리워한다고 생각했다.

　김성립은 세상 돌아가는 소문에 도무지 관심이 없어 보이는 경번이 답답했다. 그를 연모하는 기생에게 가서 밤을 지새우고 몇 날을 집에 들어오지 않아도 경번은 꿈쩍도 하지 않았으면서 오빠인 허봉이 귀양을 가자 식음을 전폐하고 눈물을 흘리며 별당에서 나오질 않았다. 그는 그때도 아내를 위로하기보다는 밖으로 돌면서 자신의 마음을 몰라주고 외면하는 경번을 원망했다.

　홀로 있을 때면 김성립은 지난 시간을 생각했다. 둘 사이의 정은 너무나 좋았다. 경번이 없으면 어찌 살까 하는 생각을 한 적도 있었다. 과거 공부를 하러 산으로 들어가면 짓궂은 친구들이 종종 경번에게 잘생긴 남편이 공부는 작파하고 꽃바람이 들었다고 서신을 보냈다. 그러면 그녀는 당돌하게 시로 응답하며 친구들을 꾸짖었다. 그는 그렇게 발랄하고 거침없는 경번을 사랑했다.

　그러나 영원할 것 같던 밀월은 그리 길지 않았다. 김성립은 아름다운 아내가 시를 짓고 점점 장안에 회자되는 것이 부담스러웠다. 그녀는 놀라운 재능으로 인해서 중국까지 소문이 났는데 자신은 번번이 과거에 실패한 못난 사내가 되어 가는 것 같아 지아비로서 자존심이 상했다. 더구나 명문 사대부가의 장손인 그는 허씨 가문의 다섯 천재 중 으뜸이 경번이며 그 여인의 남편이 김성립이라는 소리는 더욱 듣기 싫었다. 하물며 시를 쓸 수 없을 때는 모든 것에 관심을 보이지 않는 경번을 점점 이해할 수 없었다. 그것이 무엇

　　　　　　　　　　　　　우아한 유령

이라고 지아비를 외면하고 아이에게도 무심한지 그때는 도무지 받아들일 수가 없었다. 그럴수록 아내를 향한 어머니의 비난이 거세졌다. 그의 어머니는 일찌감치 알고 있던 것이다. 아들의 마음이 흔들리고 있다는 것을.

그가 어머니로부터 아내를 보호하는 일을 포기하자 경번은 김씨 집안 깊은 곳에 있는 화우당에서 고립되었고, 시어머니와의 사이는 점점 악화되었다. 의지가 됐던 친정아버지와 그녀를 유독 아끼던 오빠 허봉의 죽음 이후 어머니의 적의는 더욱더 노골적이었다. 아내는 세상을 포기한 사람처럼 반응이 없었다. 어떤 날은 어린 홍이가 울며 처남의 집으로 달려가는 것을 본 적도 있다. 아내는 먹물이 묻은 손으로 치마폭에 시를 쓰고 있었다. 눈에서는 번뜩이는 광기가 느껴질 정도였다. 그는 아내가 미쳐 가고 있다고 생각했다. 아내가 쓰는 시는 더 이상 꿈이 아니라 현실에 대한 저항이라는 것을 깨달았다.

그럴수록 그는 점점 더 아내를 피했다. 아내가 앞길을 가로막는다고 말하는 어머니의 말도 영 틀린 말은 아니라는 생각이 들기도 했다. 어머니의 말이 맞았던 것인지 놀랍게도 경번이 떠난 후 김성립은 과거에 급제하고 벼슬길이 열렸다. 그는 보란 듯이 조정으로 나아갈 기회를 얻었고, 걸출한 인재들 틈에서 재주를 드러냈다. 마치 경번이라는 먹구름이 사라지자 빛이 드러나듯 그의 능력이 세상에 드러난 것이다. 집안사람들은 드센 경번이 그의 앞길을 막고 있었던 거라며 수근거렸다. 그의 과거 급제를 누구보다 기뻐한 사람은 어머니, 은진송씨였다. 눈엣가시 같던 며느리 경번이 죽고 마침내 아들의 출셋길이 열렸다며 동네잔치를 벌이고 복덩이가 들어왔다며 새 며느리에게 온갖 선물을 안겼다.

6대 연속 과거 급제자를 낸 명문가라며 이제는 손만 이으면 된다고 좋아했으나 은진송씨의 바람처럼 아이는 생기지 않았다. 하지만 새 며느리가 아직 어리고 아들도 젊으니 일구월심 기다리기만 하면 된다고 생각했다. 하지만 운명은 언제나 그렇듯이 그의 어머니, 은진송씨의 생각과 전혀 다른 방향으로 흘렀다.

소문이 흉흉하더니 결국 임진왜란이 터졌다. 의병장이 되어 전쟁터로 나가고자 하는 아들 김성립을 은진송씨는 말릴 수가 없었다. 며느리 경번이 죽은 후 아들은 그녀가 알던 예전의 아들이 아니었다. 가끔 넋이 나간 사람처럼 먼 산을 바라보기도 하고 흙을 부어서 메워 버린 화우당의 연못 근처를 맴도는 모습을 여러 번 봤다. 그럴 때마다 그녀는 억장이 무너졌다.

강골인 은진송씨도 어머니인지라 떠나는 아들에게 살아만 돌아오라고 말한 후 눈물을 쏟고 무너져 버렸다. 부끄러움과 체면은 진즉에 마당 한복판에 던져 버린 은진송씨는 대성통곡을 했다. 그때만 해도 훗날 아들의 시신도 찾지 못할 줄은 꿈에도 알지 못했다.

김성립은 선정릉 근처에서 전사했다. 집안사람들은 사람을 풀어 미친 듯이 백방으로 그의 시신을 찾아 헤맸지만, 흔적도 찾을 수가 없었다. 은진송씨는 그렇게 수려한 아들이 비바람을 맞으며 흙 속에 덧없이 묻혀 갔을 것을 생각하면 단 하루도 숨을 쉴 수가 없었다. 그저 불구덩이 속에서 사라지는 것을 봤다는 말만 전해 들었다. 결국 그녀는 아들의 옷가지만 넣어 무덤을 만든 후 장례를 치렀다. 그리고 후손이 없는 그를 위해 동생의 아들을 양자로 들여 대를 이었다. 그러나 그녀에게 그 무엇도 죽은 큰아들을 대신할 수는 없었다. 종종 그녀는 생각했다. 성에 차지 않는 며느리였지만 그래도 곁에 있었더라면 아들이 그처럼 무참하게 죽지 않고 세상에 살아 있지 있었을지도 모른다고.

은진송씨는 며느리의 모든 것을 다 불태워 버렸다고 생각했다. 그런데 아들의 유품을 정리하다 서안을 발견했다. 아들은 며느리의 손길이 남아 있는 서안을 몰래 간직하고 있었다. 여기저기 먹물로 얼룩진 서안을 쓰다듬다 아들이 서안에 새긴 글자를 발견하고는 그 자리에 쓰러져 대성통곡을 했다.

내 마지막 순간에 떠오를 이도 경번입니다.

모두가 죽었다 생각했다. 그러나 아들을 위한 어머니 은진송씨의 간절함 덕분이었을까? 김성립은 살아남았다. 그 역시 별의 운명에서 벗어날 수 없는 사람이었기 때문이다. 경번과 그는 별자리로 연결되어 같이 있어도 같이 있는 것이 아니며 헤어져 있어도 같이 있는 것 같은 운명의 사람들이었다. 마갈궁의 운명을 가지고 태어난 탓에 '걸어 다니는 구설'이란 별명이 붙은 처남 허균이 누나의 장례식을 치르고 난 후 그에게 그렇게 말했다.

"매형, 누님을 기억하세요. 두 사람의 운명은 유성 안에 있습니다."

운명처럼 유성이 떨어지던 밤, 균이 말한 그 기적 같은 일이 일어났다.

김성립은 선정릉 근처에서 왜군과 며칠째 대치하고 있었다. 그날 밤 그는 아내 경번이 홍이를 통해 전한 <유선사>를 가슴에 품고 있었다. 마지막이 될지도 모른다는 막연한 불안감이 그를 엄습했기 때문이다. 그는 죽을 준비가 되어 있었기에 망루에 올라 왜군들의 움직임을 지켜보고 있었다. 누가 봐도 수세에 몰리는 싸움이었다. 무참하게 달려드는 왜군들을 당해 낼 수가 없었다. 퇴로가 없다는 것도 알기에 그는 나아가기로 했다. 이미 두려움은 그의 것이 아니었다. 마지막 소원이라면 조선의 사대부답게 죽고 싶었다. 아니 경번의 남편답게 죽고 싶었다.

검은 구름처럼 몰려오는 왜군을 보며 예감은 했지만 역시나 결과는 좋지 않았다. 왜군의 수에 비해 턱없이 부족한 병력이었다. 요청한 지원병은 도착하지 않았다. 그날 밤, 김성립은 애초부터 지원

우아한 유령

병 같은 것은 올 수가 없는 상황임을 알고 있었다. 왜에 사신으로 다녀온 조정 사람들은 대체 무엇을 보고 온 것인지 한탄스러웠다. 아무리 왕이라 하지만 죽은 자의 집을 지키기 위해 수많은 병사가 죽어야 한다는 사실도 도무지 이해가 가지 않았다.

어쩌다 이 나라가 이렇게 되었을까? 왕은 후일을 도모한다며 북쪽 국경을 향해 도망을 가는 중이고 갈 곳 없는 백성들만이 아비규환 속에 갇혀 있다. 김성립은 몰려오는 왜군들을 지켜봤다. 병사들에게는 퇴각을 명령했지만 정작 그는 버티고 서 있었다.

그때 심상치 않은 기운을 품은 바람이 불어왔다. 경번은 바람을 참 좋아했는데 잘 도착했을까? 아내를 생각하자 눈물이 앞을 가린다. 그는 이를 악물고 참았다. 그들이 다가올수록 바람이 거세졌다. 그는 담담히 서 있었다. 모든 것을 내려놓은 마당에 구차하게 피하고 싶지 않았다. 아내도 그것을 바랄 것으로 생각했다. 죽음을 목전에 두면 알게 되는 것일까? 전율처럼 온몸을 스치듯 소름이 돋았다. 죽음이 자신을 겨누고 있음을 직감했다. 마치 이미 정해진 일이 시작되는 것처럼 이름 모를 누군가가 달빛 아래 홀로 서 있는 그를 향해 총을 겨누고 있었다. 그리고 엄청나게 밝은 빛의 덩어리가 그를 향해 달려들었다.

눈앞에서 섬광이 번뜩이는 순간 그는 죽음을 마주했다고 생각했다. 지금까지 일어난 모든 일이 정해져 있었던 것 같은 생각이 들자 그의 입가에 미소가 어린다. 아내와 함께했던 순간들이 주마등처럼 그의 눈앞을 스쳐 지나갔다. 예리한 바람이 귓가를 스치자 이제까지 경험해 보지 못한 고통이 느껴졌다. 그러나 총이 관통하는 아픔보다 더 그를 놀라게 한 것은 주변이 불타오르는 것처럼 불빛에 휩싸인 것이었다. 빛의 파편 속에서 수많은 별의 꼬리를 봤다. '하늘에서 별이 떨어졌나?' 그는 의식을 잃고 쓰러지며 그런 생각을 했다. 그는 다시는 눈을 뜨고 싶지 않았다. 경번이 없는 세상에서는 더는 살고 싶지 않았다. 이제 드디어 잊을 수 있는 건가? 그는 부서지는 별을 보며 생각했다.

"매형, 누님을 기억하십시오."

김성립의 귓가에 환청처럼 균의 목소리가 들렸다. 전란 중에 균과 그의 여인은 지금 어디로 향하고 있을까? 그녀가 균과 함께 무사히 북으로 향하길 바랐다. 그는 마침내 그녀의 마음을 알 것 같았다. 그의 눈가에 눈물이 흐른다. 이제야 모든 것이 끝나서 다행이라고 생각했다.

시간이 얼마나 지났을까. 김성립이 눈을 떴을 때는 낯선 왜군의 진영이었다. 당장 자결이라도 하고 싶었지만 그럴 수도 없었다. 다리는 총상으로 인해 이미 심하게 다쳐서 움직일 수도 없었고 혹시나 자해를 할까 봐 두 손은 결박된 채였다. 그는 자포자기의 심정으로 눈을 감았다.

그는 어찌 보면 다행스러운 일이라고 생각했다. 경번을 떠나게 한 것이. 만약 전란 중에 아내가 있었다면 단 한시도 마음 편히 있을 수 없었을 터이니. 가슴이 먹먹해진 그는 하염없이 눈물을 흘렸다. 죽음이 목전이라 생각하니 아내 경번이 사무치게 보고 싶었다. 죽기 전에 단 한 번만이라도 아내를 품에 안아 보고 싶었다. 바라는 것은 오직 그것뿐이었다. 그러나 불가능한 일이라는 것을 알기에 더 절망적이었다.

전쟁이 터지기 전 처남 균이 소식을 보냈다. 이제 걱정하지 않아도 된다고. 창을 통해 보이는 작은 별들이 무수히 박힌 밤하늘은 그의 마음처럼 암흑이었다. 그 암흑 속에서 빛나는 별들은 수십만 년 전의 빛이라고 계향이 말했다. 수십만 년을 달려 도착한 빛처럼 시간을 달려 아내에게 가고 싶었다. 그리움에 사무친 그는 고통스러움을 감춘 작은 목소리로 수없이 아내를 부르다 마침내 흐느끼며 울었다.

밖에서 발소리가 들렸다. 죽음이 가까워진 것일까? 김성립은 입을 굳게 다물었다. 인기척이 난 후 문이 열리며 승복을 입은 왜인이 들어왔다. 전장을 누비는 승려라니. 김성립은 형형한 눈빛으로 그를 응시했다. 그런 그에게서 이제는 꽃 선비의 흔적은 찾을 수 없었다. 상처받고 지친 남자, 죽음을 각오한 남자가 있을 뿐.

"좀 괜찮으십니까?"

왜의 승려가 유창한 조선어로 그에게 물었다.

"……."

"나는 승려 게이테츠 겐쇼입니다."

김성립은 대답하고 싶지 않았다. 죽이든 살리든 알아서 하라는 듯 무심한 눈빛으로 한 번 보고는 벽 쪽으로 고개를 돌렸다. 고니시 유키나가 휘하의 군대와의 싸움에서 대패하고 포로로 잡힌 신세라니. 그는 말없이 눈을 감았다.

나라 꼴이 엉망이 되고 백성이 도탄에 빠졌는데 그깟 왕릉쯤 아무래도 상관이 없었다. 죽어 나가는 백성이 수없이 많으니 목숨을 구걸하고 싶지도 않았다. 포로로 잡히면 일본으로 데리고 간다는 소문도 돌고 있지만, 지금의 몸 상태로는 가다가 길에서 죽을 것이 분명하니 그것 또한 걱정하지 않았다. 그저 부모님만이라도 무사하길 바랄 뿐이다. 새삼 어린 나이에 세상을 떠난 아들 희윤이 이 지옥 같은 전쟁을 겪지 않으니 다행이란 생각이 들어 웃음이 나왔다.

웃고 있지만 슬픔이 가득한 김성립의 모습을 왜승 게이테츠 겐쇼가 말없이 바라본다.

"부탁이 있소이다. 스님."

한동안 침묵을 지키던 그가 고즈넉한 음성으로 말했다. 그는 조선어가 아닌 일본어로 말했다. 왜승 게이테츠 겐쇼는 놀란 얼굴로 그를 봤다. 김성립은 일본인이라고 해도 손색이 없을 정도로 일본어가 유창했으며 심지어 상류층에서 사용하는 일본어를 구사했다. 대체 어디서 그는 일본어를 배웠을까? 궁금해진 왜승 게이테츠 겐쇼는 말로만 듣던 조선 사대부의 품격을 오롯이 느끼게 하는 선비

우아한 유령

김성립을 말없이 응시했다.

"무엇이든지……."

승려라기에는 눈빛이 강해 장수처럼 보이는 게이테츠 겐쇼는 중상이라 몸도 움직일 수 없는 김성립을 보며 고개를 끄덕였다.

그는 김성립을 살리고 싶었다. 이 수려한 외모의 조선 남자에게 궁금증이 생겼다. 가슴에 시를 품고 전쟁에 참여하다니. 어쩐지 비극적인 아름다움을 감추고 있는 것 같아 흥미가 생겼다. 시를 품고 칼을 들고 다니는 아름다운 외모의 선비라는 사실만으로도 궁금증을 더하는데 지니고 있던 시는 그를 더 놀라게 했다.

김성립이 품고 있던 시는 탁월한 재능을 가진 사람만이 쓸 수 있는 문장이었다. 본인이 쓴 것 같지는 않았다. 글씨는 남자처럼 호방한 기운이 있으나 자필서명을 '초희'라고 한 것을 보면. 추측하건대 연인 또는 아내임이 분명했다.

게이테츠 겐쇼는 시를 쓴 이를 만나 보고 싶었다. 혹여 전란 중에 죽거나 다쳐서 이 젊은 남자를 슬프게 하는 일은 없었으면 좋겠다는 생각도 했다.

처음 김성립을 발견했을 때 온몸이 피투성이였다. 의식을 잃어 가면서도 그는 누군가를 계속 찾았다. 초희라고 했다가 경번이라고도 했다. 그는 왠지 그런 김성립을 죽게 내버려 두고 싶지 않았다. 왜승 게이테츠 겐쇼는 자신과 함께 전쟁에 참여한 의원이자 별을 보고 점을 치는 친구 야나기에게 무조건 살리라고 했다. 그때 야나기는 김성립의 손바닥을 살피더니 장담했다. 이 사람은 절대 죽지 않을 것이라고.

승려로 전쟁에 참여한 게이테츠 겐쇼는 고니시 유키나가 휘하의 참모였다. 그는 훗날 조선과의 화해를 시도하며 외교 막후에서 활약하게 되는 중요한 사람이었다. 그가 무슨 수를 써서라도 김성립을 살리라고 한 이유도 훗날을 생각해서였다.

"죽여 주시오. 그 은혜는 잊지 않겠소."

김성립은 살기를 포기한 사람처럼 담담히 말했다.

게이테츠 겐쇼는 슬픔이 가득한 김성립의 눈을 보며 세상의 슬픔이 이 남자의 눈에 가득 들어 있다고 생각했다.

"죽여 주면 은혜를 잊지 않겠다니. 아니 될 말이지요. 그건 들어줄 수 없습니다. 공은 나와 함께 일본으로 갈 것입니다. 아마도 그것이 공의 아내 혹은 연인이 원하는 일일 수도 있습니다. 사람은 살아야 만날 수도 있고, 원망할 수도 있고, 그리워할 수도 있는 것입니다."

"세상에 없는 사람입니다. 제 아내는."

한동안 입술을 지그시 깨물고 있던 김성립의 눈가에 눈물이 맺히더니 참지 못하고 대성통곡을 한다. 큰 부상을 입었는데도 의연함을 잃지 않고 꼿꼿한 자세를 유지하던 그를 한순간 무너뜨리고 이토록 애통하게 하는 연인은 도대체 어떤 사람일까? 혹시 가슴에 품고 있던 시를 쓴 사람이 아내가 아닐까? 그런 생각을 하며 게이테츠 겐쇼는 말없이 그의 울음이 그치기를 기다렸다.

그는 당나라 여류시인 설도의 시를 떠올렸다.

風花日將老 佳期猶渺渺 不結同心人 空結同心草.

꽃잎은 하염없이 바람에 지고 만날 날은 아득타 기약이 없네. 무어라 맘과 맘을 맺지 못하고 한갓되이 풀잎만 맺으려는고?

게이테츠 겐쇼는 한때 자신도 경험했던 번뇌에 사로잡힌 이 슬픈 조선 남자의 내력이 궁금해졌다. 나라가 위기에 처하자 의병을 일으켜 전쟁터에 나온 의병장이기 전에 전형적인 조선 사대부 가문의 기품 있는 선비였고 사랑하는 이의 지아비였을 남자, 더구나 야나기가 말한 그 '유성의 남자'라면 말이다.

그는 김성립의 범상치 않게 아름다운 모습을 심란한 눈빛으로 바라봤다. 달빛 아래 그는 상처투성이지만 처연한 아름다움이 있다. 헝클어진 머리는 밤바람에 날리고 날이 선 콧날은 음영이 뚜렷하다. 선비의 나라인 조선에서 그는 어떤 사람이었는지 궁금했다.

천문학에 능한 야나기는 12월, 쌍둥이자리에서 또다시 우성우가 내린다고 했다. 그의 관측에 의하면 그 유성우가 가장 많이 내리는 곳이 조선 땅이었다. 야나기가 전쟁에 참여하는 이유도 바로 그것 때문이었다. 게이테츠 겐쇼는 그의 천문학적 관측을 다 믿는 것은 아니지만 왠지 이번에는 믿고 싶었다.

야나기가 예측한 대로 총공격이 시작되던 날, 대유성우가 내렸다. 유성우의 파편이 스치며 만든 빛의 바닷속에서 살아 나온 사람은 김성립이 처음이다. 점성술에 능한 야나기는 김성립이 별의 운명을 타고난 사람이라며 31년마다 주기적으로 큰일을 겪을 것이라고 했다. 김성립에게 이번 일은 시작에 불과하며 앞으로 그가 어떤 능력을 갖추게 될지 지켜보고 싶다며 흥분했다. 게이테츠 겐쇼 역시 김성립에게 일어날 일들이 궁금했다.

　며칠째 김성립은 식음을 전폐하고 있다. 그런데도 신기하게 그의 상처는 빠른 속도로 회복되고 있었다. 점성술에도 능하지만 의술 또한 일가견이 있는 야나기도 그의 빠른 회복에 놀랄 정도였다. 그의 상처는 아무는 것이 아니라 서서히 원래의 상태로 돌아가는 것처럼 보였다. 야나기는 유성 탓이라고, 별빛 속에서 되살아난 자는 죽지도 못한다고 예언처럼 중얼거렸다. 그러나 게이테츠 겐쇼는 그 말이 얼마나 잔인한 말인지 당시에는 알지 못했다.

　어느 순간부터 김성립은 마음을 고쳐먹었는지 붓과 벼루와 종이를 구해 달라고 했다. 포로로 잡혀 있는 동안 김성립은 아내의 시를 보고 또 봤다. 그는 날마다 기억을 되살려 아내가 그에게 전했던 시를 적어 내려갔다. 작은 방이 온통 종이로 가득 찼다. 김성립의 방에 들른 게이테츠 겐쇼는 그가 적어 놓은 시를 우연히 보게 되었다. 한 수 한 수 감탄을 금할 수 없는 시였다. 특히 그가 <유선사>와 함께 지니고 있던 〈채련곡〉은 규중의 여인이 쓴 시라고 보기엔 당돌

　　　　　　　　　　　　　　　　　　우아한 유령

하고 솔직했다. 살아 있다면 부부를 함께 데리고 가고 싶다는 생각이 들 정도로 탐나는 재능이었다. 그는 시로 가득 찬 방 안을 둘러보며 감격했다. 살아생전에 이런 글들을 만날 수 있으니. 그는 얼굴도 모르는 여인을 위해 합장하며 기도했다. 김성립은 슬프게 부정하나 부디 어디에선가 살아 있기를.

잠시 자리를 비웠던 김성립이 들어왔다. 그는 게이테츠 겐쇼에게 가벼운 예를 갖춘 후 자리에 앉았다.

"김공, 결심은 하셨습니까?"

"살아갈 면목이 없는 사람이니……."

김성립은 쓸쓸한 얼굴로 방 안을 둘러보며 말했다.

"돌아가면 부인의 시를 정리해 책을 낼 수 있게 돕겠습니다."

"어찌?"

"잠시 자리를 비운 사이 허락도 없이 시를 보았습니다."

"……."

김성립은 조용히 눈을 감은 채 생각에 잠긴다. 그의 긴 속눈썹이 가늘게 떨린다.

게이테츠 겐쇼는 김성립에게 일본으로 갈 것을 제안했다. 이미 조선 땅에서는 죽은 사람이기에 그 답을 기다리는 중이다. 조선 선비의 기개나 임금에 대한 충정을 생각한다면 김성립이 그의 제안을 받아들일 리가 없지만, 훗날을 기약하려면 그는 반드시 김성립이 필요했다.

　게이테츠 겐쇼는 승려이지만 누구보다 조선의 문화와 사정에 밝았다. 오랫동안 그는 조선의 사대부들과 우호적인 관계를 이어 왔다. 조선통신사가 일본에 오면 그는 이름난 선비들을 청해 시와 글을 주고받았다. 말하자면 조선통인 그는 그 인연으로 자청해 종군승려로 전쟁에 참여했다.

　훗날 그는 퇴계 이황의 제자인 조선의 선비, 김학봉으로부터 〈증왜승현소〉라는 시를 전해 받을 정도로 조선과의 인연을 이어 갔다. 물론 그렇게 되기까지 막후에서 큰 역할을 한 신비의 인물이 있었다. 조선의 그 누구도 예측하지 못한 신비스러운 존재가 바로 김성립이었다.

　왜는 전쟁은 언젠가는 끝이 날 것이고 조선 뒤에 명나라가 있는 한 이길 수 없다는 것도 처음부터 잘 알고 있었다. 그렇다면 훗날을 위해 조선을 잘 아는 누군가가 절대적으로 필요했다. 이전부터 조선과 명나라 사이에서 외교적 역량을 발휘해 온 그는 김성립이 그 적임자라고 확신했기에 포기하지 않았다.

　그러나 단지 그 이유만은 아니었다. 게이테츠 겐쇼는 그 모든 것을 떠나서 김성립을 일본으로 데려가 새로운 삶을 살게 하고 싶었다. 사랑의 곤혹스러움과 슬픔을 경험해 본 그는 누구보다 멀리 떠 있는 달을 하염없이 바라보는 것 같은 김성립의 눈빛을 두고 볼 수가 없었다. 그는 한 번도 만나 보지 못한 그의 아내인 경번의 글에 매혹되었기에 그녀가 분명 사랑했을 남자, 김성립을 도와주고 싶었다.

언젠가 야나기가 그에게 물었다. 왜 하필이면 김성립이냐고. 그 때 게이테츠 겐쇼는 밤하늘의 별을 보며 담담한 목소리로 말했다.

"굳이 왜냐고 묻는다면, 전생의 연이 이제야 닿았다고나 할까? 세상의 빛이 사라져 저 밤하늘처럼 어둠 속에 갇힌 남자에게 별을 찾아 주고 싶습니다."

모든 것은 게이테츠 겐쇼의 생각대로 됐다. 일본으로 건너간 김 성립은 교토에 은거하면서 전후 조선과 일본의 관계 회복에 막후 역할을 해냈다. 대륙의 끝에 붙어 있는 조선과 섬나라인 일본은 함 께 갈 수밖에 없는 운명이며 서로 적대적인 것은 도움이 되질 않는 다는 것이 그의 생각이었다. 그의 문장을 보고 조선인임을 직감한 조선의 사신, 김학봉만 막후 책사에 대해 의문을 품고 만나고자 백 방으로 노력했으나 게이테츠 겐쇼는 철저히 비밀에 부치고 김성립 을 보호했다.

일본에서 김성립은 아무것도 원하지도 탐하지도 않았다. 그는 오직 지식인의 양심과 전란 속에서 조선 백성의 비참함을 직접 눈 으로 본 관리의 견해를 고수하며 동족을 위해 최선을 다했다. 이미 그는 백성을 두고 먼저 피난을 가 버린 선조에게 맹목적인 충성을 바치는 신하가 아니었다. 그는 일본에도 조선에도 속하지 않은 사람으로 존재하고자 했다. 그랬음에도 불구하고 일본에 끌려온 조선인들을 고국으로 돌려보내기 위해서는 무진 애를 썼다. 그 덕분에 많은 조선인이 고향으로 돌아갈 기회를 얻었다. 그러나 그는 한 번도 조선에서 온 사신들 앞에 모습을 드러내지 않은 채 철저히 왜승 게이테츠 겐쇼의 그림자로 지냈다. 김성립은 그것만으로 만족했고 그것이 떠나온 조선에 지킬 수 있는 예의라고 생각했다.

조선에서 온 사신들은 베일 속 막후의 존재가 중국과 조선의 정치에 밝으며 탁월한 교양과 학식을 갖춘 일본 귀족 출신이라고 추측할 뿐이었다. 더구나 그 일본 귀족은 사신들을 통해 특이하게도 조선에 남아 있는 허난설헌의 시집을 찾고 있는데 비싼 값을 주고 사들인다는 소문이 돌 정도로 장안의 화제였다. 그 뒤에는 게이테츠 겐쇼와 묘령 책사가 있다고 조선 조정에 알려졌지만 더는 알 수 없었다.

균도 떠도는 소문을 들었다. 그는 게이테츠 겐쇼와 함께 움직인다는 묘령의 책사가 유난히 조선의 사정에 밝다는 것과 누님의 시들을 사들인다는 점에서 잠시 김성립을 의심했지만, 그는 이미 전사한 것으로 알고 있기에 더는 의심하지 않았다. 더구나 그의 성정을 볼 때 포로로 잡혔어도 자진을 할망정 일본으로 갈 사람은 아니라고 믿었다. 그러나 그 막후의 책사가 설혹 매형인 김성립이라고 해도 상관은 없었다. 사랑하는 아내가 없는 세상에서 살기 싫었을 터이니.

우아한 유령

그는 계향과 함께 왜승 게이테츠 겐쇼가 머무는 처소를 찾았다. 전란을 겪고 난 후 계향은 몸이 쇠약해져 있었지만 그를 따라나섰다. 그는 사랑이 가득한 눈빛으로 계향을 봤다. 그녀는 먹색 치마에 짙은 보랏빛 저고리를 입었다. 비 온 후 수국처럼 서늘하고 청아했다. 그러나 얼굴은 오랜 전쟁을 겪은 후 제대로 건강을 돌보지 못해 유난히 창백했다. 그런 탓인지 큰 눈은 더욱 깊어졌고 얼굴의 윤곽은 뚜렷해 전보다 아름답기는 하나 위태로워 보여서 순간 균은 가슴이 철렁한다.

균이 안쓰러운 마음에 계향의 손을 가만히 잡았다. 그러자 계향이 웃으며 그의 어깨를 쓰다듬었다. 계향의 얼굴에 한줄기 시원한 바람이 스치듯 웃음이 어린다. 웃을 때마다 콧등에 그려지는 작은 주름들조차도 사랑스러워 균은 마음이 흔들렸다.

"왜 그렇게 보십니까?"

"음……. 이처럼 아름다운 사람이 있을까 싶어서 그럽니다."

"그것은 여견이 늘 하던 말 아닙니까?"

그는 단호하게 자르듯 말하는 계향의 어투가 좋아서 빙그레 웃는다.

"혹시 누님의 시집을 사들인다는 이가 매형일까요?"

"여견이라고 한들 어떻고, 아닌들 어떻습니까?"

계향은 별일 아니라는 듯 웃으며 말했다. 균은 그런 계향이 신기해서 물끄러미 바라보다가 한숨을 내쉬었다. 틀린 말은 아니었기 때문이다. 왕이 백성을 버리고 도주했던 마당에 선비가 일본으로 가 버렸다고 한들 문제가 될 것이 없다.

"그렇지요. 그는 선정릉을 사수하다 장렬히 전사했지요. 전란 중에 왕의 묘가 뭔 대수라고 수많은 사람이 지키다 몰살을 당하다니. 쯧쯧쯧."

균은 허망한 마음을 감출 길이 없었다. 심지어 전란으로 폐허가 되다시피 한 이 나라 조선에 희망이 있는지 의구심이 들 정도였다. 계향이 말하는 새로운 세상은 너무나 멀리 있었다. 모두가 평등한 세상, 신분이 아니라 개인의 재주만으로 평가받는 세상 말이다.

며칠 전 그는 왜승 게이테츠 겐쇼에게 은밀히 사람을 보냈다. 찾고 있는 허난설헌의 책 중에서 보여 줄 것이 있다고. 그러자 놀랍게도 게이테츠 겐쇼 측에서 되도록 빨리 만났으면 한다며 즉시 사람을 보냈다.

얼마쯤 기다렸을까? 왜인 복장을 했지만, 조선인임이 분명한 남자가 그와 계향을 방으로 안내했다. 전형적인 왜식으로 꾸며진 방이었다. 간결하고 군더더기가 없었다. 유일한 장식이라면 누님이 사랑하던 작약 한 송이가 꽂힌 백자 화병이 창가에 놓인 것이 전부였다.

균과 계향이 앉은 후 얼마 되지 않아 검은 승복을 입은 남자가 들어섰다. 그가 바로 유명한 왜승 게이테츠 겐쇼였다. 균과 계향은 자리에서 일어났다. 그는 둘에게 정중하게 자리를 권했다. 스님이라고 하기보다는 사무라이 분위기가 더 강해 보이는 그는 이미 알고 있다는 듯 부드러운 미소를 입가에 지으며 정중하게 인사를 했다. 균 역시 최대한 예를 갖춰 인사를 했다.

균은 예리한 눈빛으로 슬쩍 왜승 게이테츠 겐쇼를 살폈다. 승복을 입은 그는 그저 단순하게 부처를 모시는 사람이 아니었다. 균처럼 명민한 사람도 한 번 더 생각하게 만드는 눈빛이었다. 보통 수완가가 아닌 것이 분명했다. 순간 균은 생각했다. '이 사내는 특별한 사람이다. 그 뒤에는 분명 죽은 김성립이 있을 것이다.'

게이테츠 겐쇼는 균과 동행한 계향을 보며 옅은 미소를 지었다. 계향 역시 가는 한숨을 내쉬며 웃었다. 그녀는 먹색 치맛자락을 감싸며 모든 것을 알고 있다는 듯 자신을 바라보는 왜승의 눈빛을 피하지 않았다. 계향의 당돌한 눈빛에 게이테츠 겐쇼는 짐짓 당황했다. 그녀에게서 느껴지는 파장이 만만치 않았기 때문이다.

게이테츠 겐쇼는 두 사람에게 차를 권했다. 차를 한 모금 마신 후 잠시 생각에 잠긴 균의 얼굴을 게이테츠 겐쇼가 물끄러미 바라본다. 수도자로 살아온 그의 눈에는 균의 앞날이 보이는 듯하다. 절대 평범하지 않은 인연으로 만난 두 사람의 운명이 앞으로 어떻게 펼쳐질지는 앞에 앉은 여인에게 달렸다는 것을 그는 알고 있었다.

전란 후인데도 불구하고 질이 좋은 차를 구할 수 있다는 사실이 놀라웠지만, 균은 묵묵히 차를 마셨다. 그리고 찻잔을 조용히 내려놓은 후 작심하고 가지고 온 누님의 시집을 꺼내 그에게 건넸다. 전란 후 그가 누님을 기억하기 위해 만들었기에 아직 세상에 알려지지 않은 책이었다.

"음, 이리 귀한 걸 주시다니. 어떻게 대가를 치러야 할지?"

"필요 없습니다. 누님의 글을 팔 생각이 아니니. 그저 귀국에 가지고 가셔서 알려 주시기만 하면 됩니다. 묻고 싶은 것이 있어서 먼저 소식을 넣었습니다."

"음, 왜 허난설헌의 시와 문집들을 사들이냐는 말씀이십니까?"

게이테츠 겐쇼가 완벽한 조선어로 물었다. 균은 그를 잠시 바라보다가 결심한 듯 말했다.

"누님의 시는 제가 간직하고 있는 것 외에는 조선에 남아 있는 것이 별로 없습니다. 그런데도 굳이 찾으시는 이유가 달리 있으십니까?"

"제가 좋아서 사들이는 것입니다. 전란 중에 한 선비의 품속에서 발견한 것이 계기가 됐다면 답이 되겠습니까?"

"아, 못 할 짓이로구나."

균이 짧게 탄식하며 시선을 창가로 돌렸다. 작은 백자 화병에 담긴 작약 한 송이가 눈이 들어왔다. 그 모습이 매형의 처지처럼 적막하고 슬퍼 보였다. 한동안 그는 눈물이 그렁그렁한 채 작약을 바라보더니 찻잔을 천천히 든다. 그의 입가가 슬픔으로 흔들렸다.

누님의 시를 품고 죽음에 직면한 매형은 어땠을까? 그 마음을 균은 짐작할 수조차 없다. 그러나 그의 형언할 수 없는 슬픔이 꽃으로 전해지는 듯해 지그시 입술을 깨물었다. 곁에서 균을 지켜보던 계향이 말없이 그의 등을 쓰다듬는다.

"아는 분이십니까?"

게이테츠 겐쇼는 애써 차를 마시며 눈물을 삼키는 균을 보며 물었다.

"매형입니다. 누님의 시를 가지고 있었다면……."

균이 허망한 듯 한숨을 쉬며 또다시 입술을 깨물었다.

"묻지 않으십니까?"

"……."

균은 대답하지 않았다. 그러곤 말없이 누나의 시집을 쌌던 붉은 보자기를 접어서 왜승 게이테츠 겐쇼에게 건넸다. 그는 반가에서만 쓰는 질 좋은 붉은 비단 보자기를 조심스럽게 펼쳤다. 그가 익히 알고 있는 시가 적혀 있었다. 잠시 붉은 비단에 적힌 시를 물끄러미 바라보던 그는 담담하게 말했다.

"소승이 반드시 주인에게 전해 드리겠습니다. 따로 전하실 말씀은?"

그는 이미 균의 마음을 읽었다.

"이미 알고 있을 것입니다."

균이 마음 비워 낸 듯 다 마신 찻잔을 내려놓았다.

그는 다행이라고 생각했다. 조선의 선비로 죽지 않고 살아 있으니 그것만으로 족하다고.

게이테츠 겐쇼는 일본에서 김성립의 후견인 역할을 자처했다. 조선의 선비 김성립에게 운명적인 책임감을 느꼈기 때문이다. 교토에서 은둔자처럼 살아가던 김성립과의 우정은 그가 입적할 때까지 이어졌다. 그가 죽기 전 김성립에게 남긴 말은 소멸을 위해 그가 견디어야 할 외롭고 쓸쓸한 시간을 생각하면 가슴이 아프지만 확실한 것은 별의 인연은 반드시 이어지게 되리라는 것이었다.

게이테츠 겐쇼가 떠난 후 김성립의 인생은 그야말로 쓸쓸했다. 그는 오백여 년의 긴 시간을 기다리고 또 기다렸다. 그의 시간과 경번을 만나는 시간을 기다리는 동안 그는 18세기에는 하이쿠와 그림에 능했던 요사부손의 친구로 살았고 19세기에는 프랑스 인상주의 화가들의 작품에 영향을 준 판화가로 살기도 했다. 그는 그림을 그리고 시를 지으며 그 긴 시간을 견디어 온 것이다. 1593년 이후 그의 시간은 무거웠으며 한없이 슬펐다. 그러나 아무도 몰랐다. 그 긴 시간의 두려움을. 김성립은 오로지 시간의 갑옷만을 걸친 채 그 긴 시간의 두려움과 도무지 끝날 것 같지 않은 슬픔과 그리움의 세월을 인내했다.

1711년, 김성립은 아내의 흔적인 시와 산문을 모아서 조선을 오가던 상인 분다이야 지로를 통해 《난설헌집》을 출간했다. 그녀의 시는 당시 일본인들 사이에서 애송되며 《난설헌집》은 지금으로 따지자면 베스트셀러가 되었다. 그녀의 시집을 필사해서 보느라 종잇

값이 갑자기 올랐다는 소문이 돌 정도였다. 그런 반가운 소식이 들려올수록 그는 곁에 없는 경번이 더욱더 그리웠다. 경번을 보내기로 하던 날 슬프게 웃던 계향이 그에게 알 수 없는 말을 했다.

"If Winter comes, can spring be far behind?"

오랜 시간이 흐른 후 그것이 퍼시 B. 셸리의 시, 〈Ode to the West Wind〉의 한 구절이었음을 알게 됐다. 계향은 이미 알았던 것일까?

김성립은 '제멋대로이며, 거만한 시간'이 지나가길, 경번의 시와 산문을 평생토록 간직한 채 기다렸다. 아내가 존재하는 시간은 점점 그에게 다가오고 있었다. 별이 궤도를 찾아 돌아오듯. 그는 시간을 달려서 그녀에게 도착할 시점을 찾고 있다.

그가 조선의 시간에 머무르던 때, 경번을 보내기로 결정한 후 처남 균에게 계향을 한번 만나게 해 달라고 부탁을 했다. 한 번도 본 적이 없는 미래에서 온 여인 계향을 만나서 전하고 싶은 말이 있었기 때문이었다. 균은 서로 성향이 달랐던 매형과 의견일치를 본 것은 처음인지라 시원스럽게 그러겠다고 약속을 했다.

정확히 삼 일 후 균은 계향을 데리고 그가 머무는 산사로 찾아왔다.

"이 사람이 계향입니다."

김성립은 경번이 3월을 닮았다면 앞에 서 있는 이 여인은 10월을 닮은 여인이라고 생각했다. 그는 더할 나위 없이 고혹적이지만 날카로운 그녀의 눈빛과 마주친 순간 규방에서만 살 여인은 아니라는 것을 직감했다. 과연 조선 천지에서 재주 하나만으로는 대체불가인 처남이 사랑할 만한 여인이었다.

"뵙겠습니다."

계향이 씩 웃으며 당당하게 손을 내밀었다. 그 모습이 너무 자연스러워 당황한 김성립은 처남 균을 먼저 봤다.

"21세기에는 만나면 그렇게 한답니다. 남녀 구별 귀천이 없는 세상이랍니다. 매형, 그냥 가볍게 손을 잡으세요."

호방하게 웃으며 계향을 바라보는 균의 얼굴에 연모의 정이 가득하다. 오죽했으면 묘령의 여인에게 빠져서 요즘은 기방 근처도 안 간다고 소문이 났을까. 두 연인이 부러운 김성립의 얼굴에 쓸쓸함이 가득하다.

김성립은 계향의 손을 가볍게 잡았다. 그러나 여인은 그의 손을 꽉 잡고 흔들었고 당황한 김성립은 두 번 놀라 여인을 봤다. 첫 번째는 거침없이 그의 손을 잡고 흔들었던 것 때문이고, 두 번째는 여인의 손이라기에는 좀 거칠어서였다. 다시 깊이를 종잡을 수 없는 검은 눈과 마주쳤다. 빨아들일 것처럼 당돌한 눈빛이었다.

그를 뚫어질 듯 보던 계향이 갑자기 입꼬리를 살짝 틀며 웃더니 잡고 있던 손에 다시 힘을 주는 바람에 김성립은 또다시 깜짝 놀랐다.

우아한 유령

"준비는 되셨습니까?"

부드럽지만 단호하고 낮은 목소리다. 이 정도면 호락호락한 여자일 리가 없다고 김성립은 생각했다. 그는 다시 처남인 균을 봤다. 싱글싱글 웃고 있던 그는 눈빛으로 대단한 여인이 아니냐고 묻고 있었다.

"살릴 길이 그것밖에 달리 없으니……."

재빨리 손을 뺀 그가 슬픈 얼굴로 하늘을 보며 말했다.

"균은 누님을 사랑합니다."

계향이 스스럼없이 처남의 이름을 부르는 것을 보고 김성립은 놀라서 균을 봤다.

"21세기 풍조랍니다. 저는 아주 마음에 듭니다."

지켜보던 균이 껄껄 웃으며 말했다.

"경번에겐 맞춤인 세상이겠습니다."

그렇게 말하며 웃는 김성립의 눈에 또다시 깊은 슬픔이 어린다.

"그럼 매형, 이야기 나누시지요. 저는 잠시 바람을 즐겨보겠습니다."

균은 매형 김성립과 계향을 뒤로 한 채 옥빛 도포 자락을 바람에 날리며 암자 근처의 대나무 숲 사이로 휘적휘적 사라졌다. 계향은 잔잔한 미소를 띤 채 그의 뒷모습을 바라봤다. 김성립은 그녀의 눈빛에서 처남 균을 향한 사랑을 봤다.

"균을 많이 사랑하십니까?"

"그 맘은 누구보다 더 잘 아시잖습니까?"

팔짱을 낀 채 산 아래 구름을 보던 계향이 담담히 말했다.

당돌한 그녀의 질문에 김성립은 나지막하게 한숨을 내쉬며 경번이 없는 세상을 생각했다. 생각만으로도 그 슬픔과 적막함이 느껴진다. 그러나 견디기로 마음먹었다.

다홍과 연청회색으로 물들고 있는 산자락을 꿈꾸는 것 같은 눈빛으로 바라보던 그녀가 웃는다. 그러곤 짧은 한숨을 쉰다. 잠시 생각에 잠겨 있던 그녀가 소매 안에서 무언가를 꺼내서 김성립에게 건넸다.

"받으시지요. 공에게는 필요할 것입니다."

김성립은 얼결에 색이 검은 것이 꼭 작은 휴대용 벼루를 같은 물건을 받았다. 살펴보니 유리처럼 반짝인다. 김성립은 무엇에 쓰이는 물건이냐는 얼굴로 계향을 봤다.

"제게는 필요가 없습니다."

처음으로 그녀가 해맑게 웃었다.

"대체 이것이?"

"앞으로 영영 못 볼 얼굴이니······."

그녀가 다가와 손으로 쓱 밀자 마법처럼 검은 유리판이 환해지며 경번의 얼굴이 나타났다. 그에게는 오래전부터 보여 준 적이 없는 웃는 얼굴이다. 바라보는 그의 얼굴에 미소가 번진다.

우아한 유령

"이 물건은 핸드폰이라고 하지요. 당분간은 대책 없는 그리움을 다스리기에 적합할 것입니다. 그러나 그것도 허상이라 언제가 그 또한 사라지게 될 것입니다. 세상의 모든 것이 다 그러하지요."

도무지 알 수 없는 이야기지만 그는 경번의 활짝 웃는 얼굴을 처음 보는 것이라 한동안 홀린 듯 바라보았다.

"그곳에서라면 경번이 행복하겠습니까?"

김성립이 계향에 물었다.

계향은 21세기라면 배우를 했어도 좋을 만큼 아름다운 남자를 물끄러미 봤다. 한 여인에 대한 사랑 때문에 평생을 고적하게 살아야 할 테니 말이다.

"타고난 저마다의 능력으로 사는 세상이니 경번에게는, 이곳보다 나을 것입니다. 죽는 것보다야. 아니 그렇습니까?"

"그렇지요. 고맙습니다."

"그것은 드리겠습니다. 이제 저의 세상은 아니니."

계향은 말없이 그가 들고 있는 핸드폰을 보며 말했다. 그녀의 눈빛이 어느새 아련해진다.

"그래도 쓸 데가 있을 터인데……."

"없습니다. 이젠."

그녀가 단호한 어조로 말했다.

김성립의 눈에는 그녀가 평생 슬픔을 옷처럼 입고 사는 사람처럼 여겨졌다. 그는 자신과 별반 다르지 않은 것 같은 삶을 사는 그녀에게 깊은 연민을 느꼈다.

"아마도 그것이 공에게 도움이 될 날이 올 것입니다."

계향이 고즈넉한 눈길로 먼 곳을 보며 말했다. 그러나 김성립은 그 의미를 그때는 미처 알지 못했다.

그날 이후 그는 그리움이 넘쳐흐르면 16세기의 그에겐 경이로운 물건인, 핸드폰 속의 경번의 사진을 가끔 보곤 했다. 전쟁터에서도 핸드폰을 지니고 있었다. 그리고 어느 날 푸른빛이 사라지면서 그는 다시는 경번의 사진을 볼 수 없게 되었다. 딱 한 번 유성의 빛에 휩싸인 후 잠시 볼 수 있었지만, 그 이후로 그런 기회는 오지 않았다.

우아한 유령

5.

꽃이

붉다고
한들

21세기에서 김성립은 일본의 유명 배우 '사카구치 켄타로'로 13번째의 삶을 살고 있었다. 수많은 모래시계를 반복해 뒤집듯이 시간을 뒤집으며 죽어 가는 모든 것들을 경외하면서 그는 기다리고 또 기다렸다.

그가 경번을 찾을 수 있던 것은 계향의 말했던 것처럼 핸드폰 덕이었다. 그는 오랜 시간 동안 간직하고 있던 낡은 핸드폰의 모델이 나오기를 기다렸다. 드디어 계향이 지니고 있던 것과 같은 기종의 애플 핸드폰 신형이 나왔다.

핸드폰을 충전하는 시간이 오백 년보다 더 길게 느껴졌다. 애플이 만들어지고, 2007년 아이폰이 세상에 나오자 그는 드디어 때가 오고 있음을 직감했다. 그리고 여러 해 동안 새로운 기종이 나올 때마다 그는 기다렸다. 마침내 계향이 가지고 있던 핸드폰이 출시되던 날, 얼굴이 알려진 배우임에도 불구하고 그는 새벽부터 매장 앞에 줄을 섰다. 신형 핸드폰을 구하기 위해 줄을 서 있는 사람들 속에 있는 그의 사진이 인터넷상에 퍼지면서 순식간에 화제가 됐다. 그는 어떤 코멘트도 하지 않은 채 새 핸드폰과 함께 잠적했다.

그 바람에 네티즌들 사이에서 알고 보니 사카구치 켄타로가 애플 마니아였다고 난리가 났다. 새벽부터 애플 매장 앞에서 기다리고 있는 동영상이 퍼지는 바람에 결국 그는 광고모델을 했던 핸드폰 회사에 거액의 위약금을 배상해야만 했다. 거액의 위약금 배상 판결을 받고 법정에서 나오는 그에게 기자가 물었다. 왜 애플을 좋아하냐고. 정장 차림의 그는 누구나 반할 만한 눈부신 미소를 지으며 말했다.

"드디어 봉인된 그리움을 해제할 수 있기 때문입니다."

그 이후로 '봉인된 그리움을 해제할 수 있는 핸드폰'이라고 해서 그가 산 모델이 품절이 되는 소동이 벌어졌다. 정치적인 소신과 재능을 겸비한 배우이면서 독신이고 하이쿠 시인인 그가 가진 소비자 장악력은 대단했기 때문이다. 그러나 정작 본인은 신경 쓰지 않는 눈치였다. 그는 공식적으로 사과했고 거액의 위약금도 물어 주었다. 오히려 그의 담담함과 솔직함이 주목을 받았다. 배우로서의 재능과 원탑이라고 할 만큼 독보적인 미모를 자랑하니 광고주들이 그를 잡지 못해서 야단법석이었다. 일명 '켄타로급 멋짐 주의보 발령'이란 유행어가 생길 정도였다. 그림이면 그림, 패션이면 패션 어

우아한 유령

느 것 하나 빠지지 않는다고 해서 그는 초인류군이라고 불렸다. 그러나 그의 사생활은 완전히 베일에 가려져 추측만 난무할 뿐 정확히 밝혀진 것은 아무것도 없었다. 더구나 그는 유일하게 해 오던 핸드폰 광고 하차 이후 광고모델은 사절했다.

갑작스러운 잠적으로 인해 그에게는 '오래된 우아함을 걸친 남자'라는 수식어가 따라다녔다. 그도 그럴 것이 그는 도무지 시대에 구애받지 않는 사람처럼 살고 있었다. 마치 수만 년을 살아온 사람처럼 고요하고 잠잠했다. 무엇에도 흔들리지 않는 삼나무처럼 담담히 서 있을 뿐이다.

평론가는 헤이안 시대를 대표하는, 무라사키 사사부의 소설《겐지 이야기》를 영화화한 작품의 주인공 사카구치 켄타로를 보고 '품격 있는 오만함과 백 년에 한 번 나올까 말까 한 우수에 찬 눈매의 그는《겐지 이야기》속의 미남자 겐지의 현신이다'라고 평했다.

그러나 꽃이 절정일 때 이별을 예감한다고 했다. 인기가 높아갈수록 김성립은 그 시간이 가까워져 오고 있음을 직감했다. 왜승 게이테츠 겐쇼가 입적하기 전에 그에게 유언처럼 남긴 말이 있었기 때문이다.

"벚꽃 아래는 무덤이 있다는 말이 전해져 옵니다. 아름다운 시절도 결국은 죽음과 닿아 있다는 이야기지요. 공은 그것만 기억하십시오. 외롭고 쓸쓸한 생이지만 본디 인생이란 그렇습니다. 인생은 바람과 같아서 마음이란 것이 없습니다. 운명이 걸쳐 준 옷을 입고 걷다가 때가 되면 벗어 주고 갈 길을 갈 뿐. 그 무정한 마음을 탓해 뭐 하겠습니까?"

말 그대로 김성립은 《겐지 이야기》로 또 한 번 스타덤에 올랐다. 그러나 왜승 게이테츠 겐쇼의 유언 같은 말을 기억하고 있기에 그는 어떤 상황에서도 흔들리지 않았다. 그는 화려한 연예계에서 자신의 수행자 같은 존재감이 커질수록 '벚꽃 아래는 무덤이 있다.'라는 말을 잊지 않았다.

《겐지 이야기》 속의 주인공을 완벽하게 살려낸 그가 어떤 여배우와도 스캔들을 일으키지 않는 탓에 그는 '퇴폐미 속에 우아함이 깃든 금욕주의자'라는 수식어를 달고 다녔다.

김성립이 일본이 자랑하는 장편소설인 《겐지 이야기》의 주인공 '히카루 겐지' 역할을 하기로 한 이유는 작가가 무라사키 시키부였기 때문이다. 작가는 경번처럼 여인이었고 일본 궁중문학의 꽃을 피운 주인공이었다. 궁중에서 학문을 가르치던 여관이었고, 대대로 유명한 학자 집안 출신이었다. 김성립은 그녀를 통해 경번을 보았다. 그녀의 삶은 경번이 조선에서 살았어야 할 삶이었다. 그는 점점 짙어지는 경번을 향한 그리움을 접을 수 없어서 괴로웠다. 단 한 번만이라 그녀와 함께 달밤을 보고 새벽을 맞이하고 싶었다.

무라사키 시키부와 경번은 같으면서도 달랐다. 그녀의 아버지가 동생 옆에서 어깨너머로 배웠는데도 뛰어났으나 아들이 아님을 한탄했다고 전해질 정도로 총명했던 무라사키 시키부. 반면 경번은 학문이 높았던 그의 장인 허엽이 직접 가르치고 최고의 스승을 통해 배우게 할 정도로 아끼고 지지했던 딸이었다.

그러나 학문은 오직 남성의 전유물이었던 시대를 살았던 두 여인은 모두 질타의 대상이 되었다. 높은 지적 수준을 지닌 두 여인은 당연히 불행한 삶을 살 수밖에 없었다. 하여 무라사키 시키부는 소설과 일기에, 경번은 시작에 몰두해야만 했다. 그래도 어쩌면 '무라사키 시키부'의 인생이 경번보다 좀 더 나았을지도 모른다고, 김성립은 종종 생각했다. 어찌 됐거나 살던 곳에서 생을 마감했으니.

아무 조건 없이 《겐지 이야기》 출연을 결정해 사람들을 놀라게 했지만, 더 놀라운 것은 그 작품으로 자신이 최고의 배우임을 인식시켰음에도 불구하고 배우 '사카구치 켄타로'는 그 흔한 시상식장에도 나타나지 않고 여행을 떠나 버렸다. 모든 것을 대신하는 매니저에게 그가 남긴 한마디는 '드디어 때가 되었다.'였다. 그가 말한 때가 사람들은 배우로서 살아갈 그의 화려한 날을 의미한다고 여겼지만, 사실은 그렇지 않았다.

그가 살아온 세월은 초겨울 저녁처럼 스산하고 쓸쓸했으나 이제 21세기에서 배우로서의 화려한 삶을 산다. 그가 어떤 삶을 살든 변하지 않은 것이 있다면 무슨 일이 있어도 아내인 경번이며 초희이며 옥혜로 불린 허난설헌을 기다린다는 것이었다.

살아남은 데는 이유가 있다는 사실을 항상 잊지 않았던 그는 제일 먼저 아내인 경번이 필명 '버지니아 우'로 글을 쓰고 있는 것을 알아냈다. 처음 그녀의 작품 〈너를 잃고 울다〉를 읽은 후 '허난설헌', 아내 경번임을 직감했다. 둘만이 아는 많은 은밀한 이야기가 소설에 담겨 있었기 때문이다. 김성립은 계향이 핸드폰에 저장한 주소를 바탕으로 경번이 사는 곳을 찾아냈다. 구글 위성지도를 통해 본 경번이 사는 곳, '바람들이 마을'의 풍경을 보는 순간 그는 아내와 다시 사랑에 빠진 것처럼 가슴이 두근거렸다.

청매화가 봄과 막 이별을 고하기 시작하던 어느 날, 김성립은 한국에서 온 프로듀서 윤황을 교토의 정통찻집 '사료호센'에서 처음 만났다. 그가 영화홍보 때문에 서울에 오기 몇 달 전이었다.

윤황은 약속장소를 사료호센으로 정하고 싶다고 했다. 그는 윤황이 교토 주택 깊숙한 곳에 자라 잡은 탓에 찾기도 힘든 샤료호센을 알고 있다는 것이 신기했다. 사실 그곳은 일본인도 구글 지도를 켜고 찾아가야 할만큼 은밀한 곳에 있기 때문이다.

윤황과 처음 만나던 날 샤료호센의 정원에는 아내, 경번을 닮은 봄비가 내렸다. 비를 보며 아내의 시, 〈감우〉를 떠올렸다. 속삭이는 것 같은 봄비가 내리던 16세기의 그날, 경번은 말했다.

"매화는 속삭이는 꽃이라는 것을 아십니까? 눈 내리는 밤 매화가 바람과 나누는 대화가 얼마나 다정한지 알게 된다면 분명 반하실 것입니다."

어쩌면 그 말 때문에 매화를 사랑하게 된 것인지도 모른다. 그는 그날의 경번을 떠올리며 빙그레 웃었다. 그에게는 경번이 매화였으며 평생 그녀의 향기에 취하고 싶었다. 그러나 매화의 향은 추위를 견디는 고통에서 나온다는 것을 그때는 알지 못했다.

김성립은 경번의 이야기를 영화로 만들고 싶었다. 그가 찾아낸 경번은 여전히 글을 쓰고 있었고, 그 글을 통해서 남편인 김성립에게 전하지 못했던 말을 하고 있었다. 그녀의 진심, 그녀의 그리움, 그녀의 사랑…….

김성립은 일본에서 〈여름의 매혹〉이라는 독립영화를 개봉해 호평을 받은 윤황에게 직접 투자까지 생각하고 있다면서 영화 제작을 적극적으로 제안했다. 윤황을 선택했던 것은 그가 일본 영화계와 많은 인연을 가지고 있었고, 한때 와세다대학에서 영화연극을 전공한 적이 있다는 사실 외에도 벗이었던 이수광을 닮았다는 것 때문이었다. 환생을 믿는 것은 아니지만 만약에 그런 것이 있다면 전생에 이수광이 아니었을까 하는 생각을 하게 만드는 모습이었다.

한국의 젊은 프로듀서, 윤황은 잘 알려지지 않은 '버지니아 우'의 소설을 제시하며 작품화하자는 메일을 받았을 때 눈을 의심했다. 더구나 메일을 보낸 사람이 바로 일본의 배우 '사카구치 켄타로'였기 때문이었다.

윤황은 예전에 그가 조선통신사로 나온 영화를 본 적이 있다. 일본 배우임에도 유난히 갓을 쓰고 도포를 입은 모습이 잘 어울려서 마치 16세기 그림 속에서 걸어 나온 듯해 놀랐고, 한 번 가라앉

혔다가 끌어내는 어투는 마치 조선 사대부가 현신한 듯해 영화를 보는 내내 혹시 한국계가 아닐까 하는 상상을 하며 '아, 저 배우를 한 번은 만나고 싶다.'라는 생각을 했다.

윤황은 배우 사카구치 켄타로를 처음 봤을 때부터 죽 오래된 시간이 만들어 낸 골동품이 지닌 '우아함'을 감지했다. 사물이 아닌 사람에게서 그런 분위기를 느낄 수 있다는 사실이 신기했다. 마치 긴 시간의 외투가 그를 감싸고 있는 것처럼 깊이를 알 수 없는 신비로움이 주위를 맴돌았다. 게다가 도대체 어디서 한국어를 배웠는지 묻고 싶을 정도로 그에게서 초기 훈민정음해례본 시절의 아치가 느껴졌다. 그러다 그가 출연한 여러 영화들을 보면서 조금은 이해할 수 있었다. 그는 처음부터 그런 사람이었다. 우아함과 섬세함을 원래부터 지니고 태어난 사람이었다. 숨 쉬는 클래식이라고나 할까.

윤황은 말없이 봄비가 내리는 정원을 하염없이 바라보는 사카구치 켄타로에게 물었다.

"켄타로 상, 왜 버지니아 울입니까?"

"취향이라고 할까? 오랫동안 찾고 있었습니다. 만나야 할 사람은 언젠가는 만나게 되어 있습니다. 아니 그렇습니까?"

'아니 그렇습니까?'라는 말을 듣는 순간 윤황은 잠시 조선으로 타임슬립 한 기분이 들었다. 그는 눈앞에 앉아 있는 그를 보며 상상했다. 갓을 쓰고 도포를 입은 조선 사대부 남자를. 그리고 그가 그리워했을 어떤 여인을. 만약 전생이 있다면 그가 그런 삶을 살았을 것 같았다.

　"운명이라면, 그럴 수도 있겠네요. 그런데 한국어는 어디서 배우셨나요?"

　윤황은 그의 독특한 억양과 분위기를 느끼면서 조심스럽게 물었다.

　"영화나 드라마라고 하면 믿으실 건가요?"

　미묘한 웃음을 입가에 짓더니 바람에 날리는 꽃잎을 보고 활짝 웃는다. 처음 봤을 때도 꽃을 보고 웃었는데 그 모습이 너무 눈부셔서 윤황은 잠시 홀릴 뻔했다. 웃음으로 남자를 홀리는 남자라면 여자는 오죽할까, 저 남자가 사랑하는 사람은 대체 어떤 사람일까 하는 생각이 문득 들었다.

　"아, 그러시군요. 켄타로 상. 그래서 고풍스러운 어투가 종종 나오는군요. 하하하."

　윤황은 바람에 날리는 꽃잎이 떨어지는 속도와 비슷하게 웃고 있는 이상하고 미묘하며 대책 없이 우아한 남자를 보며 처음 만났던 날을 떠올렸다. 김성립과 달리 윤황은 1년 전 교토의 주택가 안쪽 깊숙이 자리한 전통찻집, '사료호센'에서 우연히 그를 처음 봤다.

　처음부터 그곳에 가려 했던 것은 아니었다. 교토 출장 중 묵었던 호텔에서 누군가 두고 간 잡지를 보다 사료호센을 발견했다.《노르웨이의 숲》을 쓴 작가 무라카미 하루키가 종종 간다는 그 전통찻집의 사진과 기사를 보는 순간 그곳의 바람에 흔들리는 풍경소리가 들리는 듯했다. 게다가 배우 사카구치 켄타로가 추천하는 전통찻집 리스트에도 들어가 있다고 친절하게 설명해 주고 있었다. 그때만 해도 윤황은 그와 연결될 줄은 꿈에도 몰랐다.

이상한 기운에 이끌린 그는 그곳에 가 보고 싶어졌다. 오후 비행기로 돌아가기로 예정되어 있었지만 무작정 티켓을 취소하고 사료호센을 가기 위해 인터넷 검색을 시작했다.

기온거리에서 203번 버스를 타고 도착한 곳은 한적한 주택가였다. 구글맵에 의존해 찾아가던 그는 주택가를 관통하는 개천에 놓인 다리 앞에서 사료호센을 가리키는 작은 팻말을 발견했다. 사료호센은 주택가 골목 끝에 있었다. 빛바랜 회색의 기와를 이고, 모래색 담벼락에는 붉은빛이 도는 나무를 덧댄 모습이 곱게 나이 들어가는 여인처럼 품위 있었다. 순간 그는 찾아오길 잘했다며 미소를 지었다. 대문 양쪽의 녹나무 두 그루가 바람에 흔들리며 손님맞이를 하듯 연초록의 이파리를 작은 손수건처럼 흔들고 있었다. 활짝 열린 대문에는 삼베로 만든 세 조각의 천이 드리워져 있었다. 안은 볼 수는 있으나 다 보여 주지는 않겠다는 주인장의 점잖은 의도가 전해졌다.

안내를 받으며 복도를 따라 들어선 다실은 어느 방향에서든 정원을 감상할 수 있게 배치되어 있었다. 같은 공간에 앉아 있어도 시선이 마주치지 않게 존중해 주는 공간이었다. 이미 몇 명의 사람들이 조용히 앉아서 차를 즐기고 있었다. 윤황은 다다미 위에 방석을

우아한 유령

깔고 앉아서 메인메뉴를 주문하고 무료로 제공되는 차를 따라 마셨다. 차향이 입가에 은근하게 맴돌았다. 교토에서만 느낄 수 있는 차 맛을 즐기며 조심스럽게 주위를 살폈다. 정원의 햇빛이 너무 찬란해서 빛에 갇혀 버린 듯한 기분이었다.

정원에서는 분홍빛 벚꽃이 사랑의 상처를 남기듯 붉은 흔적을 남긴 채 푸른 꽃받침에서 떨어졌다. 떨어진 꽃들은 검은 돌이 깔린 정원 위로 문신처럼 새겨지고 있었다. 윤황은 그 풍경이 왠지 슬프다는 말로는 부족할 것 같아 한참을 머릿속에서 단어들을 지웠다 썼다 했다. 마지막에 그가 떠올린 단어는 '처연함'이었다.

그는 종업원이 내온 달짝지근한 콩조림을 곁들여 차를 마셨다. 투명한 유리잔에 담긴 호박색의 차를 마시고 있는데 그의 눈에 맞은편에 앉은 한 남자가 들어왔다. 그는 허난설헌의 시집을 읽고 있는 일본인 남자를 발견하고 참 신기한 사람이라고 생각했다. 책을 읽다가 가끔씩 동그란 안경 너머로 허공을 응시하는 남자의 눈빛이 슬퍼 보였다. 순간 그는 허난설헌의 시집이 한 일본인 남자의 눈빛을 흔들 만큼 대단했나 하는 생각이 들었다. 그가 아는 허난설헌은 허균의 누이이며 시인이고 단명한 조선 여인 정도였기 때문이다.

마침 바람에 날린 벚꽃이 허공을 빙그르르 돌며 내려오고 있었다. 보는 이의 마음은 아랑곳하지 않은 채 눈길도 주지 않는 여인처럼 꽃잎은 석등에 사뿐히 내려앉을 듯 망설이더니 이내 부드러운 이끼 위로 무심히 떨어진다. 그 모습을 바라보고 있던 남자가 탄식하듯 말했다.

"어찌 저리 닮았을꼬."

일본인인 줄 알았던 남자의 입에서 흘러나온 말에 윤황은 놀라서 할 말을 잊었다. 그를 처음 본 그날 머릿속을 스쳐 지나간 두 번째 단어는 사무치는 '그리움'이었다. 그의 눈빛이 그랬고, 목소리가 그랬다. 그리움이 뚝뚝 떨어지는 눈빛 때문에 기억에 남았지만 그가 배우 '사카구치 켄타로'인 줄은 몰랐다. 그저 비슷한 사람 정도로 여겼는데 그가 보낸 메일과 프로필을 확인하고 그가 배우이며 하이쿠 시인인 '사카구치 켄타로'임을 알고 한 번 더 놀랐다.

순간 그는 이것을 우연이라고 해야 하나? 아니면 운명인가?를 잠시 생각했지만 굳이 정하자면 후자라고 여겼다.

다시 보게 된 사카구치 켄타로는 여전히 우아한 슬픔을 온몸에 걸치고 있었다. 윤황은 그리움을 형상화한다면 바로 그의 눈빛일 것이라고 생각했다.

그에게는 대체 어떤 사연이 있는 걸까? 윤황은 그에게서 무거운 돌덩이 같던 그리움이 구르고 굴러 모래가 되어 버릴 만큼의 시간을 견딘 사람만이 간직할 수 있는 상흔이 느껴졌다. 기회가 된다면 그는 묻고 싶었다.

'당신이 온 힘을 다해 다가가고 있는 그리움의 정체는 무엇입니까?'

우아한 유령

6.

21세기
그대

아침부터 구 편집장이 전화했다. 내친김에 김성립을 소재로 한 단편을 만들어 보는 것은 어떠냐고. 그는 이륙하기 직전의 비행기 안에 있는 것처럼 한껏 들떠 있었다. 한 번 '필'이 꽂히면 누구도 못 말린다.

"난설헌의 남편인 여견, 김성립이 찌질이가 아니라 오늘의 시각에서 보자면 대단히 매력적인 인물일 수도 있다는 거지. 말하자면, 그는 금수저 출신 조선판 클럽 죽돌이잖아."

"그럴 수도……."

"요즘으로 치자면 고급 룸살롱을 제집처럼 돌아다니던 풍류남아 아니었냐고. 물론 앞서 말한 것처럼 허균의 사심이 개입됐을지도 모르지만, 아내의 재능에 열등감을 느낀 나머지 전문 플로리스트가 된 거잖아. 말을 알아듣는 꽃 해어화 알지? 그걸 채집하느라 한동안 낙방거사였고. 그렇지만 이걸 살짝 비틀어 보자고."

"그도 나름의 애환이 있었겠지."

나는 맨발로 베란다에서 담배를 피우며 그와 전화 통화를 했다. 햇살은 눈에 부셨고 바람은 상냥하게 불어왔다 골목으로 사라졌다. 녹색 타일의 서늘함이 발끝을 타고 온몸으로 전해진다.

"어쨌든 사나이로서 잘난 마누라와 살자니 피곤도 했을 거고. 내가 그 심정 이해하지. 내 첫 번째 부인이 판사였거든. 눈만 뜨면 집안에서도 판결하려고 달려드니까. 마음 둘 곳이 없더라고 화장실 밖에."

안 봐도 비디오다. 그다음은 인생의 쓴 약은 다 먹여 준 두 번째 부인인 약사 이야기가 나올 것이 빤하니까.

"그래서 동병상련, 이심전심 이런 거 말하고 싶으신 건가?"

나는 허공으로 담배 연기를 뿜으며 말했다.

"아니 그런 건 아니고. 그냥 허난설헌도 만만치는 않았을 거라는 것이지. 사실 현모양처가 글 잘 쓰기는 어렵지. 그건 작가가 아니라 보살이지. 어떻게 글도 잘 쓰고 집안일도 잘하고 애들도 잘 키워?"

"불가능. 경험해 봐서 알지. 아침부터 당신의 사설이 긴 이유는 뭔데?"

"찌질한 남편이자 나쁜 남자의 전형으로 기록된 그이지만 할 말이 있을 거 아냐. 그걸 한번 대변해 보자는 거지."

"허난설헌 만나서 맘고생한 이야기를 쓰라는 거야?"

나는 웃으며 말했다. 갈수록 재미있는 일이 벌어질 것 같은 기분이 든다. 그에 관한 기록은 누구보다 잘할 수 있을 테니까. 21세기 어지간한 아이돌보다 화려한 조선을 살았던 남자인 김성립은 21세기에서 먹히는 중이다.

"맘고생은 허난설헌이 한 거 아닌가? 그렇지만 그도 나름 잘난 마누라 때문에 고달픈 인생이었을 수도 있다는 거지. 부인 스트레스가 없어지니 과거에 합격하고 사대부로 사는 삶을 살았겠지? 직접 전쟁에 참여하고 전사했잖아. 노블레스 오블리주를 실천한 거 아닌가?"

"……."

할 말이 없어진다. 그렇지 않아도 요즘 나는 그의 이야기를 듣고 새로운 시리즈를 구상 중이었기 때문이다. 하여튼 동물적이라 할 만큼 촉이 살아 있다. 나는 이미 그에 관한 이야기를 글로 써 두었다. 조만간 구 편집장에게 보낼 예정이다. 이번에 그는 또 어떤 호들갑을 떨까? 그의 얼굴을 상상하는 것만으로도 즐거워진다.

"윤황 감독이 연락했어. 사카구치 켄타로가 비공식적으로 한국에 들어왔는데. 조만간 미팅이 잡힐 것 같다고."

잔뜩 신이 난 그에게 사실은 그 '사카구치 켄타로'가 내 집에서 아침을 먹고 있다고 말하면 그는 뭐라고 말할까? 일단 비명을 지르고 빛의 속도로 달려올 것이 분명하다.

"그렇군. 그 사람은 참 바쁘겠어. 동에 번쩍 서에 번쩍, 골목에도 번쩍하니."

"어라, 반응이 너무 무심한 거 아냐?"

"오백 년 전 당신 사랑이 찾아온 것도 아닌데 웬 호들갑이냐? 시간과 장소 보내 줘. 확인하고 나중에 전화할게."

"……배진, 요즘 연애하는 거 아냐?"

구 편집장이 절규하듯 물었다.

"어, 그래 보려고 해. 그러니 이만!"

"아니 우리 사이엔 이렇게 전화를 끊으면 안 되는 사정이 있는 거 아닌가?"

"아니, 돼."

나는 소란스러운 주방 쪽을 바라보며 말했다.

그곳에는 나의 오래된 연인이 앉아 있다. 깊은 눈매와 긴 속눈썹, 잊지 못할 관능적인 입술에 고혹적인 미소를 우아한 장식품처럼 달고 있는 그가 내 눈앞에서 아침을 먹고 있다. 기품이 넘치는 그의 자태는 16세기 이후로 죽 이어지고 있다. 나는 그런 그를 경이로운 눈빛으로 바라보았다. 혹시 이것이 꿈이 아닐까? 가만히 머리카락을 뽑았다. 찌릿한 걸 보니 역시 꿈은 아니다.

지금 상황은 안드로메다 성운의 생명체가 식민지 지구를 방문

했다고 해도 눈 하나 깜짝하지 않을 정도로 놀랍다. 왜냐하면 바로
내 집 주방에서 그가 홍연이 만들어 준 음식으로 아침을 먹고 있기
때문이다. 체면은 집어던지고 염치도 없이 게걸스럽게 먹고 있다.
일생 저렇게 먹는 데 집중하는 모습은 처음 봤다. 자꾸 밀어 넣는
음식들로 인해 그의 양 볼은 다람쥐의 그것처럼 불룩해서 보기만
해도 웃음이 나온다. 지금까지 옷처럼 걸치고 살아온 사대부의 품
격과 우아함은 어디다 집어던졌는지 궁금하다.

나는 서둘러 구 편집장과의 전화를 끊고 주방으로 갔다. 두 사
람을 지켜보는 나의 입가에 미소가 봄날의 꽃처럼 피어난다. 그가
다시 봄을 가져다준 듯 잠시 나의 시간이 화사해진다. 지금 나에게
부는 바람은 4월과 5월 사이에 부는 바람처럼 싱그럽고 화사하지
만, 한편으로는 이래도 되는 걸까 싶을 정도로 불안하고 비정상적
으로 달콤하다.

다시 시작된 그와의 시간이 사라질까 봐 핸드폰으로 사진을 찍
었다. 갑자기 그가 나를 보며 활짝 웃는다. 직업 탓일까 아니면 타고
난 요사스러움이 있을 걸까? 그는 핸드폰을 응시하며 그 잘난 얼굴
을 맘껏 보여 준다.

나는 그를 조용히 지켜봤다. 저 눈빛과 미소, 웃을 때마다 올라
가는 입꼬리와 보조개, 눈가의 주름까지 반하지 않을 수 없다. 오래
전 내가 사랑했던 그 모습이다. 역시나 웬만하면 어지간한 일들은
용서가 절로 되는 얼굴이다.

모처럼 타고난 재능을 발휘한 홍연이 뿌듯한 미소를 지으며 먹느라 정신없는 그를 보고 있다. 근 오백 년 만에 16세기 사대부 가정식 백반의 맛을 보게 생겼으니 체면이고 뭐고 없다. 그가 제일 입에 달고 살던 품격은 온데간데없이 오로지 먹는 데만 정신이 팔렸다. 저 정도면 양반의 품격은 고사하고 식신강림이다. 나는 모처럼 만에 다정한 눈빛으로 그를 봤다. 그가 갑자기 나를 보며 입안 가득 음식을 넣은 채 웃는다. 그 모습에 또다시 나의 가슴이 설렌다. 순간 21세기 일상의 행복이란 이런 것을 말하는구나, 라는 생각을 하며 한숨을 쉬었다. 경이롭다. 죽지 않고 살다 보니 이런 단순한 감격스러운 행복을 경험하니 말이다.

　처음에 홍연은 집 안으로 들어서는 그를 보고 얼음이 되어 버렸다. 그가 '홍아' 하고 부르자 홍연은 바로 그 자리에 털썩 주저앉았다. 하긴 21세기 아침부터 김성립을 보았으니 놀라지 않는다면 그것이 더 이상한 일일 것이다. 한동안 정신을 못 차리던 홍연은 유령이 아닌 현실의 그임을 알아채고 바로 엎드려 머리를 조아렸다.

　"소녀 홍이, 서방님을 뵙습니다."

　그는 그런 홍연에게 '잘 있었느냐, 홍아.'라고 해서 결국 홍연이 참고 있던 울음을 터뜨리게 했다. 홍연은 신기한 듯 그를 쳐다보며 '서방님도 아씨랑 저처럼 오신 것입니까?'라고 물었다. 그사이에 홍연은 16세기 물을 빼고 21세기 물을 먹어서 그런지 제법 당돌해졌다. 이제는 그 앞에서 웃기만 하던 어린 소녀 홍이가 아니었다.

"그동안 네가 애썼구나. 아씨를 잘 모시느라고. 네 아씨가 좀 손이 많이 가는 사람 아니더냐?"

그의 한마디에 홍연의 얼굴이 환해진다. 두 사람을 보고 있자니 갑자기 결혼 초로 돌아간 것 같은 기분이 들었다. 저 둘은 16세기 어느 아침에도 비슷한 이야기를 나누곤 했다. 새삼 그가 얼마나 다정한 남자였는지 실감한다.

달이 기우는 지난 새벽 무렵 그의 집으로 찾아갔다. 문이 열리자마자 들어선 그의 정원은 재스민 향기가 공기 중에 가득했다. 나는 나무들 사이를 지나 집 안으로 들어섰다.

마침 잠에서 깨어나 커피를 내리고 있었다던 그는 커피 한잔을 건네며 '지난밤에는 안식하셨습니까.' 하고 묻더니 그는 나를 생각하느라 잠을 제대로 자지 못했다며 씩 웃었다. 갑자기 얼굴이 붉어지고 가슴이 뛰었다. 16세기의 직진남은 21세기에도 직진남이다.

"시간이 필요하면 얼마든지 기다릴 것입니다."

나는 커피를 들고 되도록 그에게서 멀리 떨어져서 그를 바라보았다. 정신 사납게 커피잔은 든 그가 도포 자락 같은 검푸른색 실크 가운을 질질 끌며 집 안을 돌아다닌다. 작정하고 나에게 매력을 발산하려는 그 모습이 잔망스러워서 웃음이 나오려는 것을 억지로 참았다. 결국 실크 가운을 풀어 헤친 채 돌아다니는 꼴을 보다 못한 나는 그에게 다가가 앞자락을 여미고 끈으로 단단히 묶은 후 어깨 쪽으로 흘러내린 깃을 끌어올려 주었다. 그 순간 달빛처럼 내려앉는 그의 고즈넉한 시선이 온몸으로 느껴졌다. 위험을 감지한 나는 재빨리 그의 곁에서 떨어졌다. 그 짧은 시간에 머릿속에 진땀이 났다. 나는 애꿎은 커피를 단숨에 마신 후 따지듯 물었다.

"뭘 기다리신다는 말입니까?"

"내가 당신을 그리워한 시간이 얼마인데 쉽게 포기할 것 같습니까? 난 얼마든지 기다릴 수 있습니다. 그깟 사나흘쯤은."

그의 지긋한 시선이 내게로 향했다. 천둥이 치는 날 피뢰침이 이런 기분일까? 온몸으로 벼락을 맞을 준비를 하는 기분이다.

그의 입술에서 진한 커피 향이 났다. 가슴이 쿵쿵 뛰는 것이 커피 탓이라고 돌리고 싶지만, 그것이 아니라는 것을 그도 알고 나도 안다. 마치 첫 키스를 한 소녀처럼 소스라치게 놀라며 뒤돌아섰다. 그가 두 손으로 나의 얼굴을 돌려 잡았다. 두 눈이 마주쳤다. 그가 눈을 감고 다가왔다. 나는 그런 그를 빤히 쳐다봤다. 긴 속눈썹은 여전했다. 입맞춤할 때 눈을 감고, 우아한 곡선을 그리며 휘어진 속눈썹이 살짝 떨리는 것까지도.

"눈은 감으셔야지요. 당돌하게 쳐다보는 건 여전하십니다."

그가 실눈을 뜬 채 나를 보며 말했다.

"개인의 취향입니다."

내가 항의하듯 말했다.

"자고 가시렵니까?"

우아한 유령

그가 나른한 목소리로 말했다. 무엇이 즐거운지 연신 웃는다. 그가 눈짓으로 그의 침실을 가리켰다. 그 눈빛이 어찌나 은밀한지 하마터면 넘어갈 뻔했다.

"이것 보십시오. 제가 본디 그리 쉬운 사람이 아닙니다."

"어렵기는 하지요. 허나 새털처럼 많은 날이 우리를 기다리고 있지요, 부인?"

"뭐, 정이나 그렇게 시간이 많으시다면 아침이나 드시러 오든지요……."

과거를 들춰내는 탓에 얼굴이 붉어진 나는 퉁명스럽게 말한 후 찬바람을 날리며 돌아섰다. 그러나 기껏 날린 찬바람이 그에게는 차게 느껴지지 않았나 보다. 등 뒤로 그의 웃음소리가 들렸으니 말이다.

"21세기에서는 요리도 하십니까? 이 사람이 기억하기론 부인은 손으로는 그리기는 해도 만들지는 못하는 걸로 아는데."

"그것 아십니까? 요리도 창의적 활동 중 하나라는 것을?"

나는 그에게 다시 돌아서며 말했다. 순간 눈부신 그의 웃음에 스며드는 줄 알았다. 그의 우아하고 고즈넉한 눈빛, 다정한 입술, 그의 모든 것이 나의 것이었던 어느 날을 떠올렸다.

"너무 창의적이라 아방가르드한 맛이지요. 시 짓고 글 쓰는 재능의 반만큼이라도 있으면 좋으련만. 아이고, 생전에 부인이 하는 제대로 된 음식은 먹어 볼 수나 있을는지."

그는 일부러 놀려 먹으려고 작정을 한 사람처럼 한숨을 쉬면서 말했다.

"그럼 편의점 삼각김밥을 자시던지요!"

그의 놀림에 발끈해서 나도 모르게 언성이 높아졌다.

"나는 그다지 부인의 음식 솜씨엔 관심이 없습니다. 내가 관심 있는 것은 오직 경변입니다. 음식을 만드는 시간에 이 사람과 노는 것이 더 나을 겝니다. 음식은 타인의 손을 빌리거나 주문하세요."

그가 고즈넉한 음성으로 진지하게 말했다.

"그동안 능구렁이가 다됐습니다. 그리고 그 옷자락은 왜 자꾸 풀어 헤치고 다닙니까?"

나는 기껏 여며 준 실크 가운을 다시 펄럭이며 돌아다니는 그가 못마땅해서 미간을 찌푸리며 말했다. 그가 검푸른 실크 가운을 펄럭이며 돌아다닐 때마다 나의 마음도 바람 속의 깃발처럼 흔들렸기 때문이다.

"당신이 나의 무한한 매력에 현혹되어 뛰어들라고 무진 애를 쓰고 있는데, 모르셨습니까? 두 글자로 유혹이라고 하지요."

"제향에게 써먹던 방법은 제게 안 통합니다."

"아, 오백 년 만에 들어보는 이름입니다. 덕분에 욱하는 부인의 얼굴을 다시 보니 이 사람은 그지없이 좋습니다. 아침은 딱히 기대는 하지 않겠으나 오라 한다면 거절은 하지 않겠습니다."

"거절하셔도 됩니다!"

우아한 유령

나는 그에게 눈을 부라린 후 호기롭게 돌아섰다. 바로 그때 슬리퍼 끌리는 소리, 실크 가운이 스치는 소리와 함께 갑자기 그가 뒤에서 나를 끌어안았다. 그의 숨소리가 귓가를 스쳤다.

"나는 일생을 통해 당신을 거절할 수 없는 남자인 걸 왜 모르십니까. 언제나 경번, 그대가 나를 거절했습니다. 이젠 그러지 맙시다. 이 사람은 시간이 안타깝습니다."

나는 가슴이 먹먹해져서 조용히 그의 손을 잡았다. 그의 입술이 나의 귓가를 조용히 스친다. 공기 중에 꽃향기가 맴돌고, 그를 닮은 나른한 기운을 실은 바람이 창을 통해 들어와 두 사람을 감쌌다. 그로테스크한 말처럼 들릴지 모르지만 나는 뒤로 전해지는 그의 모든 관절을 사랑했다. 경이롭게도 나의 21세기 사랑은 그렇게 또다시 시작됐다.

남편 김성립에게 밥 한 끼는 먹이고 싶었다. 한국에 온 이후로 집에만 틀어박힌 채 배달 음식과 편의점 음식 정도로 때우는 것 같아서 전에 그가 즐겨 먹던 음식으로 지난 세월을 위로해 주고 싶었다고나 할까.

21세기 나의 인생은 비교적 괜찮았지만 늘 뒷덜미를 잡힌 채 사는 것 같은 인생이기도 했다. 곳곳에서 문서와 책으로 남은 가족의 흔적을 발견하고 사는 일이 슬프고 종종 곤혹스러웠다. 그도 나와 같은 마음이라는 것을 알기에 위로를 해 주고 싶었다. 나는 내 눈앞에서 로맨스 영화의 한 장면처럼 움직이고 있는 남편, 김성립의 모습을 물끄러미 바라보며 미소를 지었다.

아침 일찍 그가 정원에 핀 수레국화 한 다발을 들고 찾아왔을 때는 귀신을 본 듯 놀랐던 홍연은 신이 나서 시장통을 들락거리며 음식 재료를 사다 나르더니 점심에는 그가 좋아하던 팥물밥을 짓고 직접 만든 반찬들로 8첩 반상을 뚝딱 차려 내었다. 홍연은 옆에서 수저와 젓가락을 21세기처럼 세로로 놓는 것이 아니라 16세기처럼 가로로 놓아 주고 떠날 줄을 모른다. 얼마나 반가웠으면 저럴까? 그가 있고 홍연은 사부작거리며 그의 시중을 들고, 나는 조금 떨어져서 두 사람을 바라보고 있자니 문득 그런 생각이 들었다. 21세기에 함께 있어서 행복한 것이 아니라 그가 있어서 이 순간이 행복한 것은 아닐까?

나는 홍연이 내린 커피를 머그잔에 따른 후 그의 맞은편에 앉았다. 그가 나와 눈이 마주치자 씩 웃는다. 그는 1592년에 사망한 걸로 되어 있으니 서른한 살일 것이다. 나는 이곳에 와서 8년의 세월이 흘러 서른다섯 살이니 내가 네 살은 더 먹은 셈이다. 궁합도 안 본다는 네 살 차이 연상연하로 다시 만나다니 인생이 무슨 조화 속으로 이러는지 알 수가 없으나 그와 눈을 맞추며 웃을 수 있어 행복했다.

16세기와는 달리 21세기의 남자 나이 삼십 대는 한창 빛나는 시간이다. 지금 그는 21세기를 달리는 배우다. 작품 속에서나 현실에서나 그의 모습은 눈부실 정도로 빛난다. 그런데 나는 몇 년째 입고 있는 트레이닝 바지에 목이 늘어난 티셔츠 차림이고 머리는 산발에 거의 가깝다. 여름이면 남빛 치마에 살구꽃 색 저고리를 갖춰 입고 머리를 단정히 한 채 시를 쓰고, 화우당 연못에 핀 연꽃을 그리던 경번은 이곳에 살지 않는다. 그런데도 그는 여전히 사랑 가득한 눈빛으로 나를 본다.

"아씨도 드릴까요?"

온통 옛 상전 시중드는 일에 정신이 팔렸던 홍연이 어느새 16세기 버전으로 돌아갔다. 활짝 웃는 홍연의 모습이 보기에 좋았다.

"쯧, 아씨는 무슨. 21세기에 귀천에 어디 있다고. 아니 그렇습니까?"

나는 아직도 먹는 것에서 시선을 떼지 못하는 그를 보며 말했다. 하루에 일곱 끼니를 먹는 양반은 천박하다고 했던 그가 바로 내 눈앞에 있는 남자인지 의심스러울 정도다. 도포 자락 떨어지는 맵시를 살리려면 굶을 줄도 알아야 한다고 했던 그였다.

"대체 도포 자락 맵시를 걱정하던 16세기 선비는 어디로 간 겁니까? 먹는 것에 환장한 것도 아니고."

나는 놀리듯 말했다.

"환장이라니요. 지아비에게 할 말은 아닌 듯합니다. 왈짜패가 들으면 동무 하자겠습니다. 게다가 오백 년 만에 먹어 보는 맛 아닙니까? 팔도미식을 먹어 본 후 《도문대작》을 쓴 처남이 그러길 식욕과 성욕은 하늘이 준 것이라고 했습니다."

"쯧쯧쯧, 그리 거창하게까지. 지금은 그냥 먹보이십니다."

나는 혀를 차며 말했다.

"그 먹보가 부인을 등신처럼 사랑하는 지아비입니다. 어머님이 멀쩡하게 낳아 줬더니 경번을 만나서 상등신 됐다고 끌탕을 하셨습니다. 등신이나 먹보나 별반 다르지 않습니다."

홍연이 부친 전을 입안 한가득 물고 말하는 그는 볼이 미어터질 지경이었다. 그런데도 더 집어넣을 데가 있는지 젓가락을 놓지 못한다. 나는 그런 나의 남편, 오백 년 만에 돌아온 그를 사랑 가득한 눈빛으로 바라보았다.

"꿀 떨어지십니다. 나를 바라보는 부인의 눈빛 때문에 떨려 밥을 먹지 못하겠으니 그만 눈길을 거두시지요. 익숙하지 않아서 심장마비 걸리겠습니다"

그가 능청스럽게 말했다. 21세기의 그는 좀 다르게 느껴진다. 아침이면 간밤에 '안녕'했냐고 작약꽃을 두고 갔던 낭창낭창했던 그의 감성은 어디로 대체 어디로 가고 먹보가 출현한 것일까? 불현듯 16세기 그의 감성이 그리워진다.

그가 밥을 먹는 동안 소파에 앉아서 후세 사람이 쓴 《허균 평전》을 읽었다. 16세기의 어느 날로 돌아간 것처럼 둘의 행복한 웃음소리를 배경으로 삼으며 시간의 기록을 훑었다. 동생은 그의 삶을 열정적으로 살았고 계향은 마지막까지 동생의 곁을 지켰다.

우아한 유령

처음 이곳에 왔을 때 도서관에서 제일 먼저 찾아본 것은 동생에 관한 기록이었다. 그의 재주라면 분명 이름을 남기고도 남았으리라 생각했기 때문이었다. 균이 시대에 순응하고 살 사람은 아니라는 그것은 진즉에 알고는 있었다. 그러나 형부인 우성전이 말한 대로 역시나 동생은 결국 마갈궁의 운명을 피하지 못했음을 확인한 후 나의 가슴은 속절없이 무너져 버렸다.

형부가 어린 균의 재주가 너무나 뛰어나 심상치 않다며 한탄하듯 한 말이 있다.

"훗날 문장을 잘하는 선비가 되기는 하겠으나, 너무 뛰어난 탓에 허씨 집안을 뒤엎을 자도 반드시 이 아이일 것이다."

예언은 적중했다. 만약 형부가 임진왜란 중에 퇴각하는 왜군을 쫓다가 죽지 않았다면 균의 인생이 조금은 달라졌을까?

균 스스로도 종종 말했다. 마갈궁에 같은 묘시에 태어난 '한퇴지'나 '소동파'처럼 시대에 버림받고 화를 당할 것이라고. 어쩌면 균은 늘 누구에게나 공평한 세상을 위해 혁명을 꿈꾸고 있었는지도 모른다. 백성이 주인이 되는 민중 중심의 사상을 가진 균이라면 당연히 가야 할 길을 간 것이다. 그런데도 나는 선택이 가져온 참담한 균의 말로로 인해 늘 마음이 아프다. 계향은 곁에서 왜 지켜만 보았는지 의문이다. 그녀라면 그렇게까지 선택을 하지 않았을 수도 있었을 터인데 말이다.

동인의 영수였던 아버지, 율곡 이이를 탄핵했다가 귀양을 간 허

봉 오라버니, 이조판서였던 허성 큰 오라버니를 생각하면 균의 일
은 가슴이 무너지는 일이었다. 시인으로서 정치인으로서 그리고 중
국을 오간 탁월한 외교관으로서 한세상을 사대부로 살며 부귀영화
를 누리며 살 수 있었음에도 험난한 길을 자초한 균을 생각하며 나
는 도서관 한 귀퉁이에서 소리 없이 눈물을 흘려야만 했다. 타의 추
종을 불허하는 비상을 재주와 영민함을 가진 탓에 체제를 비판하고
정면 도전해 사회를 개혁하고자 꿈꾸었던 동생은 결국 생원시에 함
께 합격하고 성균관에서 동문수학한 이이첨에 의해 죽임을 당했다.
죽음조차도 그의 운명처럼 극적이었다. 1618년 음력 8월 24일 결안
도 없이 저잣거리에서 처형당했다. 동생이 외친 한마디는 '할 말이
있소.'였다.

　나는 조선 최고의 천재였던 균이 아니라 이제는 다정다감했던
동생 균만을 생각하려고 한다. 그가 걸어간 인생은 이미 후대에서
평가해 주고 있으니. 다만 안타까운 것은 누나로서 곁에 있어 주지
못했다는 것과 몸에서 떨어져 나간 머리가 시장 바닥에 전시되고
역적 허균이란 낙인이 찍힌 것이다.

　비록 개혁에는 실패해 역적으로 참수당했지만, 나는 젊은 시절
동생이 썼던 〈유재론〉, 〈호민론〉, 〈관론〉을 읽을 수 있어 그나마 안
타까운 마음을 접는다. 그의 생각은 후대에 전해졌고 경박하고 음
란했으며 도덕이 없다고 손가락질을 받던 균이 시대를 앞섰기에 16
세기와 불화했지만 21세기에는 재기발랄했던 천재로 남았으니 그

나마 위로가 된다.

"개혁에는 실패했지만 나는 균다운 삶을 살았다고 생각합니다."

어느새 그가 책을 읽고 있는 나의 곁에 와서 앉는다. 그도 동생 균의 삶을 알고 있었다. 혁명을 꿈꾸었으나 황소 여섯 마리를 사지에 매어 찢기는 능지처참의 극형으로 죽어 간, 균을 기억해 주었다.

"유교의 관점이나 양반 사대부들의 눈에는 균의 행동이 경박하게 보였을지는 모르나 지금의 시점에서 보면 균이 백성을 사랑하고 평등한 민중의 세상을 꿈꾸었기에 가능했던 일입니다. 나는 균을 지지합니다. 내가 오백 년을 살아 보니 귀하고 천한 것은 다 의미 없는 일입니다. 인간다움을 잃지 않는 것이 중요하지요. 그리고 왕은 백성을 위해 존재하는 것이지 백성이 왕을 위해 존재하는 것은 아닙니다."

"거의 오백여 년을 사시더니 철이 드셨습니다."

"생각해 보니 나는 대기만성형 지아비인 듯합니다."

"그것이 무슨?"

"내가 부인의 속은 좀 썩이었지만 그래도 오백 년간 맘 안 변하고 기다리지 않았습니까? 그러니 대기만성이라 할 밖에요. 나에겐 유일무이한 사람입니다. 부인은."

"장하십니다. 할 것이 없어 대기만성 남편이 되셨습니까?"

나는 농담처럼 웃으며 말했다.

나를 바라보는 그의 눈에 햇살 같은 웃음이 가득하다. 어찌 남자가 이렇게 아련하게 웃는지. 하마터면 그 모습을 넋을 놓고 바라볼 뻔했다.

"그거 아십니까? 그 톡톡 쏘는 목소리가 환청처럼 들렸다는 것을."

여전히 그는 사랑꾼이다. 입에서 나오는 말들은 어찌나 단지. 그간 저 현란한 말솜씨로 얼마나 많은 여인을 녹게 했을까? 사람을 홀리는 재주 하나는 제대로 타고났다.

"그간 여인들이 있었을 터인데, 세숫물도 받아다 주고 하셨습니까?"

"요즘 세상에 무슨. 돌리기만 하면 냉수 온수가 저절로 나오는데. 지금 나를 의심하시는 것입니까? 결단코 제향에게도 세숫물을 가져다준 적이 없는 사람입니다. 내 오백 년 생을 걸고 하는 말입니다."

그가 억울하다는 듯 말했다.

웃음이 나오려고 한다. 억지로 참는 나의 입가에 그가 살며시 점을 찍듯 입맞춤했다. 순간 가슴이 쿵쿵 뛰기 시작했다. 그의 어깨 너머로 웃고 있는 홍연의 모습이 보인다.

결혼 초였던 걸로 기억된다. 눈이 몹시 내린 겨울에 세숫물을 들고 나에게 오다가 시어머니에게 들켜서 '배알도 없는 미친놈'이란 소리를 들었다. 화가 난 시어머니는 마누라에 취해서 정신을 못

차린다며 귀한 아들에게 주특기를 발휘해 신고 있던 꽃신 한 짝을 던졌다. 그때 나의 나이는 열다섯 살이었고 그는 열여섯 살이었다. 꽃피고 햇살이 눈 부신, 꿈처럼 아득한 시절이었다.

그가 지그시 나를 바라보고 있다. 그의 눈빛이 너무 고혹적이어서 빨려들 것 같았다. 이런 것이 바로 홍연이 말한 그 '멜로눈깔'이라는 것을 깨닫는 순간 아주 잠시지만 뇌가 설탕에 절여 진 젤리가 된 것 같은 기분이다.

나는 헛기침을 한 후 일어나서 재빨리 그의 곁을 떴다. 배우를 하더니 연애의 기술만 연마했는지 눈빛이 장난이 아니었다. 16세기에도 저 정도의 눈빛은 아니었다. 커피를 내린다는 핑계로 가능한 그에게 멀리 떨어졌다. 살짝 자존심이 상하지만 어쩔 수 없이 커피를 다시 내리면서 몰래 그를 훔쳐봤다. 대놓고 직진하려고 작정한 듯 그는 집요한 시선으로 나를 쫓으면서도 뭐가 그리 좋은지 여전히 극락 미소를 짓고 있다.

그와 나 사이에 흐르는 묘한 긴장감은 한 번도 경험해 보지 못했기에 머리에 쥐가 날 것만 같다. 사람이 변해도 너무 변해서 울렁증이 생기려 한다. 이런 감정은 21세기라서 가능한 것일까? 마치 그와 나 사이에 연애 초기에나 있을 법한 징조들이 나타나고 있다. 장담하건대 16세기엔 결코 이런 일이 없었다.

아침부터 흐르는 묘한 기류를 눈치챘는지 홍연이 저녁 무렵에 외출준비를 했다. 내가 알기로 오늘은 아르바이트가 없는데 자꾸 아르바이트가 있다고 우긴다.

"남자 친구 만나는 거니?"

"남자 친구가 아니라 남자 사람 친구랍니다. 그리고 오늘은 그 애가 한식 요리 경연 대회 참가한다고 해서 도와주려고 보는 거예요. 다녀오겠습니다, 서방님."

홍연이 깍듯이 그에게 인사를 한다. 그런 홍연의 모습을 그가 흐뭇한 얼굴로 바라본다.

홍연은 나의 잔소리가 길어질 것 같으니까 서둘러 외출 준비를 했다. 잔머리를 굴리는 홍연의 생각이 다 읽혀서 귀엽기까지 했다.

"늦으면 안 된다."

평소라면 믿고 놔두었을 텐데 일부러 참견했다. 그러자 그가 재빨리 끼어든다.

"남자 친구가 있을 나이입니다. 경번, 잊었습니까. 우리가 열다섯 살 열여섯 살에 결혼했다는 걸. 지금 홍이 나이가 스물셋입니다. 혼례를 치렀어도 예전에 했을 겁니다."

"그땐 16세기 임진왜란 전이고, 여기는 21세기입니다. 21세기에 살면 21세기 사람답게 살아야 한답니다. 요즘 누가 열다섯, 열여섯에 결혼을 합니까? 학문에 힘써야 할 나이입니다. 문명인답지 않게 그런 말은 입에도 올리지 마세요. 게다가 미성년자는 법적으로도 결혼이 불가합니다."

"그럼, 우리가 야만의 시대를 살았다는 것입니까, 부인?"

우아한 유령

그가 작정한 듯 힘주어 부인이라 했다.

"야만의 시대 맞습니다."

"그렇습니까?"

현관에 서서 그와 나의 말을 듣고 있던 홍연이 갑자기 문을 열고 나가며 외쳤다.

"지금 두 분이 16세기인 거 같습니다. 다녀오겠습니다."

"홍아, 잠깐만 나 좀 보거라"

갑자기 그가 옛 이름을 부르며 나가려는 홍연을 불러 세우자 겨우 목만 들이밀고 말똥말똥 쳐다본다.

"요리를 좋아하느냐?"

"재미는 있어요. 그런데 산술, 아니 수학도 재미있는 것 같아요."

홍연은 가끔씩 유튜브를 통해 수학강의를 듣는데 제법 재미있어하긴 했다. 그래도 나는 한 번도 물어본 적이 없는 질문을 그가 해서 순간 그동안 내가 얼마나 홍이에게 무심했는지 깨달았다.

"그러면 이번에 그 친구를 도와주면서 요리 배우는 것도 한번 생각해 보아라. 그러면 우리가 네 덕에 맛있는 음식을 먹을 게 아니냐? 아니 그렇습니까, 경번?"

"헤헤헤, 서방님이 그러시다면 제가 고려는 해 보겠습니다."

예전부터 그의 말이라면 깜빡 죽던 홍연이 활짝 웃으며 현관문을 닫고 후다닥 나가 버린다. 홍연에게는 아마도 지금이 가장 행복한 순간일 것이다. 셋이 완전체가 되어 만났으니 말이다.

집 안에 그와 나, 단둘만 남으니 홍연의 말처럼 잠시 16세기로 돌아간 것 같은 기분이 들었다.

그는 늘 과거 공부를 한다며 집을 나가 있는 시간이 더 많았다. 시어머니는 늘 그를 어디론가 보낼 궁리만 했다. 그가 번번이 시험에 떨어져 돌아오면 그것은 모두 내 탓이었다. 대단한 은진송씨 집안 출신인 시어머니에게 나는 그저 그 집안의 대를 이을 아이를 낳아 줄, 태생이 괜찮은 여자 정도였다. 쓰임으로 본다면 나나 제향이나 같았던 셈이다. 나의 인격이나 재능 같은 것은 관심도 없었다.

글을 쓰는 계집은 제 고집이 세서 결혼 생활이 원만하지 못하며 사대부 가문의 아녀자가 사랑의 시를 지어 집 밖으로 이름이 알려지는 것은 창기와 같다고 지은 시와 책을 불태우던 시어머니의 모습을 아직도 기억한다. 나의 시가 너무 방탕하다고 비웃으며 책들과 문집들을 마당에 쌓아 놓고 불을 질렀다. 아이를 잃은 후라 나는 뭐라고 말할 기력도 없었다. 그저 타오르는 불길을 보며 빈껍데기처럼 앉아 있을 뿐이었다. 어린 홍이만 울면서 불타고 있는 책들을 건지기 위해 애를 썼다. 나는 그날 화우당에서 온 영혼을 다해 쓴 시들이 연기가 되어 하늘로 올라가는 것을 보며 김성립의 아내가 된 것을 후회하고, 사랑한 것을 후회하고 여자로서 조선 땅에 태어난 것을 후회했다.

"제비는 처마 비스듬히 짝지어 날고, 지는 꽃잎은 어지럽게 비단옷을 스치네. 동방에서 기다리는 마음 아프기만 한데 풀 파래져도 강남에 가신님은 돌아오질 않네. 기억하십니까?"

담담한 목소리로 시를 읊던 그가 묻는다.

신혼 초에 강가에 초당을 짓고 벗들과 글을 읽는 그에게 보낸 시를 기억하고 있었다. 내 눈앞에서 웃는 그, 21세기엔 배우 '사카구치 켄타로'로 살고 있지만 16세기엔 나의 남편 '김성립'으로 살았던 그를 보고 있음에도 그리웠다.

'지하에 있는 두목이랑 그 망할 시나 끌어안고 사세요, 부인.' 하고 외친 후 매정하게 산으로 떠났을 때 시어머니는 아들이 드디어 정신을 차렸다고 나를 보며 빈정거렸다.

나는 며느리를 향한 근거 없는 그녀의 적개심이 도대체 어디에서 오는 건지 궁금했다. 그것은 거의 증오에 가까웠다. 너무나 일관성 있게 유지되고 있어서 한 번도 그 감정에서 이탈한 적이 없었다. 한 사람이 타인에서 느끼는 감정이 그렇게 변하지 않고 지속해서 유지되기도 쉽지 않은 일이다. 그것도 사랑이 아닌 적개심이 말이다. 적개심은 심장을 갉아 먹는다. 그래서 시어머니가 그렇게 몰인정했을 것이다.

"미안합니다. 내가 그대의 맘을 알아주지 못해서. 나는 그냥 못난 지아비가 되려고 작정을 했던 것 같습니다. 그대나 나나 지금에서 보면 그때는 너무 어렸습니다."

그가 회한에 젖은 목소리로 말했다.

"······화가 났었습니다. 남자라는 이유로 동문수학한 이수광이 마음껏 시를 쓰고 조선을 건너 중국까지 활보하는데 아녀자라는 이유로 나는 규방에 갇힌 채 죽어 가는 것 같아서. 모든 것이 세상 탓인 것만 같아 억울했습니다. 난, 단지 시를 쓰고 나의 시를 나누고 싶었을 뿐인데. 그러나 지금 생각해 보면 내 안의 욕심 탓도 있었던 것 같습니다. 나의 재주를 인정해 주는 세상으로 나가고 싶었다고나 할까."

"세상 탓 맞습니다. 화를 낸 것도 당연했고. 조선이 그대를 품기에는 너무 편협했습니다."

그가 말없이 다가오더니 마치 아이를 다루듯 나의 머리카락을 쓰다듬었다. 머리 위에 나비가 내려앉는 것 같은 기분이었다. 그는 목덜미와 어깨 사이의 음영이 진 곳에 키스했다. 입술이 깃털처럼 부드럽게 스친다. 그는 한동안 나를 끌어안고 가만히 있었다. 서로에 대한 그리움이 녹아내리는 순간이다. 나는 가만히 내리고 있던 두 팔을 조심스럽게 들어 그를 안았다. 그는 그제야 안심했다는 듯이 조용히 웃었다.

"그대에게 내려앉아도 되겠습니까?"

나는 잠시의 망설임도 없이 그의 입술에 부드럽게 키스했다. 그가 깜짝 놀라며 웃었다. 나는 그의 열정적인 입술을 말없이 받으며 생각했다. 매화가 활짝 피었던 그 날로 되돌아간 것 같다고. 한편

우아한 유령

으로는 꽃이 피면 또 바람이 불어올 것인데 이번에는 과연 우리에게 어떤 바람이 불어올지 자못 궁금하다. 부디 그 바람이 친절하기를……

그의 입술이 스치기만 해도 온몸의 세포가 활짝 피어나는 전율이 온몸으로 퍼져나갔다. 갑자기 그가 나의 눈을 지그시 바라봤다. 짓궂음, 장난기, 열정, 갈망……. 모든 것이 뒤섞인 그의 눈동자가 나를 꼼짝 못 하게 했다. 나는 조용히 고개를 끄덕였다.

7.

꽃등
연서

이별의 아침이 왔다.

그와 나는 늘 갑작스럽게 이별을 맞이했다. 16세기에도 그랬다. 다르다면 이번엔 잠시 그를 보내야 한다는 점이다. 그는 나에게 곧 돌아오겠다고 했지만 많은 기괴한 일들이 일어난 후라 불안했다. 그가 사라질까 봐 두려웠다.

공항 카페에 앉아서 커피를 사서 성큼성큼 걸어오는 그의 모습을 조용히 지켜봤다. 그가 다가와 커피를 건넨 후 옆자리에 앉자마자 나의 뺨에 키스했다. 꽃잎이 나부끼는 것처럼 부드럽고 상냥하게 다가온 그의 키스에 답할 길이 없다.

아무리 바다 건너 일본이 활동무대라 하지만 신비주의는 콘플레이크와 말아 드셨는지 배우이면서도 그는 타인의 시선을 신경 쓰

우아한 유령

지 않았다. 이전에는 어땠는지 모르겠지만 나와 함께 있는 순간은 그랬다. 그는 오로지 나와의 시간에만 집중했다. 마치 다시 오지 않을 시간을 사는 사람처럼 말이다. 그런 그를 나는 불안한 눈빛으로 봤다. 그가 걱정하지 말라는 듯 끌어안으며 말했다.

"곧 돌아올 것입니다."

공항에서도 어김없이 그는 주변 사람들의 시선을 끌었다. 그처럼 옷을 입은 사람은 어디에도 없으니까. 한국의 다른 배우들처럼 트레이드마크인 검은 마스크도 쓰지 않은 그는 우아한 빈티지 보헤미안 스타일만으로도 시선 집중이었다.

부드럽게 웨이브 진 긴 머리카락, 아무렇게나 소매를 접은 살굿빛 셔츠 위에 걸친 보라색 긴 니트 스웨터 그리고 빛바랜 청바지까지 그냥 차림새가 '나는 배우입니다.'라고 만방에 알리는 패션이다. 그에 비하면 나는 그저 청바지에 흰 린넨 셔츠의 평범한 차림이었다. 나는 왠지 그의 옆에 서는 것이 불편해서 조금이라도 떨어져 걸으려 하면 '예전의 경번을 소환하세요.' 하며 내 손을 잡고 성큼성큼 앞으로 나아갔다.

공항에서 그를 알아본 몇몇 사람들이 핸드폰을 들고 사진을 찍었지만, 그는 여유만만이었다. 심지어 활짝 웃어 주기까지 했다. 16세기에도 장안의 내로라하는 기생들의 시선을 즐기며 산 남자니 오죽이나 할까. 가끔 카메라 플래시가 나를 향하면 사람들을 향해 고개를 저으며 나를 감싸 안았다.

'나를 마음껏 찍는 것은 허락하나 이 여인은 아니 된다.'라는 조선 사대부 정신의 발현인가 싶어서 웃고 말았지만 사소한 행동이 얼마나 그가 나를 사랑하고 있었는지 새삼 깨닫게 해 주었다. 덕분에 나중에 본 내 사진들은 그에게 안겨 있거나 혹은 그가 감싸안은 탓에 뒷모습만 찍힌 것뿐이었다. 그때는 몰랐다. 그의 뒷모습이 그리 슬프게 남을 줄은.

"곧 돌아오겠습니다. 경번이 있는 곳으로. 그때는 21세기 스타일로 연애합시다. 그리고 이것을 가지고 간직하고 있어요."

그가 백팩 안쪽에서 오래전에는 분명 선명한 붉은 색이었을 종이에 쌓인 작은 꾸러미를 꺼내 나에게 건넸다.

"이것이 무엇입니까?"

"연꽃 씨앗입니다. 부인이 떠난 후 핀 연꽃에서 씨앗을 받아서 항상 간직하고 있었습니다. 그것이 마지막 핀 연꽃의 씨앗입니다. 어머님이 연못을 메워 버려서 다시는 붉은 연꽃을 볼 수가 없었습니다."

"뭐하러 간직하셨습니까."

"다시는 꽃도 그대도 보지 못한다는 사실이 두려워서. 꽃이라도 볼까 하고……."

그가 깊은 한숨을 쉬며 말했다.

나는 그를 가만히 끌어안았다. 그의 따뜻한 체온과 숨소리가 비

　　　　　　　　　　　　　　　　　　　　　　　우아한 유령

현실적으로 느껴진다. 내가 얼마나 그를 사랑하는지 이제야 알게 되다니 어처구니가 없었다. 그놈의 시가 뭐라고, 글이 뭐라고 이 사람을 힘들고 아프게 했을까? 그 후회를 담은 반성문을 며칠을 써도 모자랄 것 같다.

다시는 그를 놓치지 않겠지만 제멋대로인 운명이 그를 나에게서 데려가서 모든 것이 물거품이 될까 두려워 그의 귓가에 속삭이듯 말했다.

"여견, 당신을 사랑합니다."

"16세기부터 줄곧 나는 부인이 나를 사랑한다는 사실을 알고 있었습니다. 이제부터 나와 당신의 시간은 같이 흐를 것입니다. 같이 노을을 볼 것이고, 꽃이 지는 것을 볼 것입니다. 북두칠성에 맹세하지요."

그가 다정한 목소리로 말하며 웃었다.

"그냥 내게 맹세하세요. 그리고 내게로 빨리 돌아오세요."

그가 나의 얼굴을 두 손으로 감싸며 나의 얼굴을 가만히 들여다보았다.

"세상에서 가장 아름다운 별이 당신 눈에 있습니다. 하니 이 사람은 일각이 여삼추입니다. 연꽃이 필 즈음에 돌아오겠습니다. 이번엔 그리 오래 걸리지는 않을 겁니다."

"약속하신 겁니다."

"기다리세요. 부인은 그저 가만히 기다리면 됩니다. 내가 달려올 것이니."

그가 나를 달래듯 부드럽게 그러나 단호한 목소리로 귓가에 속삭였다. 연꽃이 다시 필 때 우리는 행복해질 거라고. 반드시 그렇게 만들 거라고. 그것이 자신이 견디어 온 시간에 대한 답이라고 했다. 그런 그의 모습을 보고 있자니 마음이 무너지려고 했다. 나는 소중한 것을 떨어뜨린 아이처럼 느닷없이 툭 터진 울음을 도무지 멈출 수가 없었다. 눈물이 하염없이 흘러내렸다. 그가 웃으며 손으로 눈물을 닦아 주며 달랬지만 한 번 터진 울음은 멈출 줄 몰랐다. 봉인 해제된 것처럼. 그가 나의 울음을 그치게 하려는 듯 다정한 입맞춤을 했다.

나의 눈은 그를 보며 울고 있었다. 두려움이 가득한 나의 모습이 그의 눈 속에 있었다. 그리고 나를 향한 오랜 갈망이 있었다. 그의 눈을 보며 생각했다.

'아, 나는 이 사람을 사랑하지 않을 수가 없구나……'

그의 출국은 예정에 없이 갑작스럽게 결정된 일이었다. 원래는 한국에서 윤황과 미팅을 앞두고 있었다. 그전까지는 동네 골목을 맴돌며 소소한 일상을 즐길 예정이었다. 먼저 평범한 21세기 남녀처럼 살아 보기로 한 그와 나는 심야 영화를 본 후 토성마을까지 걸어오며 도시의 밤거리를 산책했다. 때론 그 산책이 짧은 밤을 건너 새벽까지 이어지는 산책이 되기도 했다. 아침이면 그의 손에 이끌려 집 근처 카페에 갔다. 전망 좋은 테라스에 앉아 모닝커피를 마시며 머리 위로 쏟아지는 마음껏 햇살을 즐겼다. 맞은편 토성 너머로 불어오는 바람을 느끼며 마치 남은 날이 하루뿐인 연인들처럼 말이다. 그리고 오늘이 전부인 사람들처럼 웃었고, 걸었고, 사랑했다.

어느 날은 우연히 나간 산책길에서 영화를 찍는 듯 풋풋한 홍연의 사랑을 목격하기도 했다. 홍연은 편의점에서 아르바이트하는 남자 친구와 시장 골목 치킨집에서 생맥주를 나눠 먹으며 뭐가 그리 좋은지 쉴 새 없이 웃고 있었다. 남자 친구는 맥주에 취한 것인지 홍연에 취한 것이 가늠할 수 없을 정도로 홍연의 얼굴을 바라보고 있었다. 세상에 둘도 없는 연인을 바라보는 것 같은 그 모습이 영화의 한 장면처럼 아름다웠다.

"저 둘을 감싼 공기도 달콤하겠는데요, 부인."

그가 홍연과 남자 친구를 보며 말했다. 그의 눈빛에 부러움이 가득했다.

나 역시 둘이 나누는 웃음, 눈빛, 금방 과거가 되어 버릴 시간이 부러웠다. 훗날 돌이켜 보면 저 둘도 너무나 평범한 순간이 가장 아름다운 순간이었다는 것을 깨닫게 되리라. 그러나 내가 그랬듯 홍연도 결코 지금은 모를 것이다. 만약에 내가 그때 그 소중함과 아름다움의 가치를 알았다면 우리 인생은 얼마나 달라졌을까? 그런 나의 마음을 눈치챘는지 그가 가만히 손을 잡는다. 나의 눈빛과 마주친 그가 씩 웃더니 갑자기 달리기 시작했다. 우리는 아름다운 거리의 풍경 속에 일부가 되어 달렸다. 곁을 스치는 상냥한 바람 소리가 들렸다. 바람이 나에게 속삭였다.

'기다려 주지 않아. 사랑하고 싶을 때 사랑해. 지금.'

그의 손을 꽉 잡고 토성 옆 은행나무를 지나고 일부러 골목과 골목을 달려서 집 근처 편의점에 도착했다. 초저녁에 마을을 한 바퀴 도는 질주를 한 탓에 숨이 턱까지 차올랐다. 바람에 날린 나의 머리카락은 얼굴로 쏟아져 내렸고 그것을 본 그가 웃음을 터트리더니 나의 얼굴을 잡고 거칠게 키스를 했다. 순간 별들이 쏟아지는 것처럼 주변에서 스팽글이 반짝거렸다. 아니, 홍연의 방에 있는 미러볼이 돌아가는 것 같은 기분이었다. 그와 나는 정신없이 웃다가 서로 마주 보고 동시에 '사랑합니다.' 그리고 '내 사랑을 잊지 않아서 고맙습니다.'라고 말했다.

그가 나를 향에 팔을 활짝 벌렸다. 나는 웃으면서 부드럽게 그의 등을 끌어안았다. 따듯하고 넓은 그의 품은 놀랍도록 현실적이었다.

"21세기식으로 직진하시겠습니까? 아니면 16세기식으로? 내일 아침에는 경번의 시 한 수를 들을 수 있는 것입니까?"

그가 빙그레 웃으며 말했다.

"16세기식은 아니 잊어버리셨습니까?"

"잊을 리가요. 모두 다 기억합니다. 첫날밤부터."

그가 조용히 나의 손을 잡아 이끌며 말했다.

나는 그의 손을 잡고 천천히 그의 집 쪽으로 향했다. 오랜만에 그의 거문고 소리를 다시 들을 수 있다는 설레임 때문인지 지상에서 10센티미터 정도 떠서 걷는 것 같았다.

그날 밤 나는 영원까지는 아니어도 우리의 사랑이 지속 가능하리라 생각했다. 그러나 백일몽 같은 일주일은 일본에서 걸려 온 전화 한 통화로 끝이 났다.

편의점에서 만 원에 4캔을 주는 맥주를 사서 나눠 마시며 그가 좋아하는 쳇 베이커의 재즈를 들었다. 비가 오려는지 습기를 머금은 밤공기에 녹아드는 〈The Touch of Your Lips〉 탓에 여름밤은 몽롱했고 나는 그의 눈빛에 취해 있었다.

시간이 정지된 채로 아무 일도 일어나지 않은 순간을 살고 싶었다. 정지화면을 누른 것처럼 나의 생을 멈추고 그와 함께 여름밤 속에서 박제되어 버리고 싶었다. 나는 차가운 맥주를 마시며 한숨을 쉬었다. 그는 뭐가 그리 좋은지 밤하늘을 보며 웃었다.

플라스틱 테이블에 놓인 그의 핸드폰을 통해서 흘러나오는 쳇 베이커의 목소리가 간간이 매미 울음소리와 뒤섞이며 여름밤의 BGM처럼 골목을 채웠다.

"여름 서생이 등장했습니다."

밤 골목 사이로 보이는 작은 하늘을 바라보던 그가 말했다.

매미의 정교한 날개가 선비의 갓 같기도 얇은 비단 도포 같기도

하다며 그는 항상 매미를 그렇게 불렀다.

"매미가 여견의 시그니처라고 해도 무리는 아니지요."

"글 속에서 '나의 남편은 해마다 앞마당 녹나무에 숨어서 우는 매미를 여름 서생이라고 불렀다.'는 문장을 읽고 부인인 줄 예감했습니다. 한동안 그 문장 때문에 잠을 이루지 못했습니다."

그가 적요한 눈빛으로 나를 바라보며 말했다. 그 순간 나는 그가 헤매며 살아온 시간이 얼마나 슬프고 적막했을지 느낄 수 있었다. 나는 눈물이 그렁그렁한 눈으로 그를 보며 작은 목소리로 말했다. '은애'한다고. 그가 잘 들리지 않는다는 듯이 웃으며 귀를 잡았다. 그의 그런 사소한 장난이 나를 더 슬프게 했다.

마침 저녁 운동을 나왔던 은분 씨가 나를 보고 반색을 하며 다가왔다가 옆에서 맥주를 마시는 그를 알아보고는 깜짝 놀랐다.

"아이고 선생님, 이게 무슨 일이래? 이웃이라고 둘이 벌써 안면을 트고 캔 따는 사이가 된 거야? 역시 젊어서 빠르네."

은분 씨가 테이블 위에 놓인 맥주 캔을 보며 눈을 끔뻑인다.

지켜보던 그가 일어나서 은분 씨에게 인사를 했다. 역시나 뼈대 있는 가문 출신답게 예의는 바르다. 은분 씨는 활짝 웃으며 그가 내민 손을 덥석 잡았다.

"잘 부탁드립니다. 저는 이 사람의 전 남편입니다."

그가 나를 가리키자 은분 씨는 이것이 무슨 아닌 밤중에 귀신 쉰 나락 까먹는 소리냐는 듯 나를 본다. 나는 웃으면서 고개를 끄덕

우아한 유령

였다.

바로 그때 핸드폰이 울렸다. 그가 통화를 위해 핸드폰을 들고 자리를 잠시 뜨자마자 은분 씨는 기다리고 있었다는 듯 속사포 질문을 시작했다.

"왜 이혼했대? 어지간하면 분노가 절로 삭제되는 얼굴인데. 아, 답이 딱 나오네. 못 잊어서 옆집으로 이사를 왔구먼. 요즘 세상엔 보기 드물게 지고지순한 남자네. 이참에 시어머니 무시하고 합쳐. 저 정도면 가히 은총이라고 할 만하지!"

언제나 그렇듯이 은분 씨의 상상력은 끝이 없이 확장된다. 그녀는 전화를 끊고 다가오는 그를 감탄의 눈빛으로 보며 씩 웃는다. 앞으로 한동안은 은분 씨에게 시달리게 생겼다.

"오늘 눈 호강 제대로 했네. 저 정도면 기회가 왔을 때 다시 한번 잘해 보는 것도 나쁘지 않아. 그놈이 그놈이니까 잘해 봐."

"사람은 고쳐 쓰는 거 아니라면서요?"

나는 실실 웃으며 말했다.

"아냐 저 정도면 고쳐 써도 돼. 일단 앞집 주인이잖아. 그 집 평당가가 요즘 올라서 부동산 가치가 꽤 돼. 외모도 저 정도면 명화 감상한다 생각하고 살아도 본전이라니까. 그러니 잘해 봐! 그럼 갈게. 괜히 방해하면 안 되니까."

은분 씨는 신신당부하며 서둘러 편의점 앞을 떠났다. 그녀는 가다가 뒤돌아보며 무언의 파이팅을 외쳤다. 나는 그런 그녀를 보며 웃음을 터트렸다. 그녀와 세상의 모든 기운이 나를 응원하고 있는 것 같았기에. 나는 저만치 걸어오는 남편, 김성립을 보며 눈물을 글썽였다. 꿈만 같아서…….

"일본에 다녀와야 할 것 같습니다. 경번."

그가 나의 손을 잡으며 말했다.

"아직, 시간이 있지 않습니까?"

갑자기 불안한 마음이 들어 그를 걱정스러운 눈빛으로 봤다.

"갑자기 촬영 일정이 잡혔습니다. 늘 있는 일입니다. 한 달 후에 돌아올 겁니다."

그는 불안해하는 나를 가만히 안았다. 그의 심장 뛰는 소리가 들렸다. 그의 심장은 나로 인해 뛰겠지만 나의 심장은 알 수 없는 두려움으로 인해 뛰었다.

나는 다시 한 달을 기다려야 한다. 괜한 불안감이 앞섰으나 그에게는 말하지 않았다. 출국장으로 향하던 그가 갑자기 달려오더니 나를 와락 끌어안았다. 다시는 놓지 않겠다는 것처럼 팔에 힘이 들어갔다. 한동안 숨을 쉴 수가 없었다. 그에게 빨려들어 갈 것 같은 순간이었다. 이대로 그에게 스며들고 싶다고 생각했다. 온몸으로 전해지는 그의 애절함을 어떻게 해석해야 할까? 차라리 그를 따라갈까? 하는 생각을 하며 그의 등을 쓸어내렸다.

그가 나를 조용히 내려다봤다. 하나하나 다 기억하려는 사람처럼. 모든 것을 눈에 담아 가려는 듯 차근차근 확인하는 눈빛이었다.

"고작 한 달이라고 하지 않으셨습니까?"

나는 그를 달래듯 말했다.

"단 하루도 잊지 말고 기억해야 합니다."

"꽃 선비 김성립의 얼굴이 어디 잊힐 만한 얼굴입니까?"

나는 지난밤을 기억을 떠올리며 웃었다.

"하긴, 나 같은 얼굴은 웬만하면 다 용서가 되는 얼굴이지요."

그도 알고 있다는 듯 씩 웃으며 말했다.

나는 그의 천연덕스러운 말에 어이가 없어서 그만 웃음을 터트리고 말았다.

"아니 그렇습니까?"

16세기의 남자로 돌아간 듯 그 우아하고 고즈넉한 말투로 나에게 말했다. 그의 공기 반, 소리가 절반인 목소리를 다시 들을 수 있어서 참 다행이었다.

"경번은 나의 유일무이한 사람입니다."

그가 나를 떠나기 싫다는 듯 살짝 한숨을 내쉬며 나의 이마에 키스했다.

그는 언제나 사랑스러운 연인이며 다정한 남편이었다. 왜 나는 그의 사랑에 그토록 인색했을까? 뒤늦은 후회로 가슴이 아려온다. 오백여 년이 지난 후에야 그가 나의 다른 쪽이라는 것을 알았다.

지난밤 나를 품에 안고 누운 그가 세상천지에 이다지도 오랫동안 지아비의 마음을 애달프게 하는 지어미가 어디 있냐며 투덜거렸다. 자그마치 오백 년을 기다렸다며. 그 정도면 '열부문'을 100미터 간격으로 세워 주어도 부족하다며 너스레를 떨었다.

"주변 사람이 다 죽는데 나만 죽지 않고 늙지도 않는다는 사실을 알게 됐을 때는 소름이 돋고 머리털이 서는 것 같았습니다. 그리고 이어진 감정은 절망이었습니다. 의미가 없는 생을 살아야 하니까. 그러나 그림을 그리고 시를 쓰며 덧없어 보이는 인생을 사는 방법을 터득했습니다. 어느 생은 사무라이로, 또 다른 생은 이름 없는 사람으로, 또 어떤 생은 화가로……. 21세기에는 나의 타고난 재주와 부친께서 준 DNA 덕에 이 사람이 배우를 합니다. 그리고 이제는 마지막으로 대기만성형 지아비를 하려 합니다. 내가 경번의 지아비로 취직을 하려 하는데 어찌 생각하십니까?"

"그리하십시오. 뒤늦게 철든 지아비 노릇 제대로 하시는 겁니다. 허나 그 몰골을 하고 골목은 나가지 마십시오. 원성이 자자할 것입니다."

"그렇지요. 원성뿐이겠습니까? 이 사람 얼굴이 한 번 보면 잊을 수 없는 얼굴이지요. 하여 당돌하고, 똑똑하지만 고집불통인 허초희가 김성립의 미모에 반해 시집오겠다고 한 것 아닙니까?"

또다시 전광판에 교토행 비행기 시간이 떴다. 탑승하지 않은 승객은 속히 탑승하라는 안내방송이 흘러나왔다. 이제 정말 그가 가야 할 시간이다.

우아한 유령

그는 갑자기 생각난 듯 가방에서 핸드폰을 꺼내더니 필요할 거라며 건넸다. 새로 개통한 최신형 핸드폰이니 언제든 연락할 수 있다고 말했다. 전화번호는 자신의 것과 같고 비번은 그와 나의 생일이니 절대로 잊을 수가 없을 거라고 했다. 나는 그런 그의 눈을 보며 함께 살 수만 있다면 어떤 대가도 치를 수 있다고 생각했다.

　　나는 탑승을 위해 급하게 뛰어가는 그의 모습이 시야에서 사라질 때까지 지켜봤다. 그가 쓸쓸한 마음으로 화우당에서 나의 뒷모습을 지켜본 것처럼. 그는 꿈처럼 왔다가 다시 꿈처럼 가 버렸다. 너무나 꿈같은 시간이었기에 두렵지만 돌아오겠다는 그의 약속만 기억하기로 했다.

　　김성립이 일본으로 돌아간 지 일주일이 지났다. 나는 그와의 이야기를 쓰며 그를 기다렸다. 그는 나에게 매일 소식을 전했지만 돌아오기로 한 날에서 이틀 전부터 갑자기 소식이 끊어졌다. 간간이 통신 두절이 있기는 했으나 다시 통화가 됐기에 걱정하지 않았다. 더욱이 그가 나를 기다린 시간과 연락두절의 세월을 생각한다면 그리 길지는 않다고 생각했다. 고작 이틀이니까.

　　그와 연락이 끊어진 이후 나는 가끔 잠에서 깨면 창문을 열고 앞집의 2층을 살핀다. 혹시나 그가 기별 없이 돌아오지는 않았을까 하는 기대에. 그러나 집은 여전히 짙은 밤그림자를 드리운 채 어둠 속에 서 있다. 그 어둠 속에서 매화나무는 주인이 돌아오길 기다리고 있고, 재스민도 기다리고 있고, 나도, 홍연도 그를 기다리고 있다. 그리고 달빛도 그를 기다리고 있다.

그리울 때면 눈을 감고 그의 얼굴을 떠올린다. 섬세하고 그윽한 눈빛, 갓을 쓰면 더 아름다운 이마, 우아한 눈썹과 콧날과 눈 밑의 작은 눈물점, 그리고 열정적인 입술까지⋯⋯. 눈을 뜨면 당장이라도 그가 문을 열고 들어올 그것만 같다. 나는 그가 돌아올 날을 손꼽아 기다리고 있다. 제발 길어지지 않기를 바라면서.

아침부터 내리기 시작한 비가 도무지 그칠 기미가 보이지 않는다. 태풍이 올라오고 있다고 한다. 정원의 한구석에 심은 해바라기들이 비바람에 위태롭게 흔들리고 있다. 태풍이 북상 중이라더니 바람이 심상치 않다. 창가에서 몇 번을 서성이다가 결심을 하고 집을 나섰다. 우산 하나로 버티기에는 버거운 비바람이어서 시장 골목을 나오자마자 택시를 잡아타고 구 편집장과 만나기로 한 약속 장소로 향했다.

장소는 올림픽 공원 안에 있는 카페였다. 호수가 한눈에 내려다보이고 소마미술관이 바로 옆이라 구 편집장이 유난히 좋아하는 곳이었다. 멀리 보이는 몽촌토성의 부드러운 능선이 호주 주변을 따라 펼쳐져 비 오는 날은 유난히 몽환적이다.

호수 언덕을 가득 채운 대나무 숲이 바람에 불안하게 흔들렸다.

"좀 늦네. 차가 막히나?"

구 편집장이 입구 쪽을 보며 말했다.

"비가 오니까 그렇겠지……."

"어이쿠, 호랑이도 제 말 하면 온다더니 저기 오네."

구 편집장이 카페 안으로 들어서는 윤황에게 손을 흔들었다.

윤황은 핸드폰으로 어딘가에 전화를 걸었지만 받지 않는지 이내 전화를 끊고 나와 구 편집장이 앉아 있는 테이블 쪽으로 급히 걸어왔다. 그의 표정이 몹시 어두웠다. 그는 자리에 앉으면서도 한숨을 내쉰 후 한동안 말없이 테이블을 내려다봤다. 불안이 흩뿌려진 구슬처럼 테이블 위로 떨어져 사방으로 튄다.

"실연했어?"

구 편집장이 농담처럼 툭 한마디 던졌다.

자리에 앉자마자 대답 대신 고개를 떨군 채 핸드폰의 메시지를 확인하던 윤황이 '아' 하는 탄식과 함께 편집장과 나를 본다. 그는 충격이 큰 탓인지 한동안 말이 없었다.

"무슨 일이야?"

심상치 않은 윤황의 표정에 놀란 구 편집장이 물었다.

"……그가 실종됐답니다. "

"대체 누가?"

구 편집장이 답답하다는 듯 물었다.

"사카구치 켄타로. 사망했을 확률이 높다고 합니다."

이번엔 윤황이 나를 보며 말했다.

갑자기 세상의 모든 소리가 빗속에 갇혀 버린 것 같았다. 윤황의 목소리가 들리지 않아 나는 멍하니 그를 바라보기만 했다. 벽이 내 생각과 목소리를 심지어 기억조차 다 흡수해 버린 듯 텅 비어서 도무지 말을 할 수가 없었다. 차라리 그랬으면 나으려나?

매화꽃 망울이 서서히 부풀어 분홍빛 꽃잎 한 장을 내밀고 조심스럽게 꽃을 피우는 것처럼 우리의 사랑도 꽃필 거라 믿었는데 느닷없이 져 버리는 건가?

"그게 무슨 말이야, 방귀야?"

구 편집장이 어이없다는 듯이 말했다. 윤황도 경황이 없는지 계속 통화를 시도했지만 연결되지 않았다.

나는 옆 의자에 놓인 가방을 들고 핸드폰을 급하게 찾았다. 그러나 핸드폰이 없었다. 갑자기 온몸에서 힘이 다 빠져나간다. 두 사람의 이야기 소리가 점점 멀어져갔다. 나는 숨을 쉴 수가 없었다. 눈물 같은 것은 나오지도 않았다. 시야에서 빛이 사라지고 어둠이 덮치는 것처럼 아득해질 뿐이다. 우주가 스파크를 일으키는 것 같은 충격이 이만할까? 이 정도면 운명도 지랄이다. 쓰러지는 순간 환청처럼 나는 그의 목소리를 들었다. 절박하지만 혹여 내가 놀랄까 봐서 달래는 듯 '경번' 하고 분명 그가 나를 불렀다.

눈을 뜬 곳은 응급실이었다. 윤황과 편집장이 나를 걱정스러운 눈빛으로 지켜보고 있었다. 나는 멍하니 천정을 바라봤다. 아직도 쓰러지기 직전에 환청처럼 들렸던 그의 목소리가 귓가를 맴돈다.

우아한 유령

"꼬박 반나절 동안 혼수상태였어. 쓰러지다가 테이블 모서리에 부딪혔거든. 켄타로 씨 일은 애석하지만. 그렇다고 기절까지?"

편집장은 도무지 이해되지 않는다는 얼굴이다.

"괜찮으십니까?"

구 편집장의 팔을 슬며시 잡은 윤황이 걱정이 가득한 얼굴로 물었다.

"……"

말이 나오지 않았다. 울음이 목 어디엔가 걸려 말을 할 수가 없었다. 눈물도 나오지 않았다. 눈은 이미 핏줄이 다 터져서 붉게 물들었다.

인생이 나에게 원하는 것이 무엇일까? 궁금했다. 왜 나에게 이런 감당할 수 없는 슬픔을 주기적으로 던져 주는지 이해할 수가 없었다.

"미야노우라다케 정상 어딘가에서 비행기가 실종됐답니다. 갑작스러운 폭우와 연이은 기상 악화로 구조는 포기한 상태입니다."

그의 얼굴이 심각했다. 나는 이 이 상황을 어떻게 받아들여야 할지 몰라 얼굴을 일그러뜨린 채 윤황을 봤다. 그가 위로하는 것 같은 눈빛으로 나를 본다. 나는 천천히 고개를 저었다. 이럴 순 없다. 아니 운명이 우리에게 이래서는 안 되는 것이다.

"집에 데려다줄 수 있을까?"

나는 구 편집장에게 물었다. 구 편집장이 알았다는 듯이 고개를 끄덕인다.

병실의 벽에 설치된 대형 TV에서는 그에 관한 뉴스가 흘러나오고 있었다. 나는 멍하니 TV 속의 그를 응시했다. 숲에서 실종된 그가 살아 있을 확률은 거의 제로에 가깝다고 하이톤의 일본 여자 아나운서가 말했다. 심지어 자신은 그의 팬이라며 울먹이기까지 한다. 감당할 수 없는 먹먹함이 나를 집어삼킬 것만 같다. 지금까지 내가 경험했던 절망과는 다른 절망이 나를 무너뜨릴까 두려웠다.

TV 속 일본의 방송에서는 계속 그가 사라진 숲 어딘가를 보여주고 있다. 화면 한쪽에 웃고 있는 그의 얼굴이 보인다. 저 얼굴을 내가 과연 잊을 수 있을까? 잊고 살아갈 수 있을까? 나는 조용히 어깨를 감싼 채 무릎 사이에 얼굴을 묻고 내내 울었다. 눈이 빠질 것처럼 아팠지만 멈출 수가 없었다. 나의 숨죽인 울음은 그 후로도 오랫동안 계속됐다.

"둘이 무슨 일 있었나? 전혀 교차점이 없을 터인데."

나의 등을 말없이 쓰다듬던 구 편집장이 윤황에게 물었다. 윤황은 말이 없었다. 마치 모든 사실을 알고 있는 사람처럼.

"뭐 아는 거 있지? 왠지 자연스럽지 않아. 기괴한 느낌이야. 어이, 배진 진정해. 그만 울어. 나까지 울고 싶어진다. 집에 가자. 데려다줄게."

그가 나의 등을 끌어안더니 울먹이며 말했다. 윤황은 말없이 TV 화면을 지켜보며 침묵을 지킬 뿐이다.

우아한 유령

내가 오백 년을 기다린다면 그가 돌아올까? 나는 말없이 회한의 눈물만 흘렸다. 심장 한쪽이 슬픔으로 인해 막혀 버린 것처럼 숨을 쉴 수가 없다. 어느새 오래전 그가 느꼈을 같은 슬픔과 절망이 나를 서서히 점령하고 있었다.

구 편집장의 차를 타고 집으로 향했다. 운전하는 동안 구 편집장은 말이 없었다. 나는 창밖으로 스치는 거리의 풍경을 무심하게 바라봤다. 서울은 수중도시가 되기로 작정한 것처럼 비가 온종일 내리고 있다. 아니 쏟아붓는다는 말이 정확하다. 태풍이 북상 중이라더니 도시를 집어삼킬 작정이라도 했나 보다. 태풍의 이름은 아라시였다.

홍연은 이미 TV 뉴스에서 단신으로 보도된 사고 소식을 봤는지 눈이 퉁퉁 부었다. 불쌍한 것. 얼마나 울었을까? 문을 열고 집 안으로 들어서는 나를 보자마자 울음을 터트리며 달려와 안겼다.

나는 호흡을 가다듬은 후 홍연의 등을 쓰다듬으며 말했다.

"괜찮아. 잠시 들른 거라고 생각하자. 기다리면 올 거야."

나는 숲 어디에선가 그의 운명처럼 쓸쓸히 눈을 감았다고 생각하고 싶지 않았다. 비와 바람과 눈이 돼서 돌아올 거라고 예감하고 싶지도 않았다. 그는 나의 사랑하는 남편이고 연인이며 평생이기 때문이다. 하여 그는 나에게 반드시 온전히 그의 형상으로 돌아와야만 한다. 그렇지 않다면 나는 그의 형상을 한 지독한 그리움을 안고 살아가야만 한다.

그러나 나의 간절한 바람을 외면한 채 그가 돌아오지 않고 있다. 연꽃이 피기 전에 돌아올 거라고 했던 그의 약속은 지켜지지 않았다. 나는 그가 준 스물일곱 개의 연꽃 씨를 하염없이 세고 또 셌다. 그가 그랬던 것처럼. 잠을 잘 수가 없었다. 눈을 감아도 뜨고 있어도 그의 얼굴이 아른거렸다. 눈동자와 눈꺼풀 사이에 그가 있어 사라지지 않았다. 지옥이 따로 없다. 애간장이 녹아내린다는 것이 바로 이런 걸까? 모든 시간이 녹아내리는 것 같아서 움직일 수가 없다.

홍연과 나는 일부러 그의 이야기를 하지 않는다. 그저 아무 일 없었다는 듯 살고 있다. 홍연은 요즘 요리를 배우고 있다. 그의 실종 소식을 뉴스에서 보고 있던 홍연이 갑자기 '나으리'가 요리를 배우면 좋을 것 같다고 했다며 소리 없이 나가더니 그날로 동네 요리학원에 등록을 했다. 앞으로 친구와 요리경연대회에도 나가고 디저트도 배워 볼 생각이라며 억지로 웃었다. 내가 버티고 있는 것처럼 홍연도 제 나름대로 힘든 시간을 버티고 있다.

그가 실종된 지 며칠이 지난 후에야 그가 주고 간 핸드폰을 생각해 냈다. 그동안 까맣게 잊고 있었다. 어쩌면 그가 무언가를 남기지 않았을까 하는 마음에 급하게 충전기를 끼우고 초록색 칸이 채워지길 기다렸다. 나는 벽에 등을 대고 조금씩 채워지는 초록색 칸을 지켜봤다. 10%가 되려면 아직도 멀었다.

가슴이 미어진다. 핸드폰이 충전되는 시간이 이리도 긴데, 그

우아한 유령

는 얼마나 길고 외로웠을까? 울음이 나를 삼킬 것처럼 터져 나왔다. 벽에 기댄 채 하염없이 울었다. 그런 나를 보고 홍연이 달려와 안아 주었다. 울 때보다 울음을 잠시 멈추고 숨을 몰아쉴 때 더 슬퍼서 울음을 멈출 수가 없었다.

초록색이 한 칸 채워졌다. 나는 급하게 핸드폰을 켜고 혹시나 하는 마음에 메시지를 확인하기 위해 터치했다. 제발, 제발……. 눈을 감고 애원하듯 그 찰나의 시간을 기다렸다. 그 짧은 시간 동안 숨을 쉴 수가 없었다. 심장이 녹아내리는 순간 먼 곳의 그로부터 전해진 메시지가 흘러나왔다. 그리운 그의 목소리에 그만 탄식을 하고 말았다.

"……. 사랑하고 그립고, 보고 싶은 나의 아내, 경번. 여기까지 인가 봅니다. 후……."

힘겨운 숨소리가 들렸다. 얼마나 아팠을까? 흐르는 눈물을 멈출 수가 없었다.

"그래도 오십시오. 허락하지 않습니다. 제발."

나는 울음을 참으며 말했다. 그러나 야속하게도 나의 바람은 그에게 전해지지 않는다.

"……더는 허락하지 않는가 봅니다. 우리가 다시 만났던 그때처럼 안개가 내립니다. 오, 어찌 이리도 달빛은 아름답고 부드러운지, 마치 경번 같습니다. 당신은 부디 내 시간 속에 머물지 말고 앞으로 가세요. 그렇다고 해도 내 모든 시간 속에서 당신은 영원할 것입니다. ”

"어찌 나 혼자 가라 하십니까? 제발. 나에게로 온전히 오세요. 여견!"

나는 울음 섞인 목소리로 애원하듯 속삭였다.

빗소리가 들리고 그 너머로 그의 거친 숨소리가 소리가 전해졌다. 나는 입술을 깨문 채 벽에 이마를 부딪치며 슬피 울었다.

"……16세기 내 사랑은 슬펐고, 21세기 당신은 그리움으로 남습니다. 그러니 이제, 나를 잊고 부디 행복하세요. 나에게서 멀어져 당신의 시간을 살아요. 인생엔 마음이 없답니다. 바람에도. 그런데 비도 그러한가 봅니다. 이렇게 경번에게 가는 길을 막는 것을 보니. 내가 사랑한 당신의 미소, 다정한 손짓 다 가지고 가겠습니다. 가끔 바람이 되어 돌아가겠습니다. 부인, 오른쪽 머리카락이 바람에 흔들리면 그것이 나인 줄, 아, 세, 요……. 온 영혼을 다해 키스를, 보냅니다."

나는 어린아이처럼 얼굴을 찡그리며 큰 소리로 하염없이 울었다. 눈물과 흐느낌이 이어지는 오열을 반복하며 나는 그의 목소리를 잡고 있었다. 그에게 가서 닿을 수 없는 마음이 원망스러웠다.

아, 당신은 얼마나 슬프고 쓸쓸했을까요?

초월리에 있는 허난설헌의 묘를 찾았다. 아니 이제는 내 무덤이라고 해야 하나. 나는 슬픔을 담담히 받아들이며 나란히 사이좋게 있는 아이들의 작은 무덤을 맴돌았다. 얼마나 외로웠을꼬? 한동안 나는 아이들의 곁에서 앉아 있었다. 많이 사랑해 주지 못해서 미안했다. 좀 더 많이 사랑했어야 했는데. 못나고 이기적인 어미는 살아서 숨을 쉬고 있다는 것이 미안했다.

오빠 하곡은 아들 희윤을 특별히 사랑해 아이가 죽었을 때 애도의 시를 지었을 정도였다. 아이의 무덤가에는 아직도 오빠의 시가 남아 있다. 나는 시가 적힌 묘비를 오빠 인양, 아들 희윤 인양 어루만졌다.

지대가 높은 탓에 여름임에도 청량한 기운이 실린 바람이 불었다. 남편 김성립이 임진왜란 이후 이조참판으로 추증되면서 덩달아 정부인이 된 그녀, 아니 나의 묘와 텅 빈 그의 묘를 보고 있노라니 가슴 깊은 곳에서부터 울음이 차오른다. 그러나 그를 향한 내 마음은 감히 눈물로 대신할 수가 없다. 눈물은 이제 너무나 가볍다. 나는 억지로 울음을 삼키며 쓸쓸한 그의 무덤가에 한참을 서 있었다.

또다시 먼 강에서 바람이 불어왔다. 가볍게 올려 묶은 내 머리카락이 풀어지더니 바람에 날린다. 그리고 그 바람은 어느 여름밤 그가 흩날리던 머리카락을 묶어주었던 푸른 리본을 가지고 골짜기 어디론가 사라졌다.

"허락하지 않습니다. 제발 온전한 형상으로 제게 오세요."

나는 작은 목소리로 애원하듯 말했다.

그는 여전히 돌아오지 않고 있다.

나는 달빛이 좋은 밤이면 토성으로 향한다. 그가 곁에서 함께 걷고 있는 것 같아 가끔 옆을 바라보지만 따라오는 것은 적적한 달빛뿐이다. 석 달이 지나도록 그의 흔적은 어디서도 찾을 수가 없다.

그가 탔던 헬리콥터는 잔해조차 찾지 못했다. 함께 탔던 사람은 간신히 구조되었으나 충격으로 당시 상황을 기억하지 못했다. 심지어 그와 함께 탔다는 사실도 잊은 듯했다.

나는 그의 실종 이후 그저 담담하게 일상을 살고 있다. 커피를 내리고 고요한 햇살이 떨어지는 오후 세 시의 토성을 바라보고 정원에 떨어진 계수나무 잎을 치우고, 잊지 않으려 그의 기억을 메모한다. 주방 벽에는 그와 함께 한 사진과 그를 향한 나의 그리움을 적은 하트 모양의 포스트잇이 잉어의 비늘처럼 붙어 있다. 오래전 나는 그에게 잉어처럼 접은 서신을 종종 보냈기에 끝이 들린 채로 붙어 있는 포스트잇을 보면 그 시절의 기억이 떠올라 홀로 눈물짓는다.

간혹 너무나 그리워 마음을 주체 못하면 포스트잇에 적힌 나의 마음을 세상에서 가장 빠른 연락병 바람에 실려 보낸다. 그에게 매일 문자도 보낸다. 나는 잘 있다고. 온전한 형상으로 나에게 돌아오라고. 그러나 한 번도 문자를 읽었다는 표시가 뜨질 않는다. 그러함에도 불구하고 나는 멈출 수가 없다. 그를 절대로 놓을 수 없기에 여전히 저녁이면 그와 맥주를 마셨던 편의점 의자에 앉아서 맥주를

우아한 유령

마신다. 그를 위한 맥주도 한 캔 사서 맞은편에 놓아둔다. 맥주를 마시다가도 그에게 문자를 보낸다. 마치 먼 곳으로 여행을 떠난 남편을 기다리는 아내처럼.

그는 알까? 나는 그의 평생이었고, 그는 나의 평생이었다는 것을. 눈가를 적시는 눈물 탓인지 은행잎도 가로등도 별빛도 흔들린다. 왜 터무니없이 행복해질 거라는 확신을 했을까? 맥주 한 캔과 그의 몫으로 산 맥주까지 다 마신 후 잊고 있던 사진을 찾기 위해 일어섰다.

나는 그와 함께 걸었던 토성 길을 따라 천천히 걸었다. 고요한 달빛은 여전히 나를 따라왔다. 마치 과묵하지만 우아한 호위 무사처럼 나를 위로하고, 보호해 주는 달빛이다. 토성은 깊은 밤의 정적 속에서 슬프게 웅크리고 있다. 멀리 토성 끝자락에 2층 건물이 보인다. '불멸의 사진관', 접속 불량인지 푸른 네온사인이 깜빡거린다. 그와 나도 저 네온사인처럼 일시적인 접속 불량이어서 소식을 알 수 없는 것이라면 얼마나 좋을까?

경황이 없어서 잊고 있었다. 그와 함께 사진을 찍었다는 것을. 불멸의 사진관 주인장이 사진을 찾아가라고 전화를 했을 때 그가 돌아온 것처럼 잠시 기뻤다.

흔적을 남기고 싶어서였던 걸까? 일본으로 돌아가기 며칠 전, 내년에 더 향기롭고 아름다운 꽃을 보려면 필요하다며 이른 아침부터 매화나무 가지치기를 하던 그가 갑자기 사진을 찍으러 가자고 했다.

"그대와 나는 결혼 기념사진이 없지 않습니까? 현생 인류인 호모사피엔스가 가장 잘한 일 중의 하나가 사진의 발견입니다. 추억을 기록하고 채집할 수 있고, 심지어 한순간을 정지시켜 보관할 수 있게 했습니다. 아니 그렇습니까?"

그가 활짝 웃으며 말했다.

"호칭을 좀 통일할 수는 없으십니까?"

"나름의 규칙이 있습니다. 꼬실 때는 그대, 지아비로 무게를 잡고 싶을 때는 당신, 혹은 부인인데 그렇게 영리한 경번이 아직도 눈치를 못 챘단 말입니까?"

그가 능청스럽게 말했다. 그런 그의 모습이 너무 보기 좋아 한참을 봤다.

사실 나를 어떻게 부르는가는 중요하지 않다. 그가 내 눈앞에서 오가는 모습을 볼 수 있으면 그것으로 족하다. 어떤 날은 '그대'라고 했다가 또 어떤 날은 '당신'이라고 부르는 그의 호칭 때문에 16세기인지 21세기인지 잠시 공간적 혼돈이 와서 적응하기 어려우나 그의 입에서 나오는 모든 호칭은 다 경이롭다.

파란 셔츠에 세피아 빛 낡은 면바지를 입은 그가 햇살 아래서 머리에 떨어진 매화나무 잎을 이고 세고 있다. 그의 손에서 떨어진 잎이 빙그르르 돌며 낙하한다. 낙하하는 것이 꽃인지 눈발인지 알지 못하는 지경인 내년, 어느 봄날 그를 다시 볼 수 있게 됐다는 것

우아한 유령

만으로도 가슴이 살랑거렸다.

"나의 관절에 반하셨습니까? 경번은 나의 관절과 뼈들을 어지간히 좋아하지 않습니까? 취향도 참 아방가르드 합니다."

내가 지켜보고 있었다는 걸 알고 그가 껄껄 웃으며 말했다.

"어이가 없어서 그렇습니다. 대관절 어찌 되신 분이기에 사진 한 장 찍는 일에 인류사학적으로 접근하십니까? 그러면 그 애지중지 하는 핸드폰을 세상에 내놓은 스티브 잡스는 뭐라 하실 겁니까?"

"잡스 선생은 일생 은인이지요. 그가 없었다면 어찌 이리 만날 수 있었겠습니까? 부인과 나의 인생 중에서 이리 꽃피는 것 같던 날이 있었습니까? 하여 남겨두자는 것이지요. 그리고 구글에도 감사합니다. 하하하."

그가 계향의 애플 핸드폰을 흔들며 말했다.

매화나무 가지치기를 한 후 그가 나를 부르더니 조심스럽게 두 개의 상자를 앞에 놓았다. 붉은색과 푸른색의 상자는 이미 내가 알고 있는 것이었다.

"이걸 어찌?"

"말하면 깁니다. 전쟁에 나가기 전에……."

그가 회상에 잠긴 듯 두 상자를 물끄러미 바라본다. 나는 말없이 두 상자를 쓰다듬었다. 잠시 행복했던 기억이 떠올랐기 때문이다. 그런 마음을 아는지 그가 나의 손을 꼭 잡았다. 조심스럽게 열어 보니 그와 내가 혼례를 올릴 때 입었던 '혼례복'이 곱게 접힌 채 들어 있었다.

그는 전쟁에 나가기 전에 계향을 만나서 그와 내가 혼례식 날 입었던 옷이 담긴 상자를 보관해 달라고 부탁했다며 씩 웃었다. 일본으로 간 후 그는 사람을 보내 계향에게 부탁했던 상자를 찾아오게 했다. 물론 계향은 알고 있었을 것이다. 일본인을 보낸 사람이 여견 김성립, 나의 남편이라는 사실을. 그리고 이런 날들이 오리라는 것도.

옥빛 도포와 갓, 그리고 제비꽃색 치마와 살구꽃 색 저고리, 황옥으로 만든 비녀까지 그대로였다. 꽃 같던 날들의 추억이 갑자기 세월을 건너 뛰어넘어 온 듯 가슴이 두근거렸다. 그가 사진을 찍자고 했다.

남편, 김성립과 나는 토성 끝자락에 자리 잡은 사진관으로 갔다. '바람들이'에 사는 토박이들도 언제 생겼는지 모르는 신비한 사진관이었다. 그 사진관 앞에는 봄이면 분홍빛 꽃이 만발하는 매화나무가 서 있었다. 지나갈 때마다 꽃에 반해서 보다가 사진관의 상호가 '불별의 사진관'이라 다시 보게 되던 오래된 사진관이지만 간판도 불멸의 시간을 보내온 것처럼 툭 치면 떨어질 것 같지만 떨어지는 것을 본 적은 없다.

유리창 안에 전시된 사진들은 주로 가족사진이거나 연인 혹은

우아한 유령

부부의 사진들이었다. 그들은 하나같이 활짝 웃고 있었다. 가장 행복했던 순간을 기록하는 사진관처럼 보여서 마음에 들었다.

한참을 둘러보던 그가 어느 노부부의 사진 앞에서 멈췄다. 활짝 웃는 것은 아니나 고즈넉한 눈빛과 입가의 미소가 인상적이었다. 마치 그간 살아온 풍경들을 담담히 바라보고 있는 것 같은 시선과 미소였다.

"자, 그대와 나도 불멸의 사진을 찍읍시다. 저 노부부처럼 늙어 가는 것이 나의 소원입니다."

그가 눈을 반짝이며 말했다. 독특한 말투 탓인지 사진관 주인이 한번 흘깃 그를 보다가 나와 눈이 마주치자 웃는다.

"보기 좋습니다. 결혼 기념 촬영이시죠?"

"뭐 그런 셈이죠."

나는 자꾸만 잡아끄는 그의 손을 떼어 내며 말했다.

"오늘 그림이 잘 나오겠습니다. 두 분이 잘 어울려서."

"잘 부탁드립니다. 저희 부부가 열다섯, 열여섯에 결혼을 하는 바람에 사진이 없습니다."

그가 철없이 말하는 바람에 일순간 사진관의 주인은 깜짝 놀라는 얼굴이 됐다. 나는 해맑게 웃는 그를 어이없이 바라보다가 그의 등짝을 쳤다.

"이것 보셔요, 정신 차리세요. 이분이 큰일 날 소리를 하십니다."

"응? 우리가 결혼을, 했지요. 배롱나무의 꽃이 짙어질 때 부인이……."

그가 사진관 주인과 나를 번갈아 보며 말하다 아차 싶은지 말을 멈춘다.

"남편이 외국에 오래 살아서 개념이 없습니다. 스물다섯, 스물여섯입니다."

나는 정색을 하며 사진관 주인에게 해명 아닌 해명을 하느라 진땀을 뺐다.

"아, 어쩐지……. 21세기에 그럴 리가 없죠. 법으로도 불가능하지요?"

그가 껄껄 웃으며 말했다.

"맹한 것은 여전하십니다."

나는 그를 흘겨보며 말했다.

"그러다 가자미가 되시겠습니다. 그리고 이 사람이 맹하니까 오백 년 독수공방한 것입니다. 마음만 먹었다며 백인들 부족했겠습니까?"

그가 흘러내린 머리카락을 귀 뒤로 넘겨주며 속삭이듯 말했다.

"전적은 익히 알고 있습니다. 제향이, 흠향이, 계화……. 이것 보십시오! 아직 끝나지 않았……."

갑자기 그가 키스로 입막음을 하는 바람에 과거에 빈번했던 해어화 채집기록을 더는 나열할 수가 없었다.

우아한 유령

실랑이하는 그와 나를 불멸의 사진관 주인이 웃으며 바라봤다.

그날 나는 행복했다. 그 어느 때보다도. 지난날의 슬픔은 잠시 잊고 어리석게도 불멸의 사진관이란 이름 탓에 잠시 '불멸의 사랑'을 꿈꾸었나 보다.

그는 사진관 주인에게 노부부처럼 사진을 찍어 달라고 하더니 부스스한 나의 머리카락을 다듬고 정성스럽게 쪽을 찐 후 오래전 내가 했던 비녀를 주머니에서 꺼내 찔러 주었다. 화우당 시절, 매일 아침이면 그는 나의 머리를 빗겨 주고 쪽을 찐 후 비녀를 골라서 찔러 주곤 했다. 나는 가만히 그의 손을 잡았다.

"그대인 줄 알고 지니고 있었습니다. 이만하면 순정 남편 아닙니까? 세상천지에 어디 이런 남편이 있습니까? 하여 내가 어머니한테 반편이 같은 놈이라는 소리를 들었잖습니까?"

그가 씩 웃으며 말했다. 어느 사이에 그의 눈가가 촉촉해진다.

나는 말없이 그를 두 팔로 끌어안으며 말했다.

"당신은 나의 평생입니다."

"겨우? 내겐 부인이 나의 영원입니다. 이러니 내가 늘 손해입니다. 누가 그럽디다. 먼저 사랑하는 사람이 지는 거라고. 하면 이 사람은 일생 백전백패입니다."

나의 얼굴을 두 손으로 감싼 그가 하얗고 고른 이를 드러내며 시원스럽게 웃는다. 그 눈웃음에 나는 그만 속절없이 녹아내렸다. 그는 아마도 영원히 모를 것이다. 패자는 나라는 것을.

그와 나는 마치 16세기로 돌아간 사람처럼 사진을 찍었다. 어느 봄날 화우당 누마루에 앉아서 흩날리는 꽃구경을 하는 사이좋은 부부처럼. 바람에 날리는 매화 꽃잎으로 바라보며 어느 것이 눈발이며 어느 것이 꽃인지 구분할 수 없다며 왕안석의 시를 읊던 그날, 세상 가장 행복했던 시절로 돌아간 듯.

사진관을 향해 뛰어갔다. 그러나 이미 주인이 퇴근한 사진관의 문은 굳게 닫혀 있었다. 나는 허망한 마음에 차마 떠나지 못하고 낡은 문 앞에서 한참을 서 있었다. 그렇게 얼마나 서 있었을까? 굳게 닫힌 문 앞에서 발길을 돌리려 하는데 유리창 안으로 보이는 맞은편 벽에 걸린 그와 나의 사진이 눈에 들어왔다. 달빛이 알려 준 것일까? 달빛이 떨어지는 쪽 벽에 걸린 사진이 슬프도록 아름답게 빛나고 있었다. 그와 내가 함께한 순간이 프레임 속에 갇힌 채 벽에 걸려 있다니. 나는 눈물이 그렁그렁한 눈으로 바라봤다. 나의 사랑이 달빛 아래서 웃고 있었기 때문이다.
아련한 눈빛으로 나를 바라보는 그의 눈가를 웃으며 닦아 주는 사진이었다. 당신은 나의 영원이라며 말하던 순간 그의 눈동자에 슬픔이 어렸었다. 눈은 웃고 있었지만.
불멸의 사진관의 주인은 그와 나의 가장 애절한 시간을 남겨 주었다. 나는 유리창에 이마를 대고 사진을 바라보며 소리 없이 흐느꼈다.

우아한 유령

"여견, 그거 기억하십니까? 당신은 나의 평생이라고 말한 거. 그러니 부디, 온전한 형상으로 내게로 돌아오세요. 이번엔 제가 기다리겠습니다."

나는 유리창 안의 그에게 달래듯, 속삭이듯 말했다.

밤새도록 나는 불멸의 사진관 앞 벤치에 꼼짝하지 않고 앉아 있었다. 그와 함께 산책할 때 마주치던 길고양이가 다가와 한동안 황금빛 눈으로 빤히 보더니 내 곁에 웅크리고 앉는다. 그는 온몸이 하얀색 털인데 유독 꼬리와 네 발만 옅은 갈색을 지닌 길고양이를 '카푸치노'라고 불렀다. 나는 그인 양 고양이의 등을 쓰다듬었다. 고양이는 영물이라는데 혹시 지금 내 곁에 그가 와 있는지 묻고 싶었다. 남은 내 생의 날들이 그의 형상을 한 그리움으로 온통 채워진다고 해도 나는, 기다릴 것이다. 다시 만나게 될 때까지. 설혹 그럴 수 없다고 하더라도 기다려야만 한다. 나의 사랑은 슬프고 참으로 염치가 없어서 달리 생각할 방법이 없다. 쓸쓸하고 가혹한 그의 사랑에 대한 나의 답은 오직 그것뿐이다.

나는 하루에도 몇 번씩 불멸의 사진관을 오간다. 오갈 적 마주치는 주인에게는 말해 두었다. 영수증을 가지고 간 남편이 돌아오면 찾을 터이니 그때까지 걸어 달라고. 그는 나의 슬픈 눈빛을 보고 고개를 끄덕이며 '불멸의 사진관'의 서비스는 불멸이라고 말해 주었다.

나는 언젠가 그와 함께 사진관에 걸린 사진을 찾으러 오는 상상을 하며 토성을 봤다. 토성 언덕 너머로 새벽이 오고 있다. 종이로 오려 붙인 것 같은 달이 환영처럼 동이 트기 전 어슴푸레한 하늘에 걸려 있다.

그를 잃고 난 후 잠을 잘 수가 없다. 눈을 감으면 심장이 터져서 산산조각이 날 것처럼 아파서 뜬눈으로 지새운다. 그렇게 시작된 고통을 조금이라도 덜기 위해 불면의 밤, 별이 움직이고 달이 사라질 때까지 마음을 설레게 했던 그와의 밤과 낮을 기억하며 정신없이 걸어 보지만 언제나 나의 발걸음은 사진관 앞에서 멈춘다.

슬프고 적막한 새벽공기가 나의 마음에 파고들었는지 마음이 무너지기 시작했다. 어디론가 쓸려가려는 마음을 잡으려던 나는 눈물을 삼키며 그가 읽을 리가 없는 문자를 보냈다.

오랜 벗, 옥봉 이원의 시였다.

'요즘 어떻게 지내시나요? 창문에 달 비치니 그리움이 사무칩니다. 임 계신 곳 다니는 꿈길이 자취를 남긴다면 그곳으로 난 돌길은 거지반 모래가 되었을 것을.'

토성의 끝자락 바람의 언덕에 눈부신 아침 햇살이 고요히 내려앉는다.

벤치 끝에 앉아서 생각했다. 살아서 투명한 아침 햇살을 보는 것이 이렇게 슬픈지 예전엔 미처 몰랐다고. 그와 함께 차라리 어둠

우아한 유령

에 갇히는 것이 더 나을 것 같았다. 그의 소원은 해로동혈이라고 했다. 살아서는 같이 늙고 죽어서는 한 무덤에 묻히는 것. 나 또한 그와 같은 무덤에 눕고 싶었다.

핸드폰을 만지작거리고 있는데 전화가 왔다. 순간 나는 가슴이 털컥 내려앉았다. 결코 일어날 수 없는 일을 기대한 탓일까? 아니면 햇살 탓일까? 갑작스러운 현기증 때문에 휘청했다. 정신을 차리고 보니 발신인은 구 편집장이었다.

"어디신가? 외박이라도 한 건가?"

"여기가……."

순간 나의 눈동자가 헤매기 시작했다. 나는 어디에 있는 것일까?

'……내가 경번에게 가겠습니다. 꼼짝 말고 있어. 거기 그 자리에 있으세요.'

그의 목소리가 들리는 듯해 주위를 둘러보지만 보이는 것은 매화나무뿐이다.

"어딘지 알겠다. 내가 그리로 갈게. 딱 거기 있어!"

잠시 침묵을 지키던 편집장이 어디 있는지 알고 있다는 듯이 말했다.

나는 사진관 앞 벤치에 앉아서 그가 오길 기다렸다. 아니 그가 오기를 기다렸다기보다는 시간이 흘러가는 것을 지켜보고 있었다는 말이 맞았다.

나는 쓸데없이 핸드폰을 들고 메시지를 확인했다. 부질없는 일이라는 것을 알면서도 마음이 그러니 어쩔 수가 없다. 역시나 메시지는 읽지 않았다. 나는 멍하니 읽히지 않은 메시지를 바라봤다.

"경번께서는 풍찬노숙을 요즘 즐기시나?"

공유자전거를 타고 온 편집장이 벤치에 앉으면서 말했다. 그는 요즘 직업을 나의 안전지킴이로 바꿨는지 내 주위를 위성처럼 맴돈다.

편집장이 테이크아웃 해 온 커피를 무심하게 건네며 바람의 언덕을 올려다본다. 나는 씁쓸하게 웃으며 그가 건넨 커피를 마셨다. 새삼 놀랍지도 않았다. 그가 나를 경번이라고 불렀음에도. 이런 걸 이심전심이라고 해야 하나? 그런데 그는 언제부터 알고 있었을까?

"언제부터야?"

"주식 팔아서 산 고서적 《계향문집》, 전에 내가 이상하다고 한 책 있잖아. 그 책을 손에 넣는 순간 과거로부터 전해지는 숙명을 느꼈다고나 할까?"

"아, 숙명……."

"자 이거 한번 봐."

그가 늘 메고 다니는 가방 안에서 먹색 비단으로 장정한 책을 꺼내 나에게 건넸다. 귀퉁이는 낡았지만 16세기에 만들어진 책치고는 고급스러운 먹색 비단의 결이 그대로 남아 있었다. 반가에서 만든 책이 분명했다.

"표지지 좀 봐. 두껍게 제본된 이유가 있더라고."

그가 눈짓으로 가리키는 표지는 정말 이상하리만치 두꺼웠다. 표지에 '계향문집'이라고 적혀 있었다. 순간 무거운 돌덩이가 심장을 짓누르는 것 같아 잠시 숨을 멈추고 뚫어질 듯이 책을 노려봤다.

"당신이 말한 그 계향이라면, 확인해 봐. 그리고 그녀의 이야기도 부탁할게. 물론 마음의 정리가 된 후에."

편집장이 그답지 않게 차분하게 말했다.

나는 조심스럽게 표지를 쓰다듬었다. 그가 이미 갈라놓은 틈새로 천년을 간다는 한지가 보였다. 정교하게 접고 이어 붙여서 좀처럼 안에 무엇이 있는지 알 수 없게 만든 표지이나 조금만 의심을 한다면 관심을 끌게 될 만큼 특이하게 만들어졌다. 나는 떨리는 가슴을 억누르기 위해 한숨을 크게 쉰 후 책을 집어 들었다.

표지 안쪽에서 나온 것은 두 장의 사진과 편지였다. 사진은 편지에 곱게 싸인 채였다. 한 줌의 빛도 허락지 않을 만큼 겹겹이 먹빛 종이로 싸여 있는 사진을 보는 순간 심장이 내려앉을 것만 같았다. 나는 떨리는 손으로 편지를 어루만졌다. 마치 세월을 뛰어넘은 그녀의 손끝을 만지는 것처럼.

"이제야 뵙습니다. 계향."

나는 탄식하듯 말했다. 그런 나를 편집장이 감동이 북받쳐서 거의 울 것 같은 표정으로 본다.

계향은 21세기에는 평범하지만 16세기에는 신기하게 여겨지는 물건들을 가지고 있었다. 그중 하나가 카메라였는데 디지털 카메라가 아니라 수동 카메라였다. 어쩌면 그녀는 훗날을 위해 흔적을 남기고 싶었나 보다.

그날의 빛이 날아가 버린 흐릿한 사진 속에 균과 계향 그리고 내가 있었다. 나는 물끄러미 빛바랜 그리움을 응시하며 애써 눈물을 삼켰다. 다신 울지 않기로 했기 때문에. 울면 멀리서 보고 있을 그의 마음이 아플까 봐 울 수가 없다.

"머리털이 서는 줄 알았지. 누가 장난을 할 리는 없고. 게다가 다른 한 장 속의 남자는 사카구치 켄타로와 닮았더라고. 뒷장의 사진을 한번 봐봐."

"……?"

"김성립 사진인 것 같던데. 그 사진을 보는 순간 모든 것이 한순간에 종결되더라고. 사진 뒤를 확인해 봐."

나는 계향이 전한 그의 사진을 보고 소스라치게 놀랐다. 그리고 뒷면에 선명한 '여견 김성립'이라고 단정한 필체로 적인 것에 다시 한번 놀랐다.

장원급제 후 벼슬길에 나아가기 직전의 남편 김성립의 모습이 고스란히 남아 있었다. 세월의 흔적은 스친 적도 없는 것처럼 선명했다. 치밀하고 명민한 게 그녀다웠다. 빛바래지 않게 하려고 얼마나 애를 썼을꼬. 겹겹이 싼 종이에서 전해질지 아닐지 알 수 없는데도 모험을 한 그녀의 간절한 마음이 느껴졌다.

우아한 유령

"만약 나였다면 심장이 크래커처럼 바스러졌을 거야. 늦었지만 이 세계에 온 것을 환영해."

그가 슬프게 웃으며 말했다. 대단한 일을 끝낸 사람처럼 그는 크게 박수를 쳤다. 해야 할 일을 끝내서 후련하다는 것일까?

나는 그의 뒤늦은 환영사에 답하지 못하고 무릎 사이에 얼굴을 묻은 채 눈물을 삼켜야 했다.

16세기의 그녀가 시간을 뛰어넘어서 나에게 묻는다.

'……하여 그곳에서의 경번은 행복하셨습니까?'

나는 그녀의 물음에 무어라고 답해야 할까?

태양처럼 대담했던 그녀의 사랑 앞에서 나의 사랑은 그저 낮달처럼 희미할 뿐이라 감히 답할 수가 없다.

8.

안녕,

보이저 1호

차 창가로 한강이 스친다. 바람은 여전히 다정하고 햇빛은 찬란해 부서질 듯하다. 빛의 파편이 떨어진 곳마다 강물이 반짝인다. 나는 스쳐 지나가는 풍경을 보며 한숨을 내쉬었다.

"핸드폰도 없고 전화번호만 달랑 하나 줬는데, 어제 겨우 연락이 됐어."

강변을 달리는 차 안에서 구 편집장이 말했다.

그 귀중한 책을 단돈 천만 원에 팔았다는 말도 안 되는 인사를 만나고 싶었다. 대체 무슨 맘을 먹고 계향의 책을 팔았으며 어디서 어떤 식으로 손에 넣었는지 궁금했다. 물론 결국 운명처럼 구 편집장의 손을 거쳐 나에게 전해졌지만, 책을 판 주인공을 꼭 만나야 했다.

계향은 임진왜란 중에 부상병을 치료하며 전장을 돌다 입은 상처가 지병이 되어 오랫동안 고생을 했다. 그녀가 서신을 남긴 나이는 서른다섯 살이었다. 아이가 하나 있었다. 딸이었고 이름은 초희였다.

동생 균이 누나를 생각하며 이름을 '초희'라고 지어 주었다는데 서녀로도, 딸로도 기록된 바가 없다. 아마도 조선에서 서출로 살아가는 것을 염려한 계향이 아이의 출생을 세상에 드러내지 않은 것으로 보인다. 분명 그녀에게 생각이 있었을 것이다.

"고작 천만 원에 책을 팔아 버리다니……."

어이가 없다. 그런 당돌함은 대체 어디서 왔는지. 역시 허가의 핏줄이라 다른 걸까?

"철이 없어 보이지 않던데. 외려 지나치게 당돌하다고나 할까? 마치 우리가 처음 대면했을 때의 경번을 보는 듯했다니까."

"내가 어땠는데?"

"거만하고 약간 클래식하고. 안하무인인데 딱히 인성은 나빠 보이지는 않으나 그렇다고 착하지도 않은, 그러나 눈빛은 영리해서 사람에게 눈으로 화살을 날릴 수 있는……."

"뭐라는 소린데? 내가 그 정도로 최악이었나?"

"최악은 아니고 그 밑, 차악이라고나 할까."

"말이야, 똥이야? 결국은 싸가지가 없다는 것의 다른 표현인데 뭘 그렇게 수사를 나열하지?"

나는 어이가 없어서 구 편집장을 보며 말했다.

"어허, 16세기 중국과 일본을 시집으로 씹어 먹은 전설의 허난설헌이 쓸 말은 아닌데. 암튼 피곤한 스타일에 컬크러쉬 뿜뿜 나오는 존재감 짱이야. 나는 그 아이가 랩을 배워서 〈쇼 미 더 머니〉 같은 데 나가면 후루룩 말아먹을 것 같아. 내가 책 때문에 다시 보자고 했더니 더 넘길 책이 있다고 하더라고. 그래서 내가 당신에게 연락한 거야."

"되먹지 못한 인사 같으니라고 아예 족보를 팔아먹지. 그런데 왜 하필 인사동이야?"

나는 만나기만 하면 등짝을 후려쳐 줄 심산으로 벼르고 별렀다.

차는 어느새 종로를 지나 인사동으로 들어섰다. 알 듯 모를 듯한 동네라 오고 싶지 않았는데 와 버렸다. 마른 내, 건천동에 살다가 명례방 지금의 명동으로 이사를 했다. 이후 남편 김성립에게 시집을 갔다. 흔적도 자취도 없이 사라졌을 집터는 찾을 길이 없고, 보는 것도 의미 없어서 한 번도 명동에 가지 않았다. 사람은 간곳없고 그 풍경도 사라져 버렸으니 그리워하고 기억한들 아무런 의미가 없기 때문이었다.

"나야 모르지. 집이 거기라는데. 바로 저기네. 다 왔네."

인사동 골목에서 그가 가리킨 곳은 작은 찻집이었다. 창문이 작고 고개를 숙이고 들어가야 할 정도로 출입문이 작은 찻집은 '견춘(見春)'이라는 간판을 걸고 있었다.

'견춘'이라면 진일심춘불견춘(盡日尋春不見春)의 그것인가? 온종일 봄을 찾아다녀도 봄을 보지 못했는데 정작 봄은 이미 내 집 매화 나뭇가지에 위에 와 있었다는 송나라 비구니의 '오도송'에서 따온 건 아닐까? 아마도 그럴 것이다.

"이름이 특이해. 견춘이라……."

구 편집장이 유려한 필체로 쓰인 간판을 쓰다듬으며 말했다.

"불견춘이 아닌 것이 다행이네."

"무슨 소리야?"

"송나라 비구니가 지은 '진일심춘불견춘' 중 봄을 보지 못했다는 뜻."

"오호라, 송나라까지 확장된다. 나의 뇌로는 감당할 수 없는 영역이지."

그가 씩 웃으며 나를 본다. 역시나 전생은 나의 오라버니였음이 분명하다.

문을 열고 들어선 순간 명례방에 있던 찻집과 많이 닮아서 깜짝 놀랐다. 문을 열고 들어서니 갑자기 16세기다. 둘러보니 겨우 다섯 명이 앉으면 자리가 꽉 찰 것 같은 작은 공간이다. 그러나 왠지 범상치 않은 분위기가 흐르고 있었다. 시간과 공간이 겹쳐 있는 것처럼 빛이 흔들리고 있었다. 전체적으로 시간의 커튼이 드리운 것 같은 느낌이다.

주인은 구 편집장과 내가 들어서자 읽고 있던 책을 접고 일어났다. 삼십 대 중반쯤 됐을까? 그는 사람 좋아 보이는 얼굴에 미소를 한가득 지으며 말했다.

"차는 딱 한 가지만 됩니다."

"네? 커피는 안 된다는 말씀이죠?"

구 편집장이 물으나 마나 한 질문을 했다.

"네, 쌍화산만 됩니다."

"쌍화산? 그게 뭐지?"

"쌍화탕이란 말이야. 아직 안 왔나 본데?"

나는 빛이 드는 창가에 앉으며 말했다.

이미 먹어 봐서 기억하는 익숙한 쌍화산의 진한 향기가 코끝을 찌른다.

"정확히 시간에 맞춘다고 했는데. 그건 그렇고, 윤황이 얼마 전 연락을 했어. 사고로 멈췄던 일이 진행될 것 같다고."

"음……."

나는 말없이 고개를 끄덕였다.

"할 수 있겠지?"

"……그 사람이 원하던 거니까."

구 편집장이 한숨을 푹 쉬며 허공을 응시한다.

구 편집장과 나는 서로 다른 곳을 보며 쌍화탕이 나오길 기다렸다. 나는 그를 기억하면 흐르게 될 눈물이 무서워 입을 닫았고, 구 편집장은 나의 기억이 되살아나서 바람의 언덕 불멸의 사진관 앞으로 정신없이 오가는 꼴을 보고 싶지 않아서 입을 다물고 있다.

우아한 유령

얼마쯤 시간이 흘렀을까? 끼익하고 미닫이 여는 소리가 들리더니 쌍화차 두 잔이 테이블 위에 놓이고 동시에 어린 소녀가 당돌하게 나의 맞은편에 앉았다. 나는 눈을 의심했다. 마치 어린 계향이 앉아 있는 것 같았기 때문이다. 특히 눈빛이 똑같았다.

"책을 팔 것이 있는데 또 사실래요?"

소녀는 대뜸 구 편집장에게 물었다.

"아이쿠 깜짝이야. 어이 진격의 꼬마, 어쩜 너는 이렇게 도전적이냐?"

"네 이름이 무엇이더냐?"

나도 모르게 조선 시대 어투가 입에서 나왔다.

"허가에 초희라고 합니다."

갓 열여섯을 넘은 듯 보이는 여자아이가 당돌하게 말했다. 어찌나 당돌한지 어릴 적 나의 모습을 보는 듯해 잠시 놀란 나는 그녀가 내민 책을 물끄러미 바라봤다. 그것은 분명 동생 균이 저술한 책 중 하나였다. 세상에 드러나지 않은 책인 셈이다.

딸자식이 아비의 책을 겁 없이 팔아 치우다니……. 순간 화가 치밀어 오른 나는 책을 들고 테이블을 내려치며 호통을 쳤다.

"어찌 감히 아비의 책을 겁이 팔아 치우고 돌아다니느냐?"

갑작스러운 호통에 놀란 허가 초희가 동그랗게 뜬 눈으로 나를 바라보는데 그 눈빛이 만만치 않다.

"먹고는 살아야 해서……."

"아무리 목구멍이 포도청이라 하지만 팔 것을 팔아야지."

나는 동생 균의 책을 소녀에게 다시 던져주며 말했다.

구 편집장은 지금 본 것이 진정 현실인가 싶은 얼굴로 나를 보며 입을 가린다. 그는 주인장에게 연거푸 석 잔의 쌍화산을 주문해 마셨다. 그래도 충격이 가시지 않는지 허공을 헤매는 그의 눈빛이 흔들린다.

"쌍화탕은 감기약이 아닌데. 남녀상열지사 전후에 마시는 건데."

허가 초희가 샐쭉 웃으며 말했다.

당돌한 걸 보니 허가가 맞았다. 나는 어이가 없어 웃음을 터트리며 그녀를 봤다.

"뭐라고? 경번, 얘가 뭐라는 거야? 이 소녀는 경번 플러스에 다른 DNA가 섞인 거 같은데."

"조선 시대 양반들이 잠자리하기 전과 후에 기력을 보충하기 위해서 마셨다는 소리야. 당신은 보충할 일이 없는 샐러드 남이잖아."

"뭐야, 엄밀히 말하면 간헐적 샐러드 남이야. 내가 오욕칠정에 담을 치고 사는 사람은 아닐세. 요즘은 사랑하는 것이 이케아 조립식 가구 설명서보다 어렵고 이해가 되지 않지만, 그래도 간헐적으로는 해."

"대체 뭘 하는데?"

우아한 유령

"생산성이라고는 없는 상열지사 그거, 나도 해."

그의 천연덕스러운 말에 '허가' 초희는 입술을 오므리며 웃는다. 장난기가 눈가에 달린 것이 어찌나 균을 닮았는지. 나는 동생의 입매에 계향의 눈빛을 닮은 소녀의 얼굴을 보며 미소 지었다. 형언할 수 없는 감정이 밀려왔다.

소녀, 허가 초희가 나에게 서신을 내밀었다.

"무엇이더냐?"

"고모를 만나 뵙게 되면 전해 드리라 했습니다."

허가 초희가 오묘한 미소를 입가에 지으며 나에게 서신을 건넸다. 영리한 눈빛이며 다부진 입매가 계향과 균의 판박이인 이 아이는 다 알고 있었다.

나는 계향이 오백여 년 전 나에게 쓴 서신을 받아 들고 한동안 말없이 보기만 했다. 나에게 전해지길 얼마나 간절히 바랐을까? 그 생각만으로도 마음이 한구석이 슬픔으로 물든다. 그녀의 마음을 아는 나는 쉽사리 메일을 열어 보듯 서신을 펼칠 수 없었다. 숨을 고른 후 한참을 바라보다가 그녀의 서신을 펼쳐 들었다.

경번에게, 간밤에는 안녕하셨습니까? 쟈코모 레오파르디의 시가 생각나는 밤입니다. 그의 시처럼 '우아한 달빛을 보며 지나간 시간을 회상하는 것이 얼마나 기분 좋은 일인지' 알겠습니다. 달이 형형하게 빛나고 있는 탓에 그리운 벗이 사랑한 시가 생각

납니다. 경번, 잘 지내고 계십니까? 혹여 경번께서 어쩌다 나의 오랜 벗을 만나게 되면, 저는 잘 지내고 있다고 전해 주십시오. 그는 제게 보이저 1호 같은 여자라고 했습니다. 어디엔가 있을 또 다른 세상을 찾아가는 것이 목적인 보이저 1호를 닮았다고. 아마도 지금쯤 보이저 1호는 태양계 밖을 벗어나 긴 여행을 하고 있을 것입니다. 2030년 즈음엔 동력이 꺼져 별들의 소식을 전하지 못하겠지요. 인생도 보이저 1호와 비슷한 것 같습니다. 끝이 없는 듯 보이나 동력이 멈추면 서는 것이 닮지 않았습니까? 그러나 저는 후회는 없습니다. 그러니 경번도 그곳에서의 여행이 무사하길 바랍니다. 시절이 수상합니다. 균은 먼 곳에 있습니다. 허나 세상이 잠잠해지면 다시 그를 볼 것을 기대합니다. 운명을 알고 걸어가는 길이 얼마나 잔인한지 알지만, 회상만으로도 즐거운 그와 한세상 살았으니 일말의 두려움도 후회도 없습니다. 머지않아 해가 지는 것처럼 삶도 지겠지요. 저의 항해는 끝나가고 있습니다. 하여 저의 또 다른 보이저 1호를 보냅니다. 부디 반갑게 맞이하여 주시길 바랍니다. 그 아이의 아호를 물어보세요. 그러면 답을 할 것입니다.

　11월 초하루 계향 드림

"아호가 무엇이더냐?"
"취아(翠娥)입니다. 아버님이 그렇게 부르셨습니다."

허가 초희가 눈을 반짝거리며 말했다.

나는 한동안 말없이 눈앞의 소녀를 봤다. '취아'는 어릴 적 나의 자였다.

'취아'라니……. 일부러 그랬구나. '취아'는 동생 균이 나에게 보낸 일종의 암호 같은 것이었다. 새삼 떠나오기 전 '누님, 나인 줄 아세요.'라고 했던 동생의 말이 나의 가슴을 적신다.

"그래, 이곳이 마음에 드느냐?"

천방지축이라 어디로 튈지 모르는 계향의 딸, 나의 조카 허가 초희의 얼굴을 보며 말했다.

"그렇기도 하고 아니기도 합니다."

계향도 오래전 대나무 숲에서 그렇게 말했다.

"그렇구나. 너도 계향을 닮았구나."

나는 회한에 잠긴 슬픈 목소리로 말했다. 계향의 눈을 닮은 허가 초희가 나를 빤히 본다. 순간 나는 당돌한 초희의 얼굴에 스치는 슬픔을 본 것 같아 마음이 아팠다.

눈치 빠른 구 편집장이 허가 초희와 함께 인사동 구경을 한다며 나간 후 견춘에는 사람 좋아 보이는 주인장과 나만 남았다. 나는 계향의 서신을 탁자 위에 놓은 채 한동안 멍하니 앉아 있었다. 그런 나의 마음을 읽었는지 주인장이 나와 눈이 마주치자 한 번 보라는 듯 한쪽 구석에 놓인 서안 쪽을 가리킨다.

나는 작약꽃 화병이 놓인 서안을 물끄러미 바라보았다. 순간 항상 느리게 뛰던 심장이 미친 듯이 뛰었다. 비록 낮은 서안의 다리를 길게 이어서 높인 수선의 흔적이 있었으나 눈에 익었기 때문이다.

나는 천천히 다가가 서안을 살폈다. 무너지지 않고 버틴 시간의 흔적이 그대로 남아 있는 서안이었다. 한 귀퉁이에 새겨진 두 글자 '여견'을 발견한 순간 슬픔이 목까지 차오른다. 낡은 서안은 첫 혼례기념일에 그가 직접 만들어 선물한 것이었다.

"16세기 조선의 반가 여인이 쓰던 서안이라고 합니다. 저도 우연히 발견했는데 매화문양이 아름다워서 다리가 부러졌음에도 불구하고 돈을 좀 치렀지요. 하여 저렇게 수선해서 귀하게 여기고 있습니다. 저 서안을 사용했던 여인도 소중히 다루었을 터이니……."

"아마 그 여인도 고맙게 여길 것입니다."

나는 서랍을 열며 말했다.

붓이며 먹을 넣어두었던 작은 서랍 안은 텅 비어 있었지만, 곁에 두었던 소중한 기억들이 떠올라 서안을 어루만졌다. 눈물이 앞을 가린다. 다시는 만날 수 없는 그리움을 마주한 나는 한동안 서안 앞에 서서 울었다. 그러나 주인장은 그런 나를 모른 척해 주었다. 말없이 지켜보던 주인장이 찻집 분위기와 어울리는 치자색 한지와 사인펜을 건넸다. 마치 내 맘을 알고 있는 사람처럼.

"가끔 이곳에 부치지 못할 편지를 넣고 가는 분들이 있습니다. 물론 저는 보지 않고 모았다가 칠월 칠석에 태워 버리지요. 믿으셔도 됩니다. 세상엔 가끔 마법 같은 일들이 발생하지 않습니까?"

주인장은 다 알고 있는 것 같은 미소를 지으며 말했다.

그는 다시 계산대 테이블로 돌아가 책을 읽기 시작했다. 작은 테이블 위에 놓인 블루투스 스피커를 통해 흘러나온 쥬다스 프리스트의 〈Before The Dawn〉이 연기처럼 허공으로 흩어진다. 나는 그 노래를 들으며 물끄러미 분홍빛 작약을 바라보았다. 그러다가 테이블 앞에서 서서 멀리 있는 그에게 편지를 썼다.

사랑하는 여견 보십시오. 물으셨습니다. 마지막 눈을 감을 때 떠오르는 단 한 사람이 누구냐고. 이제 답을 합니다. 어찌 여견이 아닌 다른 사람이겠습니까?

나는 화병 주변에 떨어진 작약꽃 이파리를 끼워 곱게 잉어 모양으로 접은 후 서랍 안쪽의 깊숙한 틈새에 키워 넣었다.

갑자기 핸드폰에 메시지가 떴다. 확인해 보니 교토행 비행기를 예약했다는 구 편집장의 메시지였다. 결국 이렇게 혼자서 교토에 가게 되는 건가? 그는 나에게 함께 교토에 가자고 했지만 결국 함께 가지 못했다.

교토 아라시야마의 바람이, 달이, 그리고 그리움이 눈물처럼 흐른다는 가쓰라강이 나를 부르는 것 같다. 아니 어쩌면 그가 부르고 있는지도 모른다.

에필로그

혼례를 앞둔 김성립은 담담했다.

슬픔으로 인해 오히려 단단해진 그는 아무래도 좋았다. 그의 봄은 더는 예전과 같지 않았기 때문이다. 마음에 쏙 든 며느릿감을 발견한 어머니는 평소의 성격처럼 모든 일을 일사천리로 진행했다. 그의 의견 따위는 중요하지 않았다. 혼례 전날에도 강가에 지은 초당에서 과거 준비를 한다며 돌아오지 않는 아들을 집안사람을 시켜 억지로 데리고 올 정도였다. 그는 어머니의 원풀이를 해준다는 셈 치고 혼례복을 입고 신부의 집으로 향할 준비를 했다.

날씨는 화창하니 좋았고, 매화 가지에 달렸던 꽃들은 이미 떨어져 오가는 사람들의 발길에 짓밟히고 있다. 김성립은 마당에 떨어져 뒹구는 꽃잎들이 그의 마음 같아서 슬펐다. 그는 조용히 눈을 감

우아한 유령

고 앞에 놓인 아내의 서안을 어루만졌다. 마치 경번의 어깨인 양. 아내의 물건은 대부분 어머니의 손에 불태워졌지만 몇 가지는 은밀하게 가지고 있었다. 그중 하나가 바로 서안이었다. 책이나 끼고 살라며 그가 던진 벼루 때문에 귀퉁이가 패여 나간 서안을 오랫동안 쓰다듬었다. 문밖에서 시종이 재촉하는 소리가 들렸으나 김성립은 꿈적도 하지 않았다. 그는 경번이 해당화 꽃잎을 말려 만들어 준 향낭을 꺼내기 위해 서랍을 열었다. 서랍 안에는 그의 눈길을 끈 것이 있었으니 바로 향낭 옆에 놓인 잉어 모양으로 곱게 접은 경번의 서신이었다. 경번은 항상 서신을 잉어 모양으로 접었고, 서신을 펼칠 때는 잉어의 배를 가른다며 웃곤 했다.

미세하게 떨리는 손으로 곱게 접은 서신을 펼치자 '경번'이라고 서명한 글자체와 함께 방금 따서 끼워 넣은 것 같은 작약 꽃잎이 눈에 들어왔다. 아내의 잔향이 그의 코끝을 스친다. 서신을 읽는 그의 얼굴에 오랜만에 미소가 머문다.

김성립은 아내의 서신을 고이 접어 품에 넣고 서재를 나섰다. 오래전 그날처럼 녹나무 숲을 지나온 바람에 실린 매화 꽃잎이 그의 눈으로 사르르 날아 들어왔다.

"불청객으로 오셨습니까?"

김성립은 미소를 지으며 눈가에 붙은 매화 꽃잎을 떼어 손에 꼭 쥐고 경번이 사랑한 녹나무 쪽으로 천천히 걸어갔다. 그의 뒤를 산들거리는 바람이 푸른 도포 자락을 다정하게 감싸며 따라간다.

'내 모든 시간 속에서 당신은 영원할 것입니다.'

매화향은 잔뜩 품은 바람이 그의 귓가에 속삭이더니 이내 사라진다.

바람이 드나드는 골목이 끝나는 곳에는 '불멸의 사진관'이 있다. 낡은 붉은 벽돌의 건물은 아주 오래전부터 그곳에 있었던 것처럼 당당히 서 있다. 그 건물이 언제부터 그곳에 있었는지는 아무도 모른다. 그러나 사람들은 불멸을 믿으며 사진을 찍으러 온다.

불멸을 끊어 낼 수 없는 이들의 사진만 걸린다는 그곳에 옥색 도포 차림의 남자와 머리에 화관을 쓴 여인의 사진이 걸려 있다. 해마다 봄이면 분홍빛 꽃구름을 이고 선 것 같은 매화나무가 그 두 연인을 지키고 있다. 그는 스물일곱 송이 붉은 연꽃이 질 때쯤 그녀를 떠나보냈고, 그녀는 연꽃이 필 때쯤 돌아올 그를 기다리고 있다. 바람의 언덕 끝자락에 자리한 불멸의 사진관 앞에서.

이번 생에는 슬프고, 우아했으며 적요한 그들의 사랑은, 차마 끝낼 수가 없다. 그러나 이어질 기약도 없기에 그들은 한없이 애달프다. 별의 기억을 가지고 태어난 탓에 소멸하지 못하는 사랑, 별이 부르면 반복적으로 이어진다는 불멸의 사랑. 혹시라도 그곳을 지나다 바람에 흩날리는 매화를 보면 부디 기억하고 언젠가는 서로에게 갇혀 버린 그들의 사랑을 소환해 주기를…….

우아한 유령